공룡 계곡의 소녀들

공룡 계곡의 소녀들

# 공룡계곡의 소녀들

야마다 마사키 지음
김윤수 옮김

비플B+

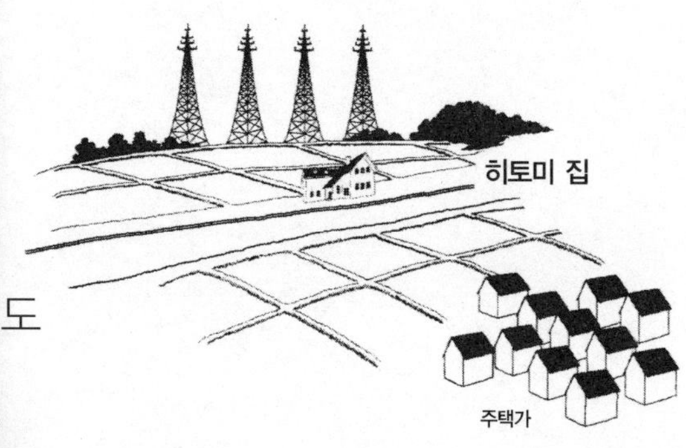

히토미 집
도
주택가
마쓰야마카와 강
사야카 집
벚나무 길
로터리
상점가
역
시청
호텔
도다니 중학교

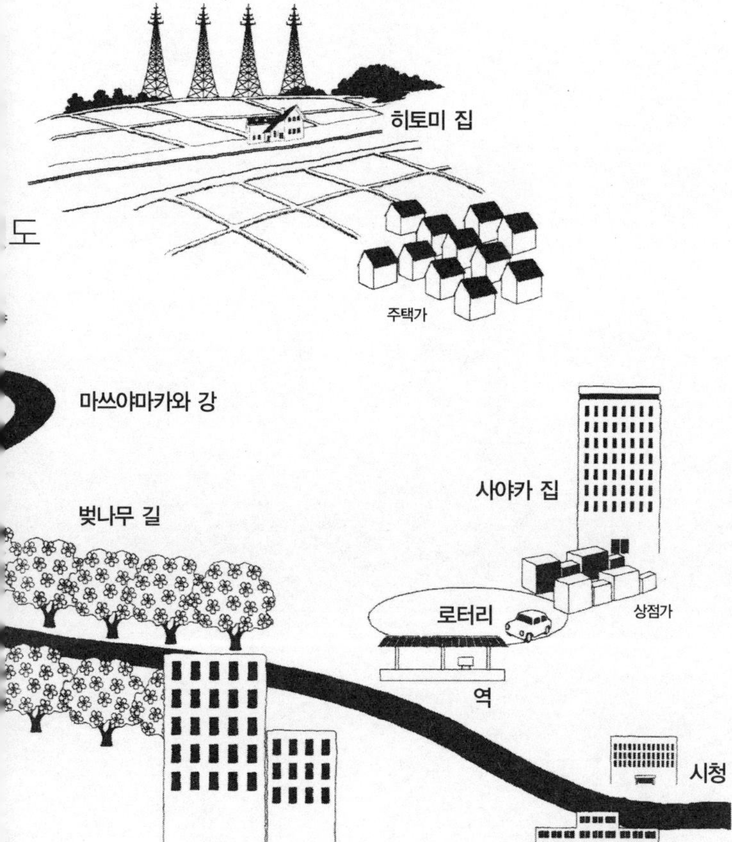

공룡 마을 주변
구름다리
주차장
도다니계곡
화석발굴현장
시영운동장 · 공원
아유미 집
주택가

─기억하니?
누군가 내 가슴 속에서 가만히 속삭였다.


음…….
내가 기억하는 건?
그래. 붉은 저녁놀이 기억나.
절대 빼놓을 수 없어.
저녁놀을 등지고 멀리 보이는 어두운 산맥,
그 구릉보다 더 새카맣게 실루엣에 묻힌…… 공룡.


오른쪽에서 왼쪽으로 천천히 머리를 낮게 하고 몸을
구부려 목에서 등, 꼬리에 이르기까지 거의 일직선으로
한 채 움직이고 있어. 내 시야를 가득 메웠던 그 모습만
큼은 기억해.

잊지 않아.

절대 잊을 수 없어.

아주 큰 공룡이야.

얼마나 크냐고?

그런 건 몰라.


우리는 작은 어린아이였거든. 네 살인가, 다섯 살인가, 여섯 살, 그 정도의 아이라면 어른을 봐도 아주 크게 보이잖아. 그런데 상대는 공룡이야. 단지 크다고밖에 표현할 수 없어.


거짓말처럼, 꿈처럼.

엄청나게 컸어.


아니. 전혀 무섭지 않았어. 절대로 아니야.

아주 큰 공룡이 흔들흔들 움직이고 있었어. 우리는 공룡 등에 매달려 있었고. 정확하게 말하면 나는 목 아랫부분에, 가야자키 사야카는 등에 매달려 있었어.

여러 번 말하는 것 같은데 공룡은 아주 컸고 움직이고 있었어. 땅에서 아주 높았던 것 같아. 실제로도 높았겠지.

그래서 무서웠을까? 응. 약간 무서웠어.

앞에 삼목나무 수풀이 있었고 발 아래에는 풀고사리가 무성했어.

삼목나무의 가지 끝은 붉다기보다는 검붉은 저녁놀에 물들어 있었어. 줄기 아래로 내려갈수록 더 까매졌어. 풀고사리가 무성히 자란 곳은 어둠이 짙게 깔려 있었고.

공룡은 울창한 삼목나무 수풀도 새카만 풀고사리도 전혀 개의치 않고 걸어갔어.

공룡이 걸어가니까, 삼목나무가 바삭바삭 흔들리고 풀고사리들은 마구 짓밟혔어. 쉴 새 없이 부러지는 가지와 흩날리는 나뭇잎.

"와아, 공룡아. 굉장해!"

나는 즐거워했지.

"공룡이 아니야. 후쿠치룡이라고 하는 거야."

가야자키 사야카가 지적했어. 사야카는 어릴 때부터 그랬잖아. 냉정하다고 해야 하나, 똑똑한 척 한다고 해야 하나. 그때는 지금처럼 안경을 쓰지는 않았지만.

그래 맞아. 어릴 때라고 해서 생각났는데,

이사나 아유미도 함께였어.

공룡, 아니 후쿠치룡 앞에서 달리고 있었어.

이것도 역시 어릴 때부터일지도 몰라. 그때부터 아유미는 달리는 걸 좋아했거든. 또래 아이들에 비해서 빨리 뛰었잖아.

"뭐야, 이거. 공룡주제에 왜 이렇게 빨라."

아유미는 어릴 때도 말이 곱지 않았지.

달리는 공룡 등에서 저녁놀이 반짝였어. 눈부신 파도를 뚫고 돌고래가 뛰어오르는 것처럼.

변하지 않은 것은 말이야. 아유미는 지금도 예쁘지만 네 살인가, 다섯 살인가, 여섯 살 때도 아주 많이 귀여웠어. 나, 사이토 모마쿠는 지금의 아유미도 좋아하지만, 어린 아유미도 무심히 지나칠 수 없을 만큼 매력적이었다고 생각해.

"공룡, 정말 싫어. 이 도마뱀 녀석아."

입이 험한 것만큼은 좋아할 수 없었지만 말이야.

"공룡이 아니라니까."

사야카가 냉정하게 지적했어.

"후쿠치룡이라구."


―그립다.

사이토 히토미는 언제 이 말을 알게 되었을까?

유치원을 졸업하고 초등학교에 입학할 무렵 이미 '그립다' 는 단어를 알고 있었고, 의미도 알았던 것 같다. 정확히는 아니고 어렴풋하게.

유치원 졸업식 때 원장선생님이 말씀하셨다.

"어린이 여러분, 언젠가 어른이 되면 우리 와카바 유치원을 떠올리며 그리워해주세요."

히토미는 엄마를 쳐다보며 물었다.

"'그리워한다'는 게 뭐야?"

"그게 뭐든 무슨 상관이니." 엄마는 귀찮다는 듯이 대답하고 말을 이었다. "자, 똑바로 앞을 보고 선생님 말씀 들으렴."

"예."

히토미는 혼자 힘으로 '그립다'는 단어의 의미를 알아내야만 했다.

노스탤지어? 좀 다른가……. 뉘앙스가 미묘하게 다른 것 같다. 그렇다면 '그립다'는 건 무엇일까.

초등학교 3학년 생일에 삼촌이 애니메이션을 선물해줬다. 다카하시 루미코 원작, 오시이 마모루 감독의 「시끌별 녀석들2 – 뷰티풀 드리머」. 이런 평범치 않은 선택만 봐도 삼촌은 상당한 오타쿠다. 물론 그 영화를 보고 나중에 영화감독이 되고 싶다고 생각한 히토미도 오타쿠 기질이 다분하지만. 히토미는 「뷰티풀 드리머」를 보고 '그립다'는 게 뭔지 알게 된 것 같다.

─에이, 그립다는 건 그때의 공룡 일이잖아.

와카바 유치원 따위는 그립다고 생각한 적이 눈곱만큼도 없다.

그때의 공룡이 그리웠다.

지금껏 14년 동안 살아오면서, 공룡이외에 그립다고 생각한 건 아무것도 없었다.

그때의 공룡,

그때의 친구들, 가야자키 사야카, 이사나 아유미.

공룡, 아니지. 후쿠치룡의 등이 회전목마처럼 위아래로 흔들렸다. 어디선가 놀이동산의 음악이 들려오는 것 같았다.

후쿠치룡의 매끄러운 촉감, 따스한 체온, 짚 냄새처럼 포근한 햇살, 바람이 얼굴을 스치는 감촉, 고요히 서 있는 숲, 반짝이는 저녁놀, 날아오르는 나뭇잎 그리고 즐겁게 떠들며 웃는 어린 여자아이들의 목소리……. 모든 것이 너무나 그립다.

후쿠치룡이 숲을 통과해 도다니 정이 내려다보이는 언덕 위에 섰다. 시야가 탁 트였다.

해는 이미 저물었고, 산의 능선에 아주 약간 저녁놀의 흔적이 보일 뿐이다. 모두 어둠 속에 잠겼다. 붉은 저녁놀과 교대라도 하듯 마을 집집마다 불이 켜졌다. 여자아이들의 집도 섞여 있다.

아이들은 후쿠치룡 등에서 내렸다. 웃음소리, 환성, 키득거리는 웃음.

후쿠치룡은 아무 일도 없었던 것처럼 꼬리를 흔들며 숲으로 돌아갔다. 한 번도 돌아보지 않았다. 그 모습을 보고 있던 히토미의 가슴속에서 뜨거운 무언가가 끓어올랐다.

아마도 '사랑' 아니면 '우정'이었겠지만, 네 살인가, 다섯 살인가, 여섯 살인 어린 여자아이가 그런 감정을 표현할 방법은 없었다.

사랑해 공룡아. 이렇게 말하는 대신에 소리쳤다.

"어려운 일이 생기면 내가 도와줄게. 언제든지 말해. 알았지? 약속이야."

그 뒤의 일은 잘 기억나지 않는다. 그때 공룡이 뒤를 돌아보고 뭐라고 대답을 한 것 같지만……. 아무리 노력해도 공룡의 대답이 기억나지 않았다.

─그때 공룡이 무슨 말을 했더라.

"공룡이 아니야 후쿠치룡이라니까."

사야카가 못마땅하다는 듯이 말했다.

토
요
일

# 공룡의 날

1

따르릉. 수화기를 들었다.

토요일 아침 8시.

학교는 오늘부터 사흘간 휴교다.

이런 시간에 전화 받을 사람은 히토미뿐이다. 모녀 단둘이 사는 이 집에서 엄마는 주말, 평일에 상관없이 점심때까지 잠을 잔다.

"예, 사이토입니다."

히토미가 전화를 받았다.

"히토미니?" 수화기 속의 사람이 조심스럽게 물었다.

뭐야, 이 사람. 이것만으로 상대가 싫어진다. 히토미는 아침에 기분이 좋지 않다. 아니, 아침, 점심, 저녁, 하루 종일 기분이 좋지 않다. 히토미가 기분이 좋을 때는 없다. 상대방 목소리가 낯익었지만, 누군지 얼른 생각나지 않았다.

"예, 그런데요."

골난 목소리로 말을 했다.

"누구세요?"

"이지마 선생님인데."

"이지마 선생님……."

갑자기 정신이 번쩍 들었다. 담임인 이지마 선생님이다. 선생님이 히토미 집에 전화를 건 적은 지금까지 단 한 번도 없다. 무슨 일이지?

"토요일, 이런 시간에 전화해서 미안하구나."

선생님이 사과를 했다.

"괜찮아요."

"일어나 있었니?"

"예. 그럼요. 일어나 있었어요."

"착하네. 아침 일찍 일어나는구나."

"선생님, 무슨 일이세요?"

"히토미."

"예."

"자, 지금부터 선생님이 얘기하는 거 놀라지 말고 들

어. 정신 차리고."

"뭔데요?"

"아사이 선생님께서 돌아가셨단다."

"……."

"들었니? 여보세요, 여보세요. 히토미, 아사이 선생
님이."

"예. 들려요. 아사이 선생님이 왜 돌아가셨는데요?
사고라도 났나요?"

"뭔가 사건에 휘말리신 것 같아."

"사건에 휘말리셨다고요? 그게 무슨 말이에요."

아차, 하는 생각이 들었지만 자신도 모르게 말이 막
나왔다. 필요 이상으로 히토미에게 마음을 쓰는 말투가
묘하게 거슬렸다.

이지마 선생님은 아직 젊다. 얼마 전에 스물여섯 살이
되었다. 열네 살인 히토미가 보기에 젊기는커녕 완전 아
줌마이지만 보통은 아직 젊다고 할 수 있는 나이다. 국
어과목 담당으로 히토미의 담임선생님이다.

담임으로서 평도 좋은 편이다. 머리가 텅 빈 남학생들
중에는 이지마 선생님이 어떤 여자 아나운서를 닮았다
고 떠드는 녀석도 있다. 보나마나 불륜 같은 걸 저질러
프로그램을 그만둔 누군가겠지. 히토미는 제멋대로 생

각했다.

지금까지 히토미는 이지마 선생님을 좋아하지도 않고 싫어하지도 않았다. 그럴 정도의 관심조차 없었다고나 할까. 그런데 지금은 싫다고 분명하게 말 할 수 있다. 한 마디로 성가시다.

어딘지 모르게 이지마 선생님에게는 가벼운 먼지덩어리 같은 면이 있다. 부드럽지만 알맹이가 없다. 바람에 날려 이리저리 굴러다닐 뿐 믿음직하지 못하다. 학생들에게 마음을 쓰는 척 하면서, 사실은 그런 자신의 모습에 도취되어 있는 것은 아닐까? 위선자.

"무슨 말인지 모르겠다고? 그래, 미안해. 선생님도 좀 혼란스러운가 봐."

이지마 선생님은 히토미의 마음을 알아차렸는지 약간 거리를 두는 말투로 바뀌었다.

"선생님도 잘 모르겠어. 아무튼, 아사이 선생님이 어떤 사건에 휘말리신 것 같아. 학교에서 선생님들을 모두 소집했어. 선생님은 아사이 선생님하고 얘기 한번 제대로 나눈 적 없지만."

"……."

"아사이 선생님은 히토미의 특별활동 고문선생님이셨잖아. 너는 부장이었고. 그래서 연락해야겠다고 생각했는데…… 미안해. 괜한 짓을 했구나.”

“아뇨, 그렇지 않아요. 감사합니다.”

그래도 상대는 담임인데 이래서는 안 된다고 생각했다. 히토미는 서둘러 물어보았다.

“어딘데요?”

“뭐?”

“그러니까, 어디냐고요. 제가 가볼게요. 어디로 가면 되는데요? 아사이 선생님 집이에요?”

“가보겠다고? 음…… 너 혼자서 그래도 될까. 누가 같이 가는 게 좋지 않을까?”

역시 이리저리 날리는 먼지덩어리다. 우물쭈물하며 결단을 내리지 못한다.

“저기, 그러니까 선생님이 같이 가면 좋은데, 선생님은 학교 가야하고.”

“혼자서도 괜찮아요. 어디로 가면 되는데요?”

“그래, 역시 너한테 전화하길 잘 한 거 같아.”

이지마 선생님의 목소리 톤이 약간 올라갔다.

“미안한데, 휴대폰 메일주소 가르쳐줄래?”

“예. 그럴게요.” 히토미는 무뚝뚝하게 대답했다.

“역시 특별활동 고문선생님이랑 부장은 특별한 친밀감이 있구나.”

그런 건 없다. 전혀. 그런데 히토미는 왜 아사이 선생님에게 가려는 걸까? 물론 그 이유를 이지마 선생님한테 설명할 생각은 없다.

"어디로 가면 되요? 집이에요?"

히토미는 참을성 있게 다시 물어보았다.

"아니. 아사이 선생님은 댁에서 돌아가신 게 아니거든. 도다니계곡에서 돌아가셨어."

"도다니계곡이요?"

"그래. 알아?"

"예. 그럼요. 저희 집에서 별로 멀지 않아요. 초등학교 때 소풍을 가거나 야외활동을 하면서 여러 번 갔어요. 구름다리 있는 데죠?"

"그래. 아사이 선생님은 그 구름다리에서 계곡으로 떨어져 돌아가셨어."

"구름다리에서 떨어졌다고요? 어쩌다가……." 히토미는 깜짝 놀랐다. "그럼 사고잖아요. 아니에요?"

"그게 말이지. 아직 확실한 건 모르겠는데, 좀 이상한 소문이 있어……."

이지마 선생님은 갑자기 목소리를 낮췄다.

"공룡이 밀어서 떨어진 것 같다고 하는데……."

2

—이지마 선생, 뭘 소리야. 무슨 말을 하는 거야.

전화를 끊고 잠시 멍해졌다.

—공룡이 밀어서 떨어졌다니, 그게 뭐야. 왜 여기에 공룡이 나오는 건데?

사이토 히토미가 사는 후쿠치현 K시 도다니 정은 공룡화석의 메카라고 할 수 있다. 후쿠치현은 이웃하고 있는 이시카와현, 도야마현 그리고 기후현에 걸쳐서 중생대의 데나가층군이 분포하고 있다. 이곳에서 공룡화석이 대량으로 발견되었다.

후쿠치현은 역시 후쿠치룡이 유명하다. 도다니계곡에서는 이름도 도다니룡이라고 명명된 공룡화석이 발굴되었다. 또 도다니 정에는 마쓰야마카와 강이 흐르는데, 그 강가에서 발견된 화석과 관련되어 마쓰야마룡이라고 이름 붙은 공룡도 있다.

평소에는 별로 의식하지 않지만 도다니 정 주민들에게 공룡화석은 이웃과 같은 존재라고 할 수 있다. 그렇지만 공룡화석이 대량으로 발굴된다고 해서 지금도 공룡이 존재하는 것은 아니다. 당연히 공룡은 없다.

그런데 어떻게 공룡이 사람을 밀었다는 걸까. 그럴 리는 없겠지만, 이지마 선생님은 어떤 농담이나 비유를 한 걸까. 그렇다면 아무리 국어선생님이라고 해도 도가 지나치다는 생각이 든다. 사람의 생사를 이야기하면서 그런 비유나 과장을 통해 말을 포장하는 건 너무 비상식적이다. 게다가 예민한 중학생을 상대로 그런 말은 교육상 곤란하다.

그건 그렇고 '공룡'이 무슨 비유가 되는 걸까. 무엇을 과장하는 걸까? 공룡처럼 거대한 사람? 난폭한 사람? 아냐, 그건 아냐. 뭔가 딱 맞아떨어지지가 않아. 보통은 그렇게 말 안하잖아.

만약 기린처럼 키가 크다거나 늑대처럼 포악하다는 식의 비유라면 나름대로 이해할 수 있다. 하지만 '공룡처럼'이라는 표현은 그다지 쓰지 않는다. '공룡처럼 멸종했다'고는 표현할 수 있겠지만. 그러면 공룡처럼 '멸종된' 사람이 밀었다는 걸까? 무슨 말인지 모-르-겠어…….

그러고 보면 히토미에게 '아르마딜로처럼 기분이 안 좋다'고 말한 사람이 있었다. 누구였지? 누가 말했는지는 기억나지 않지만 이해할 수 있다. 히토미 자신도 '그래 맞아' 하고 인정했으니까.

히토미는 스스로 감탄할 정도로 언제나 기분이 안 좋다. 그런데 아르마딜로도 항상 기분이 안 좋을까. 아니, 애당초 아르마딜로에게 기분이 좋고 나쁨이 있을까? 의문이 들긴 했지만, 그걸 넘어서 히토미=아르마딜로 설에는 매우 감탄한 기억이 있다. 그렇다기보다…….

—지금 뭐 하는 거야. 그게 문제가 아니잖아. 아사이 선생님이 돌아가셨어. 그렇다면 '그것'은 어떻게 되는 걸까. 이러고 있을 때가 아니지.

허둥지둥 나갈 준비를 했다. 체육시간에 입는 운동복을 입고 작은 가방을 어깨에 멨다. 항상 가지고 다니는 디지털카메라도 챙기고. 부엌에서 설거지용 비닐장갑도 가져왔다. 그리고 잠시 생각하다가 작은 드라이버 하나를 주머니에 집어넣었다.

그때서야 엄마가 2층에서 내려왔다. 언제나처럼 통신판매로 구입한 엄청 화려한 가운을 걸치고 있었다. 비참할 정도로 어울리지 않지만 히토미가 아무리 말을 해도 도무지 들으려고 하지 않는다. 아직 일어날 시간은 아니니까 물이라도 마시러 내려왔겠지.

"어디 가니?"

엄마가 말을 걸었다.

"응." 대답을 한 김에 덧붙였다. "학교 선생님이 공룡한테 죽었대."

"흠, 그렇구나. 요즘 애들은 정말 무섭다니까."

잠이 덜 깬 엄마의 대답이 돌아왔다.

제대로 들은 거야? 아니지, 이 엄마라는 사람은 자식이 하는 말 따위는 듣지 않잖아.


3

K시는 현청소재지인 후쿠치시에서 버스로 한 시간 정도 걸린다. 후쿠치현과 이시카와현의 경계 부근에 있고 기후현과도 가깝다.

사이토 히토미의 집은 K시의 중심부로 시의 동부에 해당한다. 중심부라고 해도 시의 남북을 가로지르는 마쓰야마카와 강과 국도 157호선의 사이 그리고 시청 주변으로 시내가 약간 보일 뿐이다. 비즈니스호텔, 작은 슈퍼, 주유소, 음식점 몇 곳을 지나면 상업지는 끝나고 주택가가 펼쳐진다. 서쪽으로 갈수록 가옥 수가 점차 줄어들고 논밭이 많아지면서 드문드문 농가가 보인다. 500미터, 700미터, 900미터 정도의 산이 층을 이루며 늘어섰다. 그리고 주소는 도다니 정으로 바뀐다. 늘어선 산은 시로야마 또는 조호라고 불리며 이웃하는 이시가와현에 걸쳐 있다. 그 산들을 꿰매듯이 마쓰야마카와 강과 그 지류가 흐른다. 안으로 들어가면 도다니계곡이 있는데, 근처에 중생대 데나가층군이 잠들어 있는 공룡화석 발굴장이 있다.

옛날 쥐라기 말에서 백악기에 걸친 시대에는, 데나가가 중국대륙과 이어져 있었다고 한다. 공룡이 등장했던 시대의 호쿠리쿠 지방에는 거대한 분지가 펼쳐져 있던 것 같다. 지금의 동해에 해당하는 그 광대한 분지에는 곳곳에 호수와 늪이 존재하고 많은 강들이 흘러들었다. 물가에는 소철나무, 은행나무, 풀고사리 등 삼림이 풍성하게 우거졌고, 악어와 거북이, 물새 떼들이 서식하고 있었던 것으로 추측된다. 그리고 무엇보다 공룡이 도처에서 콜로니를 형성하고 알을 부화시켜 새끼들을 키웠을 것이다. 하지만 지금 그곳에 사는 사람들이 그 사실을 의식하고 있을 리가 없다. 히토미도 과거에 살았던 공룡에 대해서는 아무런 관심이 없다.

히토미의 집은 시청에서 서쪽 방향으로, 주택지에서 농촌지대로 바뀌는 중간쯤에 있다. 유난히 눈에 띄는 집이다. 좋은 의미가 아니라 나쁜 의미로.

양옥집이라고 하면 듣기 좋지만, 서양의 성을 흉내 낸 러브호텔 분위기다. 졸부 취미의 싸구려 분위기가 농후하게 풍긴다. 그야말로 기적적인 악취미라고밖에 표현할 수가 없다. 주변이 텅 빈 전원지대에 그런 집이 턱 하니 버티고 서 있기 때문에 뭐랄까, 히토미는 온 세상에 부끄러움을 드러내고 있는 느낌이었다.

―여러분 미안해요. 제발 용서해주세요. 그렇지만 제가 나쁜 게 아니에요. 저는 아무 잘못이 없어요.

히토미는 변명하고 싶었다. 5년 전에 지어진 집은 엄마 취향이 그대로 드러난다. 히토미와 4살 차이가 나는 언니의 의견은 전혀 반영되지 않았다. 분명히 히토미는 아무런 책임이 없지만 세상 사람들은 그 사실을 이해해줄 정도로 친절하지 않다.

히토미는 빨갛게 솟은 지붕을 보면 여전히 얼굴이 붉어졌다. 현관의 하얀 포치를 볼 때마다 도망치고 싶었다. 커다란 난로 굴뚝이 왜 필요한 거야? 소리 지르고 싶은 충동이 일었다. 도대체 앞마당에 있는 이 쓸데없는 화단은 뭐야? 바로 옆에 무밭이 있단 말이야.

―도대체 엄마는 왜 저러는 거야.

정말이지 너무 창피하다. 창피해서 견딜 수가 없다. 하지만 지금은 집이 부끄럽다고 생각할 상황이 아니다.

히토미는 자전거를 끌고 나왔지만 뭔가를 망설이는 것처럼 그 자리에 가만히 서 있었다. 도다니계곡에 가려면 집 앞 도로에서 서쪽으로 꺾어 국도로 나가야 한다. 그리고 중간에 '도다니계곡 하이킹코스'로 들어간다. 주변에 자전거를 두고 30분 정도 걸어 올라가면 도다니계

곡에 도착하는데, 1시간이 채 걸리지 않는다. 그런
데…….

　─거기가 먼저야.

　잠시 망설인 뒤 자전거에 훌쩍 올라탄 히토미는 서쪽
이 아닌 동쪽으로 향했다.

　히토미가 다니는 학교, 도다니중학교를 향해서.


　4

　히토미의 집에서 도다니중학교까지는 자전거로 약
10분 거리다. 학교는 마쓰야마카와 강을 끼고 시청 건너
편에 위치해 있다.

　강을 따라 걷는 길은 벚꽃의 명소로 이른 봄 토요일에
는 사람들로 흥청거린다. 그런데 4월 말이 되면 사람들
의 그림자도 보이지 않는다. 가끔 특별활동으로 달리기
를 하는 중학생이 보이는 정도다. 지금도 휑하니 인기척
이 없는 학교에 브라스밴드 클럽의 연습하는 소리가 들
릴 뿐이다.

　「성자의 행진」 같았다. 뭐더라, 영어 시간에 배웠는
데. 뭐였지. 그래 맞아. 아마 「When The Saints Go
Marching In」이었나.

— '성자가 거리에 온다'고 기억하는 사람들이 많지만 그런 곡은 없다고 영어선생님이 가르쳐줬다. 'March'가 '마치(거리, 시가의 의미—옮긴이)'라고 들리기도 해서 잘못된 제목이 정착된 건 아닐까? 그러니까 착각한 것 같은데…… 그런 일이 정말 있을까?

인사치레로도 잘 한다고 칭찬할 수 없는 연주였다. 완전 엉망진창이었다. 음도 제대로 나오지 않고 연주도 제각각이다. 너희는 그런 연주를 한다는 게 쪽팔리지도 않냐.

물론 브라스밴드 클럽의 연주를 듣기 위해 일부러 학교에 온 것은 아니다. 주말에는 미리 학교 측의 허락을 받던지 선생님이 동행하지 않으면 학생은 교내에 들어갈 수 없다는 규칙이 있다. 정문은 굳게 잠겨 있었다. 울타리 너머로 들여다본 운동장에 학생들 모습은 보이지 않았다. 울타리를 넘으면 되지만 사람 그림자 하나 없는 운동장에 들어가면 소집된 선생님 중 누군가에게 금방 들킬지도 모른다. 그러면 곤란하다. 히토미는 아무도 모르게 학교에 들어가고 싶었다. 그 누구도 알아서는 안 된다.

정문으로는 들어갈 수 없고 운동장을 가로지르지도 못한다. 그럼 뒤로 돌아가는 방법밖에 없다. 선생님들은 뒷문이 잠겨 있다고 생각하지만 보기에만 그럴 뿐이다. 막대기 모양의 빗장이 끼워져 있는 문 사이로 손을 집어넣으면 쉽게 빗장을 뺄 수 있다. 게다가 체육관 뒤로 돌아가면 되기 때문에 사람들 눈에 띄지 않는다.

후줄근한 운동복 차림의 히토미는 누가 보더라도 학교에서 특별활동을 하고 있다고 생각할 가능성이 크다. 또 활동적이며 거리에서 입고 다녀도 위화감이 없다는 장점이 있다.

뒷문으로 몰래 들어가 바로 교무실로 향했다. 이지마 선생님은 아사이 선생님이 돌아가셨기 때문에 교직원 회의가 소집되었다고 했다. 선생님들이 모두 회의실에 있다면 교무실에는 아무도 없어야 한다.

교무실 안을 살짝 들여다보니 역시 아무도 없다. 살그머니 들어갔다. 마치 TV시대극에 나오는 여자 닌자처럼 몸을 낮추고 재빠르게 이동했다. 나는 「미토 고몬(TBS에서 방영된 시대극—옮긴이)」에 나오는 유미 가오루인가.

아사이 선생님의 책상을 찾는데 조금 시간이 걸릴지도 모른다고 생각했는데 그럴 일은 없었다. 꽃병에 꽃을 꽂아놓은 책상이 보였다. 평소 아사이 선생님이 좋아한다고 했던 시클라멘 꽃이다. 일찌감치 누군가가 아사이 선생님 영혼에 꽃을 바쳤나보다. 부엌용 장갑을 끼고 그 책상으로 곧장 다가갔다.

"……."

긴장해서 목덜미가 판자처럼 뻣뻣해졌고 손바닥에서 식은땀이 났다. 토요일에 학교를 무단침입 했고 아무도 없는 교무실에 몰래 들어왔다. 이런 장면을 선생님에게 들킨다면 그야말로 변명의 여지가 없다. 히토미 자신도 이런 행동을 어떻게 설명해야 할지 막막했다.

아사이 선생님 책상 앞에 섰다. 다리가 약간 후들거렸다. 그만둘까. 아직 늦지 않았어. 그냥 이대로 돌아갈까.

—안 돼. 무슨 소리 하는 거야. 여기서 돌아가면 아무 것도 해결되지 않아. 이렇게 된 이상 어쩔 수 없어. 얼른 해치워버려.

마음속으로 자신을 야단치고 서랍 손잡이를 잡았다. 지문이 남지 않도록 장갑을 꼈다. 자신이 마치 도둑처럼 느껴졌다.

—여중생 도둑이라.

웃음이 나려고 했다. 하지만 얼굴은 딱딱하게 굳었다.

—도둑이라도 된 것 같은 게 아니야. 이건 진짜 도둑질이야.

하지만 나는 물건을 훔치려고 하는 게 아니잖아. 단지 내 것을 되찾으려는 것뿐이야. 마음속으로 자신을 타일

렀다. 하지만 아무리 얼버무리려 해도 히토미가 하는 짓
은 역시 도둑질이다.

책상 서랍은 잠겨 있었다. 부수지 않으면 서랍을 열
수 없다. 운동복 주머니에서 드라이버를 꺼내 끝을 열쇠
구멍에 찔렀다. 심장이 쿵쾅거려 몸속에서 튀어나올 것
만 같았다. 드라이버를 쥔 손이 희미하게 떨렸다.

― 도둑질은 건강에 나빠.

히토미는 새삼 절실히 느꼈다.

## 공룡의 계곡

1

드라이버를 쥔 손에 힘을 주려던 찰나였다. 「성자의 행진」 연주소리에 엉뚱한 음이 힘차게 섞였다. 악기에 대해 아무것도 모르는 히토미는 그 소리가 트롬본인지 튜바인지 구분할 수 없다. 하지만 '아무리 그래도 이건 너무한데' 라는 말이 절로 나올 정도로 어울리지 않아 히토미는 그만 넘어질 뻔했다.

그 순간 드라이버 끝이 미끄러지고 힘이 빠졌다. 쇠장식이 덜컹덜컹 헛도는 소리를 내며 뜨는 듯한 감촉이 느껴졌다.

—엇?

히토미는 드라이버를 운동복 주머니에 집어넣고 서랍을 당겨보았다. 아무런 저항 없이 열렸다. 열쇠구멍

깊숙한 곳에서 희미한 금속음이 들린다.

─벌써 부서져 있어.

어떻게 된 걸까? 아사이 선생님이 열쇠를 잃어버린 걸까. 그래서 열쇠구멍을 부숴버렸나. 그렇지 않으면 다른 누군가가……?

─누가, 왜?

그런데 지금은 그런 걸 생각할 때가 아니다. 생각한다고 해서 알아낼 수도 없다. 빨리 일을 끝내고 교무실에서 나가야한다. 꾸물거리다가 누군가에게 들킨다면 그때야말로 돌이킬 수 없다.

먼저 서랍 안을 뒤졌다. 나중에 누가 보아도 절대 서랍을 뒤졌다고 의심하지 못하도록 주의해야 한다. 학생들 성적표, 학교 행사를 항목별로 정리한 표, 학교 측 전달사항, 그밖에는 연필과 지우개, 자 등 자잘한 문구류가 있을 뿐이었다. 그리고 플로피디스켓이 한 장.

아사이 선생님 책상 위에 노트북이 있었다. 하지만 컴퓨터는 부팅하는 데만도 시간이 걸린다. 지금 느긋하게 그런 짓을 할 상황인가. 이래저래 하고 있는 동안 선생님들이 교무실로 돌아오면 정말 큰일이다. 그보다 디스켓을 훔쳐 집에 있는 컴퓨터를 이용하는 편이 훨씬 안전하고 꼼꼼하게 내용을 확인할 수 있다. 그래도 히토미는 디스켓을 집에 가져가고 싶지 않았다. 히토미가 찾고 있는 것의 절반은 그녀 소유라고 할 수 있고, 그것을 되찾을 권리가 있다고 확신했다. 다른 사람들은 그 말에 동의하지 않을지 모르지만, 적어도 히토미 자신은 조금도 흔들림이 없었다.

그런데 디스켓은 사정이 다르다. 디스켓을 집으로 가져가면 진짜 도둑이 된다. 그렇게 되면 변명의 여지가 없다.

—아이, 정말! 이 밥통. 정말 융통성이 없다니까.

속으로 자신을 나무라면서 노트북에 디스켓을 넣었다. 전원을 켜고 부팅이 되기를 기다렸다. 디스켓을 여는 데 패스워드가 필요하면 어쩌지. 히토미는 걱정을 했지만 아사이 선생님은 그다지 프라이버시 의식이 철저하지 않았나보다. 아니면 이 디스켓은 패스워드를 걸 정도로 중요하지 않은 걸까?

노트북 키보드는 아주 작다. 장갑을 낀 채로는 엔터키도 치기 힘들었다. 잠시 망설이다가 결심을 하고 장갑을 뺀 다음, 노트북을 조작했다.

—이게 뭐야.

맥이 빠지게 디스켓 안에는 그림 하나밖에 없었다. 그림이라기보다 기호라고 생각하는 편이 나을지도 모른다. 디지털카메라로 찍었는지 아니면 스캔을 한 건지, 어떻든지 간에 일부러 디스켓에 저장해둘 필요는 없어 보였다. 단지 삭제하는 것을 잊어버린 건지도 모른다. 도형 밑에 메모가 적혀 있었다.

□ **4·13·방에서 발견**

4월 13일에 영화부 교실에서 발견했다는 의미일까. 일부러 메모를 남길 정도로 중요한 걸까?

—이게 도대체 뭘까.

뭐든지 간에 문제 삼을 정도는 아니다. 혹시 이 그림이 아사이 선생님에게는 중요하다고 해도 히토미하고는 아무 상관없다. 결국 히토미는 찾던 것을 발견하지 못했다. 학교에 없다면 집에 있는 걸까. 아사이 선생님은 독신이었다. 아파트에서 혼자 산다고 들었지만 주소는 모른다. 누군가에게 물어봐야 한다. 누가 알고 있을까.

―그건 나중에 생각하자.

파일을 닫고 노트북 전원을 껐다. 디스켓을 서랍 속에 넣은 후 다시 닫았다. 만약을 위해 손수건으로 키보드를 휙 닦았다.

―자, 이제 끝났어. 들키면 큰일이야.

불안한 마음에 서둘러 교무실을 빠져나왔다. 무릎이 덜덜 떨렸다. 냅다 뛰어가고 싶은 심정이었지만 겨우 억눌렀다. 하지만 교무실을 나오자 자신도 모르게 뛰고 있었다.

―빨리 도망쳐, 빨리.

가슴속에서 리듬을 맞추듯 반복했다. 복도를 꺾었다.

"앗!"

순간 어떤 남학생과 부딪힐 뻔했다.

"아아, 미안."

바로 옆을 아슬아슬하게 빠져나갔다. 전속력으로 달렸다. 뒤돌아보지 않았기 때문에 그 남학생이 누군지도 몰랐다. 누구든 상관없어. 지금 나에게는 그게 중요한 게 아니니까.

"복도에서 뛰지 마!"

뒤에서 남학생이 소리쳤다.

―엣, 나 초등학생이야?

자신을 추궁하면서도 히토미는 열심히 뛰었다. 남학생이 뭐라고 더 소리친 것 같았지만 잘 들리지 않았을 뿐더러, 그렇다고 해도 절대 멈추는 일은 없었을 것이다. 결국 학교 밖으로 나갈 때까지 한번도 쉬지 않았다.


2

그길로 곧장 도다니계곡으로 향했다. 서쪽으로 자전거를 밟았다.

아침 10시.

등 뒤에 비추는 햇살

도로에 비치는 히토미의 그림자

회전하는 바퀴살에 햇빛이

반짝

반짝

아스팔트에 반사했다. 도로와 자전거가 캐치볼을 하는 것처럼. 얼굴 위로 빛이 반짝거린다. 약간 땀에 젖은 얼굴에 닿는 바람이 기분 좋았다.

—그래. 벌써 5월이구나.

그런데 내가 지금 뭐 하는 거지. 나는 무엇을 하고 있는 걸까.

─공룡한테 살해당했다…… 뭐야, 그게?

지금 도다니계곡을 향해 자전거를 타고 가고 있다. 그런데 내가 이렇게까지 해야 하는 걸까.

─그래, 역시 너한테 전화하길 잘 한 것 같아.

문득 이지마 선생님의 말이 생각났다. 자전거를 타고 어딘가에서 머릿속으로 뛰어든 것처럼.

─특별활동 고문선생님이랑 부장은 특별한 친밀감이 있잖아.

바보, 무슨 소리하는 거야. 대체 어떤 근거로 그런 생각을 하는 건지. 순전히 이름뿐인 영화부였다. 부장인 나와 유령회원 두세 명이 전부로 실질적인 활동은 전혀 없었다. 그런데 어떻게 이 사이에 특별한 친밀감이 있다는 거지? 있을 리가 없잖아. 혼자 멋대로 상상해서 떠들지 말라고요.

아사이 선생님은 서른네 살로 히토미보다 스무 살이나 나이가 많다. 아니, '많았다.' 젊지만 완전 아저씨였다. 머리는 기름으로 착 달라붙었고, 검은 얼굴은 번드르르했다. 영화부 고문선생님이지만 움직이는 영상보다 정지화면에 흥미가 많아서 언제나 디지털카메라를 들고 다녔다. 히토미를 수차례 찍기도 했다.

─긴장하지 말고. 편하게, 자연스럽게.

노면에 미끄러지는 바퀴소리. 기어를 바꾸는 소리…… 소리는 어느덧 아사이 선생님 목소리로 바뀌었다. 그 목소리에서 도망치듯 계속해서 페달을 밟았다.

잡히지 마.

잡히지 마.

잡히지 마.

또다시 이지마 선생님의 목소리가 들렸다.

―특별한 친밀감이 있잖아.

없어, 이지마 선생. 그런 건 없어.

나는 오히려 이지마 선생님이 그런 생각을 하게 된 이유가 궁금했다. 엄청 멋진 중학시절을 보낸 걸까. 꿈속에서 살았던 걸까. 아니면 지금도 동화 속에서 살고 있는 건 아닐까.

아사이 선생님과 특별한 친밀감 따위가 있을 리 없다. 그러기는커녕 나는 아사이 선생님을 좋아하지 않았다.

싫어했다. 정말 싫어.


3

국도로 나가자 경찰차가 많아졌다. 자동차 몸체에 '후쿠치 현경'이라고 적혀 있다. 국도라고 해도 교통량은 많지 않다. 주말과 공휴일에는 정말로 셀 수 있을 정도의 차밖에 다니지 않는다.

경찰차는 사이렌도 울리지 않고 회전등도 켜지 않은 채 조용히 달렸다. 하지만 그것이 더 사건의 심각성을 두드러지게 하는 것 같아 긴장감을 고조시켰다. 국도 사이에 있는 도다니계곡 하이킹코스로 들어가자, 등산로 입구가 보였다. 몇 대의 경찰차와 스테이션왜건이 서 있다. 무선 소리가 지익지익 울리고 있었지만, 그에 응답하는 소리는 없다. 자동차만 있을 뿐 사람의 모습은 보이지 않았다. 모두 현장에 나간 걸까.

—현장이 어딜까? 구름다리가 있는 곳일까?

어쩐지 자전거를 두고 가는 게 내키지 않았다. 눕혀서 덤불 속에 숨긴 후 구름다리로 향했다. 좁은 산길을 따라 올라갔다. 등산로 입구는 수풀과 벼랑에 양쪽이 막혀 있어서 조망이 좋지 않다. 길은 상당히 험했다. 금방 숨이 차올랐다.

도다니계곡 하이킹코스를 걸어가는 게 초등학교 소풍 이후니까 5년만일까, 6년만일까. 두세 차례 수풀 속에서 사람 목소리가 들렸다. 경찰이 무슨 조사를 하고 있는 듯했지만 실제로 모습은 보이지 않았다. 목소리가 들릴 때마다 반사적으로 몸을 굽혀 종종걸음으로 그곳을 빠져나갔다. 경찰에게 들키면 안 된다. 왠지 모르게 아사이 선생님이 돌아가셨다는 현장을 보고 싶다. 호기심일까? 너무 깊이 생각하고 싶지는 않다. 무조건 보고 싶었고, 보기 전에 쫓겨나는 일만큼은 피해야 했다.

그런데 갑자기 시야가 트였다. 여태껏 등산로 한쪽에 솟아 있던 벼랑이 휑하니 사라지고 없었다. 폭 200미터에 높이가 10미터에서 20미터 정도 되는 면이 깡그리 깎여 있었다. 안장처럼 깎여 무너진 서쪽 벼랑 사이로 멀리 시로야마, 조호가 보였다. 지면이 평탄하게 깎여서 수백 개의 바위 층이 드러났다. 유압셔블과 착암기 자국이 선명하게 남아 있었다. 관계자 외 출입을 금지한다는 로프 때문에 아무나 들어갈 수 없다.

—여긴 뭐지.

히토미는 당황했다. 하지만 게시판에 붙어 있는 커다란 포스터를 발견하고 여기가 뭐 하는 곳인지를 알았다. 포스터에는 헬멧을 쓰고 작업복을 입은 공룡이 소형 유압셔블을 조종하고 있었다. 미국 만화를 연상시키는 그림으로 포스터 상단에는 영어 문구가 적혀 있다.

**TENAGA GROUP DINOSAUR EXCAVATION PROJECT**

**198×년**

'EXCAVATION'이라는 단어만 의미를 몰랐고, 다른
단어는 모두 이해되었다.

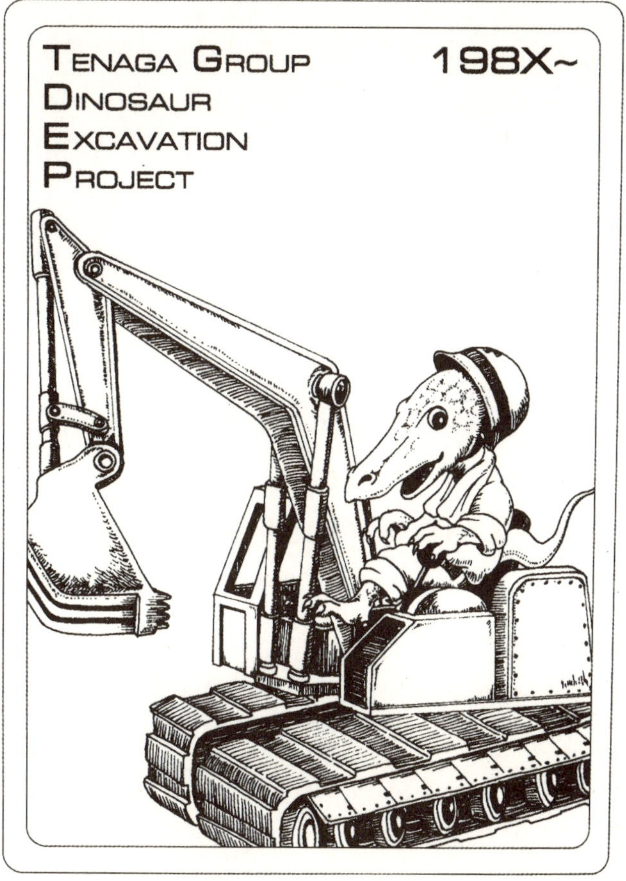

'모르는 단어가 있어도 전체의 흐름을 보고 어떤 의미인지 이해할 수 있도록 노력하세요.' 영어선생님이 수업시간에 한 말이 떠올랐다. 노력해서 알 수 있다면 아예 처음부터 모르는 일은 없을 거예요. 히토미는 항의하고 싶었지만 이번만큼은 선생님의 말이 옳다고 생각했다.

DINOSAUR는 공룡이라는 의미다. 이 단어는 디즈니 종류의 영화 제목에서 본 적이 있기 때문에 기억한다. 그렇다면 EXCAVATION은 '발굴'이나 '파다'의 뜻이 분명하다. 다시 말해서 포스터에 적힌 말의 의미는 '데나가층군의 공룡화석 발굴현장'이 된다. 198×년에 시작된 발굴 작업이 아직도 계속되고 있었다.

생각났다. 200×년 이었나. 제2차인지, 제3차 발굴이 시작되었을 때다. 초등학교 시절 도다니계곡으로 소풍 갔을 때 이곳에도 들렀다. 발굴현장에서 일하고 있던 많은 사람들의 모습이 기억에 남아 있다. 교육위원회 사람이라든지, 도쿄의 대학 교수님이라든지, 현립박물관 관계자든지, 많은 사람들이 북적거려서 떠들썩했다. 당시 발굴에 참가한 사람들이 모여 진심으로 즐겁다는 듯이 행동하던 모습이 인상적이었다. 그중 한 대학교 교수님이 소풍 온 초등학생에게 일본에서 살았던 공룡이야기를 해주었다.

'사에키 구니히코 교수님'

하토미는 자신이 그 이름을 기억하는 사실에 깜짝 놀랐다. 사에키 교수님이 유명한 고생물학자며 공룡에 관해서는 일인자라는 점 때문에 기억하고 있는지도 모른다. NHK방송의 공룡을 다룬 스페셜프로그램에 게스트로 출연한 것을 본 적도 있다. 하지만 히토미가 사에키 교수님의 이름을 기억하고 있는 건 무엇보다 그때의 이야기에 강렬한 인상을 받았기 때문이다. 지금 그 이야기는 거의 잊어버렸다. 그래도 교수님의 마지막 말만큼은 기억의 한 구석에 선명하게 남아 있다.

'저는 공룡을 좋아합니다. 이렇게 좋아하는 공룡을 평생 연구하며 살 수 있어서 정말 행복하다고 생각합니다. 여러분도 반드시 좋아하는 일을 발견하세요. 하나면 충분합니다. 뭐든지 좋습니다. 반드시 좋아하는 일을 찾아주세요.'

사에키 교수님은 왼손에 들고 있던 공룡의 송곳니 화석을 사랑스럽게 쓰다듬으며 말했다.

'사람에게 중요한 건 무엇일까요? 생각하건데 훌륭해지는 일도 아니고, 하물며 돈도 아니에요. 그런 건 아무것도 아니죠. 초등학생인 여러분들에게는 조금 어려울지도 모르겠지만, 저는 인생에서 얼마나 많은 감동을 느낄 수 있는가가 가장 중요한 일이라고 생각합니다. 공룡은 저에게 항상 엄청난 감동을 주었어요. 가능하면 여러분도 공룡에게서 감동을 느꼈으면 합니다. 공룡은 이 지구가 우리들에게 준, 무엇보다 멋진 선물이니까요. 여러분들도 반드시 스스로의 공룡을 발견해주었으면 합니다.'


**4**

사에키 교수님은 진심으로 행복해보였다. 교수님이 기르던 턱수염이 크리스마스의 일루미네이션처럼 반짝반짝 빛났다.

─그렇구나. 내가 좋아하고 감동받을 수 있는 무언가를 찾는 거야. 내 공룡을 찾는 게 중요해. 진짜 소중하다는 건 그런 거야.

히토미는 교수님의 말을 듣고 어린 마음에도 감동을 받았다. 온몸에 전율이 느껴졌다. 그때는 초등학생이었기 때문에 왜 몸이 떨리는지 몰랐다. 하지만 중학생이 된 지금은 그것이 바로 감동이었다는 사실을 알고 있다. 너무나도 분명하게.

─나는 교수님 말씀에 진짜 감동 받았어.

히토미는 자신도 모르게 어깨에 멘 작은 가방 위로 가

만히 디지털카메라를 만졌다. 딱딱한 금속의 감촉이 또렷하게 느껴졌다. 지금 히토미에게는 그것이 무엇보다도 믿음직한 존재였다.

─여기서부터 시작이야. 이게 나의 시작인 거야.

진심으로 그렇게 생각했다. 오시이 마모루의 「시끌별 녀석들2 ─ 뷰티풀 드리머」를 봤을 때, 마침내 나의 공룡을 찾았다고 생각했다. '언젠가 나도 이런 영화를 찍는 영화감독이 되고 싶다.' 이것이 바로 히토미의 공룡이었다. 어떠한 일이 있더라도 그것만큼은 놓쳐서는 안 된다. 「뷰티풀 드리머」를 봤을 때부터 지금까지 계속 그 바람은 바뀌지 않았다.

그런데 소풍 때 본 '공룡화석 발굴현장'과 지금 이곳은 동일한 장소일 텐데, 어째서 위화감이 느껴지는 걸까. 옛날에는 많은 사람들이 작업을 하고 있었다. 물론 지금도 그렇지만 그때는 그 작업이 무엇을 위한 것이었는지, 왜 필요한지, 아무 것도 알지 못했다.

철로 만든 커다란 발톱모양 기계로 벼랑을 깎기도 하고 강물을 펌프로 퍼서 현장에 흘려보내는 광경은 마치 축제 같았다. 가슴이 두근거리며 흥분되었다.

반면에 지금 보는 발굴현장은 너무나도 고요했다. 쥐 죽은 듯, 사람 그림자 하나 없다. 물론 일요일이고 근처에서 사람이 죽었는데 화석 발굴을 할 만한 상황이 아닐지도 모른다. 하지만 뭐라고 해야 할까……. 그래, '침체'다. 지금은 당시의 공룡화석 발굴현장에서 느낀 열기가 완전히 사라진 것 같았다. 기분 탓일까. 분명히 뭔가가 달랐다. 히토미는 고개를 갸우뚱거렸다. 그때 산길 쪽에서 사람 그림자가 보였다. 두 개의 그림자는 발굴현장에 내려가는 것 같았다. 대화에 열중했는지 히토미의 모습을 알아차린 낌새는 없었다.

—안 돼.

뭐가 안 되는 건지 자신도 알 수 없었다. 알지 못하면서도 반사적으로 몸이 움직였다. 굳이 숨으려고 한 것은 아니었다. 숨을 이유 따윈 전혀 없었지만 사람 눈에 띄고 싶지 않았다. 어느새 덤불 그늘 속으로 몇 발자국 물러나 있었다. 엇, 내가 왜 이러지? 하지만 덤불 속에서 나가고 싶지는 않았다. 어쩐지 그러면 안 될 것 같아 그대로 덤불 속에 몸을 숨겼다. 나중에 생각해보면 히토미에게 어떤 예감이 작용했던 것 같다. 예감. 그것도 나쁜 예감이…….

산을 내려온 사람은 두 명의 남자였다. 한 명은 30대 중반, 다른 한 명은 50대 후반쯤 되었을까. 모두 양복을 입고 있었다. 30대 남자는 처음 보는 사람이었지만 50

대 남자는 낯이 익다.

현회의원 선거포스터에서 시장과 나란히 서서 상냥하게 웃고 있었다. '항상 현민 여러분의 행복을 바라는 사람' 포스터에 적혀 있는 문구다. 그럼 이 남자는 현역 현회의원이라는 건가. 아마 그렇겠지. 선거에 낙선했다면 포스터 속에서 그렇게 웃고 있지 못할 것이다. 이름이 뭐였더라?

—맞아. 이가라시였지, 이가라시 뭐라고 했는데.

성밖에 기억나지 않았지만 기억할 의무도 없다. 전적으로 이가라시가 혼자 이야기를 하고 30대 남자는 듣고만 있었다. 점점 가까워지면서 목소리가 분명하게 들렸다.

"아무튼, 후쿠치현이나 K시에서 공룡은 귀중한 관광자원이네. 그것을 어떻게 활용하면 좋겠는가. 공룡박물관도 나쁘지 않지만 그것만으로 많은 관광객을 유치하기엔 너무 부족하네. 수학여행 오는 애들만이 대상은 아니니까. 현 밖에서도 관광객들을 끌어 모아야 하네. 시로야마 안쪽에는 온천도 있지 않나. 그것과 함께 공룡을 최대한 활용할 방법을 찾아봐야 하네. 그렇다면 어떻게 해야 할 것 같나?"

이가라시의 목소리는 이상할 정도로 날카로웠다.

"공룡 테마파크 아닌가. 그것밖에 없네. 영화「쥬라기

공원」까지는 아니더라도 그런 걸 여기 도다니계곡에 만들면 되는 거네. 그러면 사람들을 불러 모을 수 있을 걸세. 그래. 분명히 몰려들 거네. 그런 생각 안 드나?”

30대 남자가 뭐라고 말을 했다. 목소리가 낮아 무슨 말인지 들리진 않았지만, 이가라시의 의견에 찬성한 것 같았다. 현회의원의 목소리가 기분 좋은 듯이 커졌으니까.

이가라시의 목소리가 한층 높아졌다.

“바로 그것이네. 여기에 커다란 호텔을 짓는 거네. 현 밖에서 오는 관광객들을 수용하는 거지. 이제 테마파크의 시대는 아니라고 말하는 사람도 있지만, 그건 알맹이가 어떤가에 달렸네. 공룡이라면 충분해. 나는 내년 시장선거에 출마할 걸세. 현 시장의 추천을 받기로 되어 있고 자민당의 공천 약속도 받았다네. 이미 시장이 된 것이나 마찬가지지. 그런 때에 말이야.”

이가라시는 뭔가에 화가 난 것처럼 말을 이었다.

“사람이 죽어서야 되겠나. 더구나 살인사건일지도 모른다니. 공룡 테마파크를 계획하고 있는 이 시점에서 살인사건 따위로 실패할 순 없단 말이네. 그렇지 않나? 물론 사건해결에 전력을 다하고 싶은 자네입장은 이해하네. 하지만 지금은 더 큰 입장에서 문제를 봐주었으면 한다네. 사건조사보다 현정을 우선시하는 경우도 있지 않나."

30대 남자의 대꾸에 이가라시는 응, 응 하고 긍정하더니 다시 입을 열었다.

"실은 말일세. 전에도 비슷한 사건이 있었네. 딱 20년 전 여름이었어. 당시 나는 현의 행정 업무에 종사하고 있었기 때문에 잘 기억하고 있네. 제1차 발굴예비조사가 실시되고 있을 때 이번과 비슷한 사건이 발생했네. 그때도 역시 공룡이 사람을 죽였다고 생각할 수밖에 없는 사건이 발생한 거네. 당시의 경찰도 대국적인 입장에서 움직여줬다네. 뭐, 사건은 흐지부지 종결되어버렸지만……. 아무튼 그와 비슷한 일이."

쉿, 30대 남자가 말을 막았다. 아무래도 덤불 속에 히토미가 숨은 사실을 알아차린 것 같다. 이가라시를 한 손으로 제지하며 멈춰 섰다. 그리고 가만히 이쪽을 응시했다. 덤불을 뚫고 들어오는 30대 남자의 날카로운 시선을 분명하게 느꼈다.

—아앗.

히토미는 몸이 움츠러들었다. 30대 남자가 경계하는 것은 당연했다. 히토미가 두 사람의 대화를 몰래 엿듣고 있는 것처럼 느꼈을 테니까.

—그런 게 아니라고요.

저는 남의 말을 엿들을 생각 따위는 전혀 없었어요. 하긴, 들으면 안 되는 대화를 들어버린 것 같긴 했다. 그건 그렇지만 처음부터 엿들으려고 한 게 아니에요. 믿어 줘요.

물론 30대 남자는 그 말을 믿을 생각은 조금도 없어 보였다. 히토미를 바라보는 시선에는 의심과 적의가 역력히 드러나 있어서 한마디로 무서웠다. 남자는 키가 크고 말랐으며 얼굴은 푸른 기운이 느껴질 정도로 하얗다. 관자놀이에 핏줄이 올라 상당히 신경질적으로 보이는 수재의 얼굴이었다. 절대로 행복하지 않은 수재의 얼굴.

―엇?

히토미는 눈을 깜빡였다. 그럴 리가 없는데, 그럴 리가 없다. 30대 남자의 얼굴은 어디선가 본 적이 있었다. 머릿속에 벨소리가 작게 울려 퍼졌다. 하지만 정말로 그럴 리가 없었다. 나는 절대로 이런 사람을 만난 적이 없으니까.

다시 남자의 얼굴을 보자 역시 모르는 사람이었다. 기분 탓이겠지. 어쨌든 히토미가 난처한 입장에 처한 것은 틀림없었다. 더는 배겨낼 재주가 없다.

이렇게 된 이상 방법은 한 가지.

―도망가자. 그것밖에 없잖아. 여기서 빨리 달아나자.

그것밖에 없어. 결단을 내렸다. 아무렇지도 않은 척 덤불에서 나왔다. 나는 아무 소리도 듣지 못했어요. 엿듣지도 않았어요. 온몸으로 메시지를 풍기면서 그 장소를 뒤로 했다. 두 남자의 시선에 등이 따끔거렸다. 살짝 배어나온 땀이 얼음처럼 차가워졌다.

—이러면 감기 걸리는데.

정말로 걱정이 되었다.

# 공룡의 추억

1

―와아.

좁은 고갯길을 올라가자 탄성이 절로 나왔다. 눈앞이 시원스레 트이며 시야가 넓어졌다. 지금까지 숲과 산에 막혀 있던 하늘이 얼마나 눈부시고 넓은지 실감할 수 있었다. 푸르고 밝았다.

도다니계곡에 도착하자 눈앞의 벼랑은 무너져 있었다. 건너편 기슭까지 20미터는 되어보인다. 무너진 벼랑은 계곡이 되어 마쓰야마카와 강을 끼고 있었고, 계곡 양옆으로 자갈밭이 펼쳐져 있었다.

각 절벽은 10미터 정도로 위에서 내려다봐도 그다지 높다는 인상은 없다. 하지만 철사와 목재로 만들어진 구름다리는 상당히 위험해보였다. 바람이 강하지도 않은데 약간씩 흔들리고 있었다. 떨어지면 무사하지 못할 거라는 생각이 절로 들었다.

소풍 때 구름다리를 건너면서 모두 까악까악 소리를 질렀다. 신이 나서 발을 구르고 일부러 구름다리를 흔드는 남자아이도 있었다. 당장 그만, 위험하잖아. 선생님이 날카로운 목소리로 외쳤다. 맞는 말이다. 지금 생각해보면 절대로 해서는 안 되는 행동이었다. 지금도 그렇고.

좁고 험한 골짜기의 자갈밭에 사람이 쓰러진 모습이 노란색 초크로 그려져 있었다. 형체가 그려져 있을 뿐인데 이상할 정도로 생생했다. 떨어져서 죽은 걸까. 아니면 죽어서 떨어진 걸까. 주변 돌멩이에 핏방울이 튀었다. 붉은 물음표. 자갈밭은 빛줄기가 가득해 멀리서도 뚜렷하게 보인다.

잘은 모르겠지만, 아니 모르는 편이 당연히 행복하겠지만 그 사람의 머리는 깨졌을 것이다. 눈을 가리고 다가가 수박 깨기를 할 때의 수박처럼…….

'그 사람'이 아닌 아사이 선생님이라고 분명하게 말하는 게 좋을지도 모른다. '수박 깨기의 수박처럼'이라는 표현은 너무 함부로 말한다는 생각이 든다. 하지만 히토미는 그 사람이라고 부르거나 수박처럼이라고 표현하는 것으로 간신히 마음속 균형을 유지했다. 자갈밭에서 실제 아사이 선생님의 시체를 본 것 같다. 머릿속이 새하얗다.

―이게 뭐야. 왜 이렇게 되는 건데.

무릎이 덜덜 떨리고 다리에 힘이 빠졌다. 비틀거리며 당장 주저앉아도 이상하지 않을 정도다. 목구멍이 아릿하다. 아무리 헛기침을 해도 그 느낌은 사라지지 않았다. 무언가가 쿡하고 코를 찌르더니 눈가가 축축해졌다.

―엣, 이게 뭐야? 우는 거야?

예상외라고 할까, 도저히 믿을 수 없었다. 이지마 선생님이 뭘 어떻게 생각하던 그건 선생님 자유였다. 하지만 아사이 선생님이 죽었다는 말에 이렇게 자전거 페달을 밟으며 달린 건 죽음을 슬퍼해서가 아니었다. 히토미에게는 이유가 있었다. 특별히 아사이 선생님을 좋아했기 때문이 아니었다. 오히려 싫어했다. 그런데 왜 이러는 걸까. 히토미는 자신의 기분을 이해할 수가 없었다.

―눈물이 나려고 하잖아.

도다니계곡에서 눈을 뗄 수가 없었다. 멀리 떨어진 곳에서 보는 계곡은 전혀 현실감이 없다. 어쩐지 TV뉴스 중계를 보고 있는 것 같았다. '그럼 현장에서 취재 중인 ○○ 기자의 말을 들어보겠습니다' 하며 끼어들고 싶어질 정도였다. 하지만 히토미의 기분이 어떻든 지금 저곳에서 이루어지고 있는 일은 현실 속의 현장검증임에 틀림없다. 잔인할 정도로 철저하고 생생했다.

벼랑 위, 구름다리, 자갈밭, 모든 곳이 경찰들로 넘쳐났다. 사복차림의 형사와 젊은 여자 몇 명이 함께 섞여 움직이고 있었다. 위아래로 감색제복을 입은 사람도 보였다. 등에는 '후쿠치현경 감식반'이라고 적혔다. 와아, 저게 감식반이구나, 정말 알아보기 쉽네. 히토미는 감탄했다.

모두 바쁘게 움직이고 있었다. 파란 비닐시트를 펼치고, 지면을 기어 다니며 뭔가를 줍고, 쉴 새 없이 노트북 자판을 두들기는가 하면, 찰칵찰칵 사진을 찍고, 크게 소리 지르는 사람도 있었다. 문득 낯익은 사람이 눈에 띄었다. 그 사람은 모두 바쁘게 움직이는 가운데 혼자 가만히 서 있을 뿐이었다. 경찰관계자는 아닌 것 같다. 유난히 이질적이고 어딘지 모르게 강렬한 고독감을 풍겼다.

—어, 누구였지?

히토미는 고개를 갸우뚱거렸다. 분명히 본 적이 있다. 하지만 거리가 멀어서 그런지 얼굴을 제대로 확인할 수 없었고 누군지 알아볼 수도 없었다. 기억에는 있지만 아는 사람은 아닐지도 모른다. 어디선가 살짝 마주친 정도가 아닐까?

올백으로 넘긴 하얀 머리가 상당히 나이 들어보였다. 하지만 곧은 등의 큰 키는 나름대로 젊어보인다. 어쩌면 보기보다 젊을지도 모른다. 아직 40대 중반이 아닐까.

"어, 누구였지?"

자기도 모르게 말이 튀어나왔다. 얼굴을 확인하려고 어깨에 멘 작은 가방에서 이치마루 리플렉스 디지털카메라를 꺼냈다. 망원렌즈를 장착하고 파인더를 들여다봤다.

"뭐야, 모른다는 게 말이 돼?"

등 뒤에서 화난 목소리가 들렸다.

"저 분은 공룡박사인 사에키 구니히코 선생님이잖아. 소풍 때 같이 공룡이야기를 들었으면서!"

어린 여자아이의 목소리가 귓속에서 튕겼다.


2

─그래 맞다. 사에키 선생님이야.

여자아이의 말을 듣는 순간, 히토미는 그 사람이 누구인지 생각났다. 사에키 선생님은 미국 대학에서 공룡을 연구하는 교수님이다. 기회가 있을 때마다 일본에 귀국

해 데나가와 도다니 정의 발굴조사에 참여하기도 하고 공룡에 관한 강연도 했다. 20년 전에 시작된 데나가층군의 제1차 발굴조사 때 이미 학생의 신분으로 참여했다고 한다. 이후 오로지 공룡이라는 한 우물만 팠다고 하니까 글자 그대로 일본 공룡연구의 개척자이며 제1인자일 것이다.

'공룡은 이 지구가 우리에게 준 무엇보다 멋진 선물이니까……'

초등학교 소풍 때 공룡에 관한 강의를 해준 사에키 선생님의 모습이 그 사람과 겹쳐졌다. 수년밖에 지나지 않았다. 그런데 사에키 선생님만 사람들과 다른 종류의 긴 세월이 흐른 것 같았다. 턱수염이 없어졌고 머리카락은 하얗게 변했다. 이제 그 사람이 누구인지 확실하게 알았다. 그와 동시에 머릿속으로 다른 사람의 목소리가 들려왔다.

'그러니까 공룡이 아니라고. 후쿠치룡이라니까.'

아아, 뭐야, 개구나. 돌아보지 않아도 누가 있는지 알고 있었다. 가야자키 사야카가 마치 자시키와라시(도호쿠 지방의 오래된 집에 산다는 신으로 아이의 모습을 하고 있다고 함—옮긴이)처럼 덤불 그늘 속에 쪼그리고 앉아 있었다. 외적으로는 발육이 좋은 초등학교 6학년 정도일까. 도저히 중학교 2학년으로는 보이지 않는다. 모습은 너무나도 귀엽지만 성격은 아주 나쁘다.

"너구나."

"응, 그래. '너' 맞아." 히토미의 시큰둥한 말투에 사야카가 입을 삐죽거리며 말했다. "나여서 불만이야?"

"특별히 불만은 없어."

"당연히 그래야지. 불만이 있을 이유가 없잖아."

"그러니까 불만 없다니까." 난처한 나머지 히토미는 일부러 거칠게 말했다. "이게 어따 시비야."

"시비 거는 게 누군데 그래?"

덤벼드는 말투는 평소의 사야카와 다르지 않았고 히토미는 여전히 그런 사야카를 잘 받아들이지 못했다. 벌써 일 년 남짓 제대로 이야기를 나눈 적은 없지만, 두 사람의 관계는 언제나 이런 식이었다. 유치원 때부터 조금도 변하지 않았다. 지긋지긋할 정도로 같은 일의 반복이었다.

사야카는 동그란 안경을 쓰고 있었다. 작은 체격, 짧은 머리 그리고 히토미처럼 운동복 차림이었다. 휴대전화에 공룡 아니 후쿠치룡의 인형을 달았다. 예전에 남자애가 사야카에게 안경을 벗으면 괜찮은 얼굴이라고 했던 걸 들은 적이 있었다. 사야카는 아무런 흥미가 없는 것처럼 행동했지만.

사야카는 공룡의 열렬한 팬이었다. 마치 자니스계의 아이돌이라도 되는 것처럼 공룡을 대했다. 쉬는 날이 되면 후쿠치현 뿐만 아니라 이시카와현, 기후현, 도야마현, 때로는 도호쿠 지역 등 일본에 있는 화석 발굴현장을 돌면서 공룡을 쫓아다녔다.

데나가층군을 거느린 호쿠리쿠는 일본 공룡의 메카가 되었다. 그곳에서 태어나 자란 아이들은 공룡에 관심이 많다. 하지만 사야카처럼 오로지 공룡에 빠지는 것도 드문 일이었다. 남자애들 중에도 공룡 팬들이 적잖이 있지만, 그 관심이 점차 자동차나 여자애로 바뀐 반면 사야카는 전혀 흔들림이 없었다.

초등학교 시절, 장차 사에키 구니히코처럼 공룡전문가가 되겠다고 결심한 이후 곁눈질 한번 하지 않고 공부를 하는 것 같았다. 의지도 강하고 능력도 있다. 성격은 그다지 좋다고 할 수 없지만, 어차피 공룡연구와는 관계없는 일이다. 아마 사에키 구니히코처럼 미국 대학으로 진학할 것이다.

'공룡연구는 역시 미국이 전 세계에서 가장 앞서가고 있으니까.' 예전에 사야카가 한 말이 생각났다.

히토미와 사야카 그리고 아유미, 이 세 명은 유치원부

터 아는 사이였다. 한때 소꿉친구였지만 지금은 별로 친하지 않다. 각자 교실도 다르고 가끔 학교에서 마주치면 어정쩡하게 고개를 끄덕이는 정도다. 어릴 때는 친구를 고를 수 없다. 환경에 따라 친구 같은 관계가 되었다고 해서 반드시 마음이 맞을 수는 없기 때문에 성장해가면서 멀어지는 경우가 허다하다. 이 세 사람의 사이가 딱 그런 관계로 어설픈 소꿉친구라는 의식이 있기 때문에 더욱 삐걱거린다. 그게 귀찮아 서로 가까이하지 않도록 조심하고 있다. 히토미는 사야카와 거의 일 년 만에 말을 했고, 아유미와는 중학생이 된 후에 제대로 이야기를 나눈 적이 없었다.

'잘 지냈어?'

'잘 지냈어. 너는 어때?'

'물론 잘 지냈지.'

'다행이네. 그럼 안녕.'

'안녕.'

학교 복도나 등하교 길에 만나면 불과 두 세 마디 말만 나누고 헤어진다. 요즘은 그런 것도 귀찮아 '아' 나 '응'만 한다. 본래 세 사람 모두 사교적이지 못한 점이 치명적인 문제일지도 모른다. 히토미는 언제나 기분이 안 좋았고, 사야카는 공룡 이외의 생물에는 관심이 없었다. 아유미는 아예 남들과 말을 섞으려고 하지 않았고. 이런 상황이니 설령 세 사람 사이에 우정이 싹텄다고 해도 지속될 리가 없었다.

그렇다고 세 사람에게 다른 친구가 있는 것도 아니다. 학교에서 고립되어 있었다. 남들에게 알랑거리지 않는다는 말은 그럴듯했지만, 세 사람은 다른 사람에게 관심이 없었다. 또래 여학생들에게 남학생, 연애, 그리고 섹스는 인생 최대의 관심사일 텐데, 그녀들 세 사람만큼은 예외였다. 외계인이라도 되는 것처럼 그러한 일에 전혀 흥미를 가지지 않았다. 이러니까 여중생들, 아니 남녀 불문하고 학교 전체에서 별종 취급을 받는 것도 당연했다. 처음부터 이지메나 무시의 대상조차 될 수가 없었다.

지금도 그랬다. 히토미와 사야카는 뜻밖의 장소에서 마주치자, 뭘 어떻게 해야 할지 당황스러웠다.


3

잠시 침묵이 흐른 후 히토미가 입을 열었다.

"뭐야. 너, 왜 여기 있어?"

그만 캐묻는 말투가 되었다.

"누가 할 소리인데. 너야말로 왜 여기 있어?"

사야카도 심문하듯이 되물었다.

"나는 아사이 선생님이 돌아가셨다고 해서……."

히토미의 말끝이 흐려졌다.

"오호 그렇구나. 아사이 선생님은 영화부 고문선생님이었지. 그런 선생님이 돌아가셔서 히토미는 슬프다는 거네."

"히토미라고 부르지마." 히토미는 목소리를 억누르며 조용히 말했다. "내가 그 이름 싫어하는 거 알잖아. 사이토라는 성으로 불러줘. 정 이름을 부르고 싶으면 히토미 말고 모마쿠라고 불러줄래?"

"히토미가 아니라, 모마쿠라." 사야카는 풋 하고 웃었다. "사이토 모마쿠. 어쩐지 부르기 안 좋은데."

"부르기 안 좋으면 사이토라고 부르면 되잖아. 뭐든 좋은데, 히토미라고만 부르지 말아줘. 누가 히토미라고 부르면 기분 나쁘단 말이야."

"그래, 알았어. 앞으로는 모마쿠라고 부를게, 히토미."

"사야카."

"응?"

"너, 정말 성격 더럽구나."

"그런가. 난 그렇게 생각 안 하는데, 그럼 이거겠지. 소꿉친구한테 나쁜 영향을 받았다는 것."

"마음대로 생각해라, 바보야."

"그래, 마음대로 생각할게." 사야카는 또다시 웃었다.
"그런데 말이야. 일부러 도다니계곡까지 온다는 건 좀
이상한데. 히토미가 그렇게 순수한 애였어? '아사이 선
생님을 존경하고 그리워합니다' 라는 거야? 좀 캐릭터가
다른데? 뭔가 이상해."

─그건 맞아.

히토미가 여기에 온 진짜 이유는, 아사이가 가지고 다
니던 디지털카메라에 다른 사람이 보면 안 되는 사진이
들어 있을 지도 모르기 때문이다. 걱정이 되서 견딜 수
가 없었지만 그런 이야기를 성격 나쁜 사야카에게 말해
봤자 소용없다. 털어놓을 상대가 아니다.

"뭐든 무슨 상관이야. 내버려 둬. 그러는 넌, 왜 온 거
야? 너야말로 아사이 선생하고 아무 상관없잖아. 그런
데 왜 여기 있어?"

사야카는 약간 기가 꺾인 것 같았다.

"그건, 그, 뭐랄까. 도다니계곡은 말이지. 봐봐, 공룡
화석의 발굴현장이 있잖아. 여긴 내 영역이라고."

"그게 무슨 상관인데." 히토미는 딱 잘라 말했다. "그
건 토요일 아침에 도다니계곡에 올 이유가 안 돼."

"나는 그냥 사에키 선생님이 오랜만에 오셨다고 해서,

그래서……."

사야카가 말끝을 흐리면서 말했다. 사야카가 동요하는 것을 똑똑히 알 수 있었다. 시선이 빙빙 공중을 떠돌았다.

—에휴. 소꿉친구라고 해도 이러니.

히토미는 사야카를 바라보며 속으로 한숨을 쉬었다.

—우리 둘 다 사실을 숨기고 있어.

어디까지 상대를 믿어도 되는 걸까. 어디까지 말을 해도 되는 걸까. 그것을 모르기 때문에 솔직한 대화가 이루어지지 않는다. 이대로 대화를 계속한들 시간 낭비다. 말해야 하는 일은 말하는 편이 좋지 않을까. 그렇지 않으면 더 이상 진전이 없다. 하지만 모두 털어놓을 수는 없었다. 말할 수 있는 일과 말할 수 없는 일이 있다. 신중하게 선택을 해야 한다.

그래, 신중하고 또 신중해야 한다.


4

어제 말이야. 히토미가 먼저 입을 열었다.

"아사이 선생한테 전화가 왔었어. 난 딴 걸 하고 있어서 전화를 못 받았거든. 그랬더니, 메시지를 남겼어."

주머니에서 휴대전화를 꺼냈다. 버튼을 이리저리 눌러 아사이의 메시지를 재생시킨 후 사야카에게 내밀었다.

"엇." 당황한 사야카는 전화기를 받아들긴 했지만, 메시지를 들어도 되는지 망설였다. "들어도 돼?"

"괜찮아."

히토미에게 한 번 더 확인한 뒤, 사야카는 휴대전화를 귀에 대었다.

"……."

메시지를 듣는 사야카의 표정이 차츰 바뀌었다. 아사이의 메시지를 어떻게 받아들여야 할지 망설이고 있는 것이 분명했다. 히토미도 처음 그 메시지를 들었을 때 아사이가 술에 취했다고 의심했을 정도니까. 그만큼 아사이의 메시지는 기묘했다.

"뭐야, 이거……."

휴대전화를 끊은 사야카가 멍한 표정으로 중얼거렸다. 히토미는 메시지 내용을 전부 기억하고 있었다. 상당히 길었지만 너무나 묘한 내용이었기 때문에 자연스럽게 외워졌다.

히토미, 선생님이야, 아사이 선생님. 선생님 말
이지, 어제 방에서 이상한 것을 발견했단다. 20

년 전의 비디오테이프인데, 당시 제1차 공룡화석 발굴 예비조사단들의 모습을 찍은 것 같았어.

20년 전에 선생님은 아직 열네 살로, 중학교 2학년이었어. 그리고 너처럼 영화부에 소속되어 있었단다. 너도 알고 있는 그, 지금은 전문 감독이 된 하루나 미유키 있잖아. 그 친구하고 같이 활동을 했을 때야. 선생님은 그다지 열심히 하지 않았지만 하루나는 정말 열심이었어.

그때는 일본에서도 공룡화석이 발견돼 현이나 K시에서 이상할 정도로 공룡열풍이 불었단다. 아마 그 열풍에 영향을 받아서 하루나가 찍은 게 아닌가 싶은데. 선생님은 그런 걸 찍은 기억이 없거든. 아까도 말했지만, 선생님은 하루나처럼 열심히 하지 않았으니까.

아무튼 말이지. 어제 방에서 20분 정도 길이의 비디오테이프를 발견했어. 그냥 별 생각 없이 틀었는데……. 그게 말이지. 거기에 글쎄, 공룡이 찍혀 있는 거야. 믿을 수 있겠니? 공룡이 찍혀 있었단 말이야.

가만히 있을 수가 없어서 하루나한테 연락했는

데, 무슨 로케이션 헌팅을 가서 연락이 안 됐어. 하는 수 없지. 내일이라도 다시 연락해봐야지. 그래서 우선 공룡과 함께 비디오에 찍힌 사람한테 연락해보기로 했단다. 다행히 이 마을 사람이었거든. 금방 연락이 될 거야. 그 사람에게 당시의 상황을 들어보면 이것저것 알 수 있을지도 몰라.

히토미, 너도 여러 가지 도와야할 거다. 공룡을 찍은 비디오는 이 세상 어디에도 없을 거야. 이걸 소재로 다큐멘터리를 찍어보는 것도 괜찮지 않을까. 이제 바빠질 거야. 각오해. 누가 뭐래도 진짜 공룡이라고!

아사이 선생님의 목소리는 흥분을 감추지 못하고 있었다. 단번에 말을 내뱉더니, 그대로 전화를 끊어버렸다. 메시지를 들은 사람은 진짜 공룡이라는 말을 어떻게 받아들여야 할지 몰라 어안이 벙벙할 뿐이다. 지금의 사야카처럼.

사야카는 휴대전화를 돌려주면서 어이없는 얼굴로 말했다.

"공룡이 찍혔다니, 무슨 말이야? 모르겠어. 아사이

선생, 머리가 어떻게 된 거 아니야?”

히토미는 순순히 긍정하고는 신중하게 말을 꺼냈다.

“응, 그래서 말인데. 나랑 너, 그리고 아유미 셋이서 말이야. 어릴 때 공룡하고 놀았던 기억 없어?”

“…….”

사야카는 의아한 얼굴로 히토미를 쳐다봤다. 그야 당연했다. 히토미 자신도 얼마나 황당한 소리를 하고 있는지 충분히 깨닫고 있었다. 하지만 일단 말을 꺼낸 이상, 그만둘 수도 없다. 히토미는 지금껏 ‘있을 수 없는 기억’에 대해 상당히 고민했다. 이번을 기회로 반드시 그 기억의 수수께끼를 풀어야 한다. 히토미는 사야카의 시선을 개의치 않고 이야기를 계속했다.

“우리가 네 살인가, 다섯 살인가, 여섯 살이었던 것 같아. 어디선가 공룡하고 놀지 않았어? 너, 그때도 공룡을 좋아해서 내가 공룡이라고 말할 때마다 ‘공룡이 아니야, 후쿠치룡이야’ 라며 고쳐줬잖아. 기억 안 나?”

# 저녁놀 속의 공룡

1

사야카에게 말을 꺼낸 것만으로 조용하고 선명하게 당시의 기억이 되살아났다. 붉은 저녁놀을 뒤로 하고 주변은 모두 부드러운 어둠 속에 잠겼다. 마치 흔들리는 안개에 휩싸인 것처럼. 해는 이미 졌지만 완전한 어둠에 묻히지 않은 잠깐 동안의 마법 같은 시간이 지나갔다. 고요히 서 있는 산. 나무들의 부드러운 향기를 싣고 희미하게 얼굴에 스치는 바람의 감촉. 흔들리는 잎들의 속삭임. 그리고 어린 우리들의 웃음소리……. 무엇보다, 그래, 무엇보다. 저녁놀을 배경으로 지평을 가로지르는 공룡의 우아한 실루엣은 기적 그 자체였다. 그 모습은 지금도 생생하게 히토미의 기억 속에 남아 있다. 절대 사라지지 않아.

히토미는 아직도 모든 정경을 세세하게 떠올릴 수 있었다. 마치 어제 있었던 일처럼 자세하게. 그 기억의 잔상은 선명하고 강렬한 동시에 슬프고 허무하다. 오랜 기억의 지평선 끝을 가로지르는 공룡의 모습을 배경으로 자신의 목소리가 들렸다.

'어려운 일이 생기면 내가 도와줄게. 언제든지 말해. 알았지? 공룡아. 약속이야.'

어릴 적 나는 지금처럼 기분이 나쁘지 않았다고 히토미는 생각했다. 공룡에게 어려운 일이 생기면 진심으로 도와주고 싶었다. 그때 공룡에게 느꼈던 강한 우정은 지금도 가슴 속에 남아 있다. 그 우정은 영원히 사라지지 않을 것이다. 그런데……

한편에서는 '있을 수 없는 기억'이라는 사실도 충분히 알고 있다. 히토미가 어렸을 때라고 해봤자 불과 10년도 채 지나지 않았다. 도다니 정 어디에 공룡이 서식할 여지가 있었다는 걸까. 절대로 있을 수 없는 일이 아닐까. 상식과 상반되는 기억. 양쪽에서 발생하는 생각의 균열에 히토미는 사정없이 찢기고 있었다. 이 모순을 어떻게 해결할 수 있을까. 그리고 진짜 공룡을 봤다는 아사이 선생님의 말은 히토미의 마음을 격렬하게 흔들었다. 실제로 공룡이 존재하는 것은 아닐까?

지금까지 단 한 번도 사야카에게 확인하지 않았다. 그런 걸 물어본다면, 성격 나쁜 사야카는 분명히 히토미를 놀리면서 웃을 거라고 생각했다. 그런데 그 자제력이 갑자기 무너졌다. 어떤 격렬한 충동이 히토미를 뒤흔들었다. 우리가 어릴 때 공룡하고 놀지 않았을까. 히토미는 정말 그러기를 바랐고 거의 기도하는 마음이었다. 하지만…….

"무슨 말 하는 거야, 히토미?" 사야카가 난처하다는 듯이 말했다. "그러니까 전생인가 뭔가 하는 얘기야? 그렇다면 말이지. 유감스럽게도 전생에 우리가 공룡하고 놀았다는 건 있을 수 없어. 공룡은 6천 5백만 년 전에 멸종했고 당시 인류는 아직 탄생하지 않았거든. 그리고 어차피 난 전생 따윈 안 믿어."

사야카가 집게손가락으로 안경을 올리며 말했다.

K시는 호쿠리쿠 지역의 오래된 마을이다. 믿기지 않지만, 아직도 여자는 빨리 시집가는 것이 좋다고 믿는 고루한 데가 남아 있었다. 그런 오래된 마을의 중학교인 만큼, 전형적인 과학소녀 사야카가 얼마나 지내기 힘든지는 쉽게 상상이 갔다. 이해심 없는 사람들 사이에서 성격이 나빠지는 것은 당연한 일인지도 모른다. 오랜 의문을 간단히 부정당한 사실에 실망하긴 했지만, 있는 그

대로의 사야카를 본 것 같았다. 히토미는 지금까지 가지지 못했던 친밀감을 느꼈다.

"그렇구나." 히토미가 말했다. "있을 수 없는 일이구나." 실망한 감정이 그대로 드러났다.

"있을 수 없어." 사야카가 단호히 부정했다.

"절대로?"

"없어, 없어. 절대로 없어." 사야카는 얼굴 앞에서 손을 흔들었다. "어릴 때 그런 꿈이라도 꾼 거 아냐? 어릴 때 꾼 꿈을 현실과 혼동하는 일은 흔하니까."

"그런가. 꿈인가. 아무리 생각해도 진짜 같은데."

"진짜 같더라도 말이야. 꿈일 수도 있고, 아니면 애니메이션이나 뭐 그런데서 본 걸 실제 있었던 일로 착각하는 건지도 모르잖아. 그런 경우 있을 거 같지 않아?"

"그런데 사야카. 나, 거기서 네가 한 말 분명히 기억하거든."

"오호, 정말? 말해 봐. 내가 뭐라고 했는데?"

"'공룡이 아니야. 후쿠치룡이야' 그런 말이었는데."


2

순간 사야카의 시선이 허공을 맴돌았고 방심한 목소

리로 중얼거렸다.

"공룡이 아니야. 후쿠치룡이라니까."

"그래, 맞아. 바로 그거야." 히토미는 놀라서 사야카를 쳐다보았다. "에이, 뭐야. 기억하잖아."

"그게 아냐. 그런 게 아니라, 그냥 나는, 나라면 그렇게 말하지 않았을까 하고 생각했을 뿐이야. 기억하고 안 하고가 아니라."

마음은 딴 곳에 있는 말투다. 언제나 냉정한 사야카에게 흔치 않은 일이었다. 하지만 금방 정신을 차리고 히토미의 얼굴을 응시했다.

"그럼 뭐야? 넌, 아사이 선생 말을 믿는다는 거야? 너도 그런 꿈 같은 기억이 있으니까? 진짜 공룡을 봤다는 건 말도 안 돼, 절대 그런 일은 없어. 분명히 아사이 선생이 어떤 비유나 예로 그렇게 얘기한 걸 거야. 그걸 곧이곧대로 받아들이는 사람이 어디 있냐. 공룡이 있을 리 없잖아."

"그야 그런데."

히토미도 사야카의 말을 부정할 수 없었다. 공룡이 있을 리가 없다. 그건 그래. 마지못해 고개를 끄덕였지만, 반박하듯이 말을 이었다.

"근데 뭐야? 그럼 왜 사야카는 도다니계곡에 온 거

야? 아까 사에키 선생님이 오랜만에 귀국했기 때문이라고 했는데, 그런 건 이유가 안 돼."

"돼."

"안 돼."

"돼."

"안 된다니까."

왜 이런 일로 오기를 부리는지 히토미 자신도 이해할 수 없었다. 그래도 히토미가 완강하게 부인하자, 표정이 누그러진 사야카가 입을 열었다.

"사에키 선생님은 3일 전에 K시에 오셨어. 여느 때는 후쿠치시에서 강연을 하시거나 후쿠치대학의 강의로 스케줄이 빡빡하셨는데, 이번에는 다른 일정이 전혀 없으신가 봐. 그런데 왜 갑자기 K시에 오셨는지 모르겠어. 난 사에키 선생님의 왕팬이라서 선생님께서 오셨을 때는 어떻게든 찾아뵈려고 하거든. 내 삶의 보람이잖아. 물론 선생님이 나만을 위해서 시간을 내주시는 건 아니야. 다른 사람들도 함께 만나지. 그래도 선생님은 나를 기억하셔서 공룡의 이야기라든지, 미국 대학에서 공부하려면 어떻게 해야 하는지, 그런 것들을 가르쳐 주셔. 공룡연구는 미국이 본고장이니까 유학하는 편이 좋은데, 그러면 어떻게 하면 될까, 뭐, 그런 거 말이야."

“친절한 선생님이네.”

“친절하시고, 공룡에 관해서는 일본에서 최고라고 할 수 있는데도 전혀 잘난 척 하시지 않아. 내가 이 세상에서 가장 존경하는 분이야.”

“와아, 그렇구나.”

히토미는 약간 상기된 사야카의 얼굴을 똑바로 바라보고 있었다. 사야카는 성격이 나쁘고 말투도 절대 공손하지 않다. 그런데 사에키 선생님에 대해서 말을 할 때는 자연스럽게 말을 높였다. 사야카가 얼마나 사에키 선생님을 존경하는지가 자연스럽게 드러나 미소가 지어졌다. 히토미는 이 세상에 진심으로 존경할 수 있는 사람이라고는 전혀 없기 때문에 사야카가 부러웠다.

“그런데 이번에는 사에키 선생님이 좀 이상하셔. 어떻게 된 건지, 후쿠치룡이랑 도다니룡을 바꿔 말씀하셨어. 뭔가 상당히 혼란스러우신가 봐. 그래서 엄청 걱정돼.”

“후쿠치룡이랑, 뭐였지. 도다니룡이었나. 사에키 선생님이 그걸 혼동하셨다고?”

“응.”

“난, 좀 잘 모르겠는데 말이야.” 히토미가 말했다. “그게 그렇게 이상한 일이야?”

사야카는 순간 멍한 표정이 되었지만 바로 쓴웃음을

지으며 말했다.

"후쿠치룡은 조반목(허리뼈 모양이 새와 같이 생긴 공룡—옮긴이), 조각류(주로 두 발로 걷는 초식공룡—옮긴이) 이구아노돈과, 길이는 6~8미터, 성격은 온화한 초식공룡이야. 그에 반해 도다니룡은 용반목(골반이 도마뱀과 비슷한 공룡—옮긴이), 소형 수각류(두 발로 걷는 육식공룡—옮긴이), 드로마에로사우루스과, 길이는 2~3미터, 성격은 사나운 육식공룡인데, 집단으로 초식공룡을 공격하는 헌터라고 할 수 있지. 발이 빠른 도다니룡은 달릴 때, 두 번째 발가락의 발톱을 풀을 베는 낫처럼 위로 올려. 그리고 첫 번째 발가락은 며느리발톱처럼 짧고."

"……."

"있잖아. 그건 동물학자가 소랑 호랑이가 모두 포유류라고 착각하는 거랑 같아. 일본의 공룡학자가 후쿠치룡하고 도다니룡을 착각한다는 건 말이 안 돼."

"실제로 사에키 선생님은 후쿠치룡하고 도다니룡을 착각했잖아."

"그러니까 그건 있을 수 없는 일이라고." 사야카는 안달 난 표정이 되었다. "그래서 지금 걱정하는 거잖아."

3

사야카는 사에키 선생님이 걱정되어 견딜 수가 없었
다. 사에키가 후쿠치시를 방문하면 언제나 공룡팬들과
화석팬들이 모여서 '사에키 선생님과의 만남'을 가졌다.
어젯밤도 만나는 자리가 있었는데, 사에키의 행동이 평
소와 달랐다. 평소의 사에키라면 후쿠치룡과 도다니룡
을 착각하는 일은 절대 없다. 그런데 수차례나 잘못 말
했고 본인은 그 사실조차 알아차리지 못한 것 같았다.

어딘지 모르게 넋이 나간 것 같은 행동이 눈에 띄었
다. 평소의 총명하고 쾌활한 사에키 선생님을 생각하면
믿을 수 없는 일이었다. 다른 어른들은 의아한 표정으로
서로 쳐다봤지만, 결국은 못 본 척 하고 넘어가기로 한
모양이다. 어른들의 배려였겠지만 중학생인 사야카에게
그런 건 무리였다. 사에키 선생님 신상에 무슨 일이 생
긴 것이 분명했다. 대체 무슨 일일까? 어떻게 어른들처
럼 못 본 척 하라는 거야.

—선생님, 혹시 어디가 편찮으신가? 아니면 무슨 걱
정거리라도 있으신 걸까?

사야카는 아침 일찍 K시의 호텔로 향했다. 굳이 사에
키를 만나야겠다고 생각한 것은 아니었다. 호텔 레스토
랑에서 아침을 먹는 사에키의 모습을 보면, 그걸로 안심

하고 돌아갈 작정이었다. 그런데 호텔 앞에서 경찰차에
타는 사에키의 모습을 보고 사야카도 황급히 택시를 잡
아탔다. 그래서 사건현장이 있는 도다니계곡까지 오게
된 것이다.

　—존경하는 사에키 선생님께서 무슨 일로 사건현장
에 가셔야하는 걸까? 경찰은 어째서 사에키 선생님을
사건현장에 부른 걸까?

　사야카는 걱정으로 참을 수가 없었고 자리 역시 뜨지
못했다. 그런데 현장부근을 어슬렁거리던 사야카는 놀랍
게도 자신이 다니는 학교의 선생님이 죽은 사실을 알게
되었고, 현장을 엿보던 중 히토미와 마주쳤다.

　"엣, 너, 혹시 사에키 선생님을 좋아하는 거야? 그 사
람, 벌써 마흔 다섯은 넘지 않았어?"

　히토미는 기가 막혔다.

　"좋아하고 싫어하고, 그런 게 아냐. 함부로 말하지
마. 사에키 선생님은 일본에서 공룡연구의 일인자야. 선
생님의 연구가 없으셨다면 데나가층군의 공룡화석 발굴
이 그만한 성과를 이룰 수 없었을 거라고 모두들 말한다
고. 나는 사에키 선생님을 진심으로 존경해. 좋아한다느
니 싫어한다느니, 그런 식으로 말하지 마." 사야카는 화
난 목소리로 반박했다. "그건 그렇고 넌 뭐야? 아사이

선생이 휴대전화에 어떤 메시지를 남겼든지, 현장까지 온다는 건 좀 이상해. 너야말로 그럴 필요 없잖아. 도다니계곡에 왜 온 건데?"

"그건……."

히토미는 말끝을 흐렸다. 사야카가 굳이 지적하지 않아도 자신의 행동이 이상하다는 것은 알고 있었다. 히토미의 행동은 마치 아사이를 좋아하는 것처럼 보일지도 모르지만, 그거야말로 히토미에게 어울리지 않았다. 조금이라도 히토미를 아는 사람들이라면, 그녀가 특별활동 선생님을 좋아하는 일은 절대로 있을 수 없다며 코웃음 칠 것이다. 아마 사야카도 같은 생각이겠지. 하지만 사야카가 히토미의 숨겨진 동기를 알게 된다면 납득할 수 있을 것이다.

사실 사야카가 이해를 하든 말든 별로 상관은 없다. 하지만 숨기는 것이 좀 귀찮기도 했고 꼭 비밀로 해야 할 일도 아닌 것 같았다.

―차라리 말해버릴까.

마음이 흔들렸다.

―말해도 되지 않을까.

"그건." 히토미는 잠시 우물거렸지만, 결심하고 사야카를 똑바로 바라보며 입을 열었다. "그건 내가 사진을."

그때 두 사람의 등 뒤에 있는 덤불이 와사삭 소리를 내며 좌우로 크게 흔들렸다. 불쑥 사람이 나타났다. 어떤 남자였다. 반사적으로 도망치려고 했지만 이미 늦었다. 남자는 오른팔을 뻗더니 갑자기 히토미의 손목을 잡았다.

"뭐예요!"

히토미는 비명을 지르고 잡힌 손을 빼려고 했지만 꿈쩍도 하지 않았다. 오히려 남자는 자신 쪽으로 히토미를 끌어당겼다. 순식간에 히토미는 남자 품에 안기는 꼴이 되었다. 마치 곰에게 안긴 것 같았다. 어마어마한 힘이다. 하지만 힘보다도 남자의 체취가 몇 배는 더 무섭다. 로션과 코롱이 섞인 냄새. 성인 남자를 상징하는 체취다. 남자인데다 어른이라는 점이 히토미를 더 두려움에 떨게 만들었다. 얼어붙은 듯 움직일 수 없었다.

"너, 어쩌려는 거냐?"

남자가 히토미의 얼굴을 들여다보며 말했다. 떨리는 목소리. 분노 때문일까. 아니면 다른 감정 때문일까.

그는 화석 발굴현장에서 본 30대 남자였다. 남자의 창백하고 굳은 표정이 가면을 보는 것처럼 무서웠다. 남자는 분노로 제 정신이 아니면서도 왠지 겁을 내고 있는 것 같았다.

"도와줘."

히토미는 사야카에게 도움을 구했다. 하지만 너무나 순식간에 일어난 일이라 사야카도 부들부들 떨면서 옴짝달싹 못했다. 아무 도움이 안 된다.

"도와줘."

다시 한 번, 사야카인지, 남자에게인지, 히토미는 힘없는 목소리로 중얼거렸다. 자신이 얼마나 무력한지를 절실히 깨닫고는 충격을 받았다. 너무나 한심했다.

"대답해." 남자가 반복했다. "너, 어쩌려는 거냐?"


4

갑자기 돌풍이 지나가는 듯, 남자와 히토미 사이에 누군가가 뛰어들었다. 도끼로 내려찍는 충격에 히토미는 뒤로 튕겨서 몸을 휘청거렸다.

"빨리 도망가."

누군가가 날카롭게 소리쳤다. 강철에 닿은 느낌. 그것도 손이 잘려나갈 정도로 단단한 강철이다.

"아유미."

사야카가 반가운 목소리로 말했다.

─뭐? 이사나 아유미?

히토미는 혼란스러웠다.

—뭐야. 아유미가 여기 왜 있는데?

하지만 히토미는 그것을 물어볼 여유가 없었다. 이미 아유미는 뛰고 있다. 엄청 빠르게. 덤불에 뛰어들어 나뭇잎을 말아 올리고, 다음 순간에는 벌써 길 저쪽으로 뛰어가고 있었다.

—맞아.

아유미는 육상부 에이스다. 단거리 선수로 전국에 있는 중학교에서 '후쿠치에는 아유미가 있다'라고 말할 정도로 빠르다고 들었다.

"아앙, 같이 가."

사야카가 어리광을 부리는 것처럼 말하더니, 히토미에게는 "야, 빨리"라며 차가운 목소리로 말했다. '빨'자가 유난히 크게 울린 것은 그만큼 사야카가 초조하기 때문이었다. 사야카가 말할 필요도 없었다. 이미 히토미는 아유미의 뒤를 쫓아서 뛰고 있었다. 덤불에 뛰어들고 빠져나가 계곡으로 통하는 길로 나갔다. 있는 힘껏 뛰었다. 당연히 아유미처럼 빨리 뛰지는 못했지만 사야카처럼 느리지도 않았다. 굳이 말하자면 사야카는 느릿느릿 뛰고 있었다.

—아차, 그래. 사야카는 옛날부터 운동신경이 둔했어.

스스로 생각해도 의외였지만, 사야카를 배려하는 마음이 들었다. 사야카를 이끄는 마음으로, 어깨를 나란히 하는 기분으로 뛰었다. 아무래도 늦어지지만, 그런 자신이 대견하기도 해서 상당히 묘한 기분이 들었다.

—에이, 나도 알고 보면 꽤 괜찮은 애잖아.

남자가 쫓아오는 느낌이 들었다. 돌아보며 확인할 여유는 없다. 하지만 등 뒤로 차츰 거리가 좁혀지는 건 알 수 있었다. 발소리가 점점 크게 들린다. 남자는 사야카는 물론 히토미보다도 빠를 것이다. 이대로 가다간 얼마 못가서 붙잡힌다.

—그 전에 나만 먼저 가자. 그러면 사야카가 나 대신에 잡힐 거야.

머리를 스치는 생각에 고개를 푹 떨어뜨렸다.

—아아, 난 역시 괜찮은 애가 아니었어.

무엇보다 당장이라도 남자에게 붙잡힐지 모른다는 두려움에 이런 생각을 하고 있는 지도 모른다. 일종의 현실도피. 사야카를 격려하고 도와주면서 열심히 계속 뛰었다.

"아이, 정말! 왜 이렇게 느린 거야." 마침내 히토미가 한 소리 했다.

"나보고 어쩌라고. 원래 그런 걸." 사야카는 샐쭉한

표정이다.

"만날 공룡만 들여다보니까 그렇지."

"빨리 뛰는 공룡도 있어. 도다니룡은 얼마나 빠른데."

"그게 무슨 상관이야!"

익숙하지 않은 산길을 뛰다보니 생각보다 빨리 지쳤다. 두 사람은 이미 숨을 헐떡이고 있었다. 다리가 후들거렸다. 당장이라도 쓰러질 것 같다. 어디선가 휘익, 하는 휘파람 소리가 들렸다. 아유미가 구덩이처럼 낮게 파인 경사면에 엎드려 휘파람을 불고 있었다. 관목이 우거져 몸을 숨기는 데 안성맞춤이다.

"살았다."

히토미가 소리를 지르며 사야카의 손을 끌고 구덩이에 뛰어들었다. 아유미와 나란히 엎드려서 관목 뒤까지 뒷걸음질했다. 머리는 최대한 낮췄다.

"어떻게." 히토미는 헉헉하고 숨을 헐떡거리면서 아유미에게 물어보았다. "네가 여기 있는 거야?"

"……."

아유미는 평소처럼 아무 말도 하지 않았다. 단지 입술 끝으로 살짝 웃을 뿐이었다.

그것만으로도 얼마나 예쁜지 히토미는 가슴이 두근거렸다. 얘는 어쩌면 이렇게 예쁠까? 이사나 아유미는 학교 제일의 퀸카다. 키가 크고 몸도 늘씬했다. 균형 잡힌 훌륭한 몸매다. 맑고 깊은 눈동자는 또래의 소녀들이 봐도 감탄이 절로 나올 정도였다. 풍성한 머리카락은 까맣게 윤기가 흘렀다.

학교에 근속 30년이 된 터줏대감 같은 수학선생님이 있다. 그 선생님은 이사나 아유미와 맞먹을 정도의 퀸카는 지난 30년 동안 한 명밖에 없었다고 했다. 그 퀸카는, 벌써 은퇴했지만, 중학교 졸업 후 잘 나가는 아이돌스타가 되었다고 하니 아유미가 얼마나 특출하게 예쁜지는 대충 짐작이 갈 것이다.

"……."

아유미의 아름다움에 감탄하고 반사적으로 사야카에게 시선을 돌렸다. 나름대로 귀엽긴 해도 애는 상대가 안 되는 걸. 고의는 아니지만 그런 생각이 절로 든다.

"왜 그래, 내 얼굴에 뭐 묻었어?"

사야카는 안경을 올리며 기분 나쁘다는 듯이 말했다.

"아냐, 그럴 리가. 뭐가 묻긴. 그냥 세상에는 다양한 얼굴이 있구나 싶어서."

"네 얼굴도 포함해서 말이지." 사야카는 못을 박듯이 말했다. "나 혼자 아침에 사에키 선생님의 호텔로 가는 게 겁이 나서 아유미한테 전화했어. 같이 가자고."

"아아, 그렇구나."

히토미는 다시 아유미를 쳐다봤다. 사야카가 아유미에게 반해 있다는 점은 알고 있었다. 학교엔 남녀를 불문하고 아유미의 미모에 반한 아이들이 많았다. 하지만 아유미는 자신의 외모에 무관심했다. 오히려 싫증난 것 같기도 했고 자신에게 다가오는 아이들은 무시해버리는 경우가 많았다. 소꿉친구인 사야카도 예외는 아닐 것이다. 그런데 왜 이번만큼은 사야카의 부탁을 들어주었을까. 히토미는 궁금했다.

"……."

아유미는 히토미의 시선이 의미하는 것을 알고 있을 텐데 모르는 척 시치미 떼고 있었다. 하지만 지금은 이럴 상황이 아니다. 그 남자가 점차 가까이 다가오고 있었다. 들키면 어떻게 되는 걸까. 아까부터 남자는 뛰지 않았다. 아마 우리들이 어딘가에 숨었다는 사실을 눈치챈 것 같았다. 신중하게 주위를 살피면서 걸었다.

숨어 있는 구덩이는 남자 쪽에서는 사각지대다. 남자가 평범하게 산길을 걸어간다면 들킬 염려는 없다. 하지만 남자가 약간만 목을 빼서 아래를 내려다본다면 소녀들을 쉽게 발견할 수 있을 것이다. 사실 남자의 시선에 모습을 그대로 드러내고 있는 것과 별반 다르지 않았다.

─완전 그대로 보이네.

그런 생각이 들자, 히토미는 살아 있는 것 같지 않았다. 몸이 움츠러들고 심장이 쿵쾅거렸다.

─저 남자는 누구지? 어디서 본 것 같은데. 어디서 봤더라.

남자는 겨우 몇 미터 떨어진 곳까지 와 있었다. 그의 발걸음이 한층 조심스럽다. 빈틈없는 시선으로 끊임없이 길 양측을 살펴보았다.

─안 돼. 들키겠어.

히토미는 절망했다. 자신도 모르게 눈을 감았다. 이제 끝장이야.

# 소녀들의 공룡

1

바로 그때였다.

"아니, 여기 계셨습니까? 서장님. 현경 과장님이 현장에서 서장님을 찾고 계셨습니다."

뚱뚱한 남자의 모습이 보였다. 40대 초반쯤 되었을까. 구깃구깃하고 낡은 양복을 입고 있었다. 튀어나온 배에 와이셔츠가 간신히 걸려 있고 넥타이는 매지 않았다. 수염도 깎지 않았고 머리는 빗질을 하지 않아 부스스하다. 보기에도 패배자라는 인상이 강했다. 패배자의 비참함뿐 아니라, 뻔뻔함도 함께 가지고 있었다. 어딘지 모르게 게으르고 넉살 좋아 보였다.

"과장님이? 알겠네."

30대 남자는 뚱뚱한 남자를 보며 건성으로 대답했다.

그러면서도 단념할 수 없는지, 소녀들이 숨어 있는 쪽을 향해 시선을 던졌다. 탐조등처럼 날카로운 시선이었다. 히토미는 한층 몸에 힘을 주면서 머리를 낮췄다. 사야카나 아유미도 마찬가지였다.

"빨리 가보시는 게 좋을 겁니다. 과장님이 관할구역의 현장 단속이 허술하다며 기분이 안 좋으신 것 같던데요. 하긴, 그런 인간은 내버려둬도 되지만."

혼잣말을 덧붙이며 뚱뚱한 남자가 재촉했다.

"그래, 알겠네…… 갈까."

남자는 마음을 굳혔는지 발길을 돌려 조금 전에 왔던 길을 서둘러 돌아갔다.

"……."

뚱뚱한 남자는 입술이 약간 일그러진 채 그 모습을 바라보고 있었다. 30대 남자에게 무슨 억하심정이 있는 건지, 상당히 삐뚤어진 성격 같았다. 이윽고 으흠, 하고 의미 없는 소리를 내더니, 주머니에서 담배를 한 개비 꺼내 입에 물었다. 담배 역시 남자의 성격처럼 당장이라도 끊어질 듯이 구부러져 있었다. 담배에 불을 붙이고 연기를 내뿜었다. 연기는 히토미가 숨어 있는 방향으로 날아왔다. 옆에 엎드려 있던 사야카는 더욱 몸을 움츠렸다. 그때 히토미가 천천히 연기 속에서 일어났다.

“히토미, 너 왜 그래.”

히토미의 엉뚱한 행동에 사야카가 낮게 비명을 질렀
다. 하지만 히토미는 쳐다보지도 않고 뚱뚱한 남자에게
총총걸음으로 다가갔다.

“신지 삼촌.”

히토미가 말을 걸었다. 뚱뚱한 남자는 히토미를 보자
약간 눈썹을 올렸다. 이게 누구야, 히토미잖아. 남자가
말했다. 나름대로 놀란 것 같았지만, 목소리에는 감정도
억양도 없다.

“삼촌, 오랜만이에요. 잘 지냈어요?”

“그래, 그런대로.”

뚱뚱한 남자가 쓴웃음을 지으며 말했다. 빼기가 귀찮
은지 담배는 입에 문 채였다. 말을 할 때마다 담배가 위
아래로 움직이며 재가 떨어졌다.

“어쩐 일이냐, 모마쿠. 여기서 뭐 하냐?”

모마쿠. 그 호칭에 히토미는 살며시 마음이 따뜻해졌
다. 같은 마을에 살지만 엄마와 사이가 좋지 않기 때문
에 삼촌과는 거의 2년 정도 만나지 못했다. 소원한 친척
이라는 느낌이 강했다. 하지만 ‘모마쿠’라는 호칭에서
핏줄 비슷한 것을 느꼈다.

아무리 부탁을 해도 다른 사람들은 히토미를 모마쿠

라고 불러주지 않았다. 히토미가 자신의 이름을 싫어하는지 모르거나, 단순히 모마쿠가 발음하기 어렵기 때문일 것이다. 히토미가 얼마나 자신의 이름을 싫어하는지 알고 모마쿠라고 불러주는 사람은 삼촌밖에 없다. 히토미는 빙긋 웃었다.

"제가 왜 여기 있는지는 이따가 설명할게요. 그보다 삼촌은 조사하러 온 거예요?"

"그래, 그렇단다."

"힘들겠어요."

"뭐, 나는 관할구역의 똘마니라서 어차피 현경이 시키는 일만 하면 되거든. 힘들다고 말할 정도는 아니야."

자조적인 말투에 남의 일처럼 무책임한 표정이다.

"아까 그 사람." 히토미는 최대한 아무렇지 않은 척 물어보았다. "왠지 높은 사람 같았는데, 누구예요?"

"아아, K경찰서의 서장이란다. 시미즈 서장이라고 하지. 2년 전, 중앙에서 부임한 유능한 서장이란다."

"경찰서장."

갑자기 몸이 쿵하고 깊은 수렁에 빠진 것 같았다.

"경찰서장이라면, 그, 경찰서의 서장님?"

"그래, 맞다."

히토미가 놀란 사실을 아는지 모르는지, 뚱뚱한 남자

는 마침내 담배를 입에서 빼더니 그야말로 느긋하게 히토미의 말을 받았다.

"그, 뭐지, 경찰서장님은 좋은 사람이에요? 아니면, 나쁜 사람이에요?"

너무 놀라 히토미는 자신도 알 수 없는 말을 해댔다.

"무슨 소리를 하는 거냐. 서장이면 서장이지. 그 이상도, 이하도 아니란다. 좋은 사람인지, 나쁜 사람인지, 내가 어떻게 알겠니." 뚱뚱한 남자는 히토미의 질문을 흘려넘기며 계속 말을 했다. "그건 그렇고, 저쪽에 너 말고 누가 더 숨어 있는 것 같은데. 이제 그만 나오지 그러냐."

히토미는 고개를 끄덕이고 구덩이를 바라보며 말했다.

"나와, 이제 괜찮아. 우리 삼촌이야. 엄마의 남동생. 삼촌은 K서에서 형사를 하고 계셔. 다도코로 형사라고 하면 좀 높은 사람 같지만, 사실은 그렇지 않아."

그 목소리에 떠밀리듯이 사야카가 머뭇거리며 나타났다. 상황파악이 아직 안 된 것 같았다. 귀신에 홀린 표정이다.

"삼촌인데 성이 달라?"

그리고는 얼빠진 질문을 했다.

"당연히 다르지. 엄마 쪽 친척인걸." 히토미가 어이없는 표정으로 대답했다. "엇, 아유미는?"

“없어. 어디론가 사라졌어.”

“벌써?”

“응, 벌써.”

“우와.”

역시 아유미는 민첩하다. 결단력이 빠르고 한곳에 우물쭈물 멈춰 있지 않았다. 히토미는 다시 다도코로를 쳐다봤다.

“삼촌, 돌아가신 사람이 우리학교의 아사이 선생님이라는 것은 알고 있죠? 실은 아사이 선생님이 제 특별활동 선생님이셨어요.”

“오, 그렇구나.”

다도코로는 관심 없다는 듯이 중얼거리고 나른한 시선으로 히토미를 바라보았다. 표정이 없어서 이 이야기에 얼마나 흥미가 있는지 알 수 없었다.

“삼촌, 저는 이 사건에 관심이 있어요.”

“그래서 저 친구랑 현장을 보러온 거군. 뭐랄까, 단순한 구경꾼처럼 보이기도 하는데.”

“그런 거 아니에요. 저는 이 사건에 관심을 가질 충분한 이유가 있다고요.”

“그게 뭐냐?”

“그건 이따가 설명할게요. 저기, 삼촌. 현장 좀 구경

시켜주면 안 돼요?”

“경찰관계자와 사건관계자 이외에는 현장을 보여줄
수 없단다. 난, 그런 권한이 없거든.”

“어떻게 좀 안 될까요?”

“안 돼. 포기하렴.” 다도코로는 딱 잘라 말했다.

실망한 히토미는 입술을 깨물며 중얼거렸지만, 바로
마음을 고쳐먹고 다시 말했다.

“삼촌, 그러면요. 절대로 폐 안 끼칠 테니까 현장이
어떤지 가르쳐주세요.”

그러자 다도코로는 히토미의 말을 전혀 의심하지 않
고, 아무런 망설임도 없이 즉시 응했다.

“그러마. 오늘 오후에 조사회의가 있으니까 자세한
것을 알 수 있을 거다. 저녁에는 끝날 테니 밤에 집에 오
렴. 저녁식사라도 같이 하자꾸나.”

“집이라뇨?”

“외숙모가 계신 곳이지. 알면서 그러냐.” ‘외숙모’라
는 단어에서 희미하게 어조가 바뀌었다. “현장 이야기를
해 줄 테니, 밤에 집에 오렴.”

**2**

일단 집에 돌아가서 냉장고에 남은 것들로 적당히 아침 겸 점심을 먹었다. 뜨거운 물에 샤워를 하고 한숨 잤더니, 어느새 밤이었다.

아마 엄마는 점심 넘어서 일어나, 와인이나 브랜디를 홀짝거리며 긴 오후를 지루하게 보냈을 것이다. 그리고는 언제나처럼 거실 소파에서 잠들었겠지. 아마도, 아니 분명히 히토미가 언제 돌아와서 무엇을 먹었는지 전혀 모를 것이다.

벌써 5월인데도 거실 난로는 불을 피운 흔적이 남아 있었다. 엄마가 자랑하는 특별주문 난로로 업자의 말에 따르면 밀라노에서 대리석을 가져와 만든 거라고 한다. 엄마로서는 사용하지 않고는 못 배겼을 것이다. 남에게 말하기 창피할 정도로 비싼 난로. 히토미는 일본, 더구나 후쿠치현의 도다니 정이라는 작은 마을에 난로가 있는 것 자체가 이상하다고 생각했다.

—일본 집에 무슨 난로가 필요하다고 그래. 어울리지도 않잖아.

이상한 것으로 따지자면 이 집부터 그렇다. 자신의 집인데도 위화감에서 벗어날 수 없었다. 넓고 넓은, 아무리 둘러봐도 논밖에 보이지 않는 곳 한가운데에 있는 거대한 양옥집. 비싼 자재에 아무리 사치를 부렸어도 뭐라 표현할 수 없는 초라함이 느껴진다. 난로뿐 아니라, 모든 가구와 식기는 값비싼 수입품이다. 그런데 물건들의 앙상블이 묘하게 썰렁한 분위기를 풍기는 것은 어째서일까. 황량하고 쓸쓸하다.

엄마는 넘쳐흐를 정도로 돈이 많았다. 하지만 돈이 많다고 해서 풍족한 것은 아니다. 단지 졸부취미를 뒷받침해주었을 뿐이었다. 돈이 많으면 많을수록 가난함이 더해진다는 것은 아이러니하지만, 엄마에 한해서는 명백한 사실이다.

외할아버지가 돌아가시자 막대한 유산을 둘러싸고 엄마와 삼촌 간에 피 튀기는 싸움이 펼쳐졌다. 엄마는 엄마 나름대로 남편과 이혼한 여자 혼자의 몸으로 히토미와 그 언니를 키워야 한다는 필사적인 이유가 있었다. 히토미도 그 점을 이해하지 못하는 것은 아니었다. 그렇지만 머리를 써서 삼촌의 상속권을 몽땅 빼앗고 맨몸으로 내쫓은 처사는 결코 칭찬할 수가 없다.

그 뒤, 엄마와 삼촌의 관계는 완전히 끊어졌다. 엄마는 외할아버지 제사에도 삼촌을 부르지 않았고, 설령 불렀다고 해도 삼촌이 참석할 리는 없었다. 덕분에 엄마는 도다니 정에서도 첫째, 둘째를 다투는 갑부가 되었다.

하지만 그 결과, 인간으로서는 손 쓸 수 없을 정도로 공허해졌다. 엄마는 중요한 뭔가를 잃어버렸고, 그 자리엔 졸부라는 이름, 인간의 껍데기만 남겨졌다.

히토미는 네 살 많은 언니가 있다. 도쿄 세타가야의 아파트에서 대학을 다니는 언니는 엄마의 재산을 노리고 계속 뜯어내려고 했다. 히토미는 엄마도 싫었지만, 언니는 더 싫었다. 엄마고 언니고, 모두 인간적으로 어딘가 치명적으로 망가졌다. 그런데 막상 당사자들은 그 사실을 전혀 깨닫지 못하고 있었다. 게다가 엄마가 갑부가 되자 주변에는 벌레 같은 친척들이 들끓었다. 혐오스럽다. 최소한 삼촌은 자신의 욕망에 충실했고 남에게 그것을 숨기려고 하지 않았다.

수년 전까지는 그런대로 사이좋은 가족이었다. 그런데 부자가 되어 모두 무너졌다. 히토미에게 가족이라고 부를 수 있는 건 아무 것도 없었다. 그녀는 가정에 속해 있었지만 감당하기 버거울 정도로 한층 더 외톨이가 되었다.

고독.

고독은 그 무엇으로도 메울 수 없었고, 그 어떤 것으로도 위로되지 않았다. 재력으로 인해 엄마와 언니는 망가졌다. 자신 역시 고독으로 인해 망가져버렸다고 히토미는 생각했다.

잠깐 짚어보면, 히토미는 부모의 졸부취미를 비웃으면서도 그 재력에 의지해서 사는 혐오스러운 여자아이에 지나지 않았다. 하지만 히토미는 영화감독이 되고 싶다는 꿈이 있었다. 그 꿈이 있는 한, 언젠가는 고독에서 벗어날 수 있다. 그때 비로소 히토미는 자신의 인생을 당당히 걸어갈 것이다.

히토미가 생각하는 첫 작품은 가족을 테마로 한 영화다. 모델은 바로 자신의 가족이다. 그때는 사이토 모마쿠라는 이름을 쓰겠다고 혼자서 생각했다. 부모님은 큰애가 딸이었기 때문에 둘째는 아들을 원했다고 한다. 그래서 남자아이든, 여자아이든 상관없는 '히토미'라는 이름을 붙였다고 했다. 이전에는 그러한 사실이 아무렇지 않았다. 하지만 엄마의 탐욕스러운 일면을 보고 난 뒤에는 왠지 견디기 힘들었다. 설명할 수 없는 감정이었지만, 어쨌든 싫은 것은 싫었다. 히토미라는 이름으로 불리는 것을 참을 수가 없었다.

자신은 사이토 히토미가 아니라고 생각하고 싶었다.

─나는 히토미가 아니야. 모마쿠라고 불러줘.

하지만 히토미의 요구대로 모마쿠라 부르는 이는 아무도 없었다.

히토미가 외출을 하려고 했을 때도 엄마는 아직 소파에서 잠든 채였다. 나이가 많지도 않은데 무참히 늙어버린 엄마의 모습에 히토미는 가슴이 죄어왔다. 슬픔과 비슷하지만 슬픔이 아니고, 고뇌와 비슷하지만 고뇌가 아니다. 히토미는 그 감정을 잘 설명할 수 없었다. 엄마가 가여웠다.

—삼촌을 만나러 간다고 하면 엄마가 어떻게 생각할까. 뭐라고 할까.

뉴욕에서 특별 주문한 최고급 소파 위에서 엄마는 자고 있었다. 소파에 맞는 부유한 꿈을 꾸길 원했다.

첫 번째 영화의 시나리오는 지금까지 수차례나 고쳤지만 아직도 완성되지 않았다. 하지만 첫 장면만큼은 정해졌다. 주인공 소녀가 카메라를 향해서, 그리고 관객을 향해서 말을 한다.

"엄마, 엄마. 내가 가장 사랑하는, 하지만 가장 싫어하는 엄마."


3

버스정류장에서 사야카가 기다리고 있었다.

—사야카, 정말로 같이 가는구나.

히토미는 놀라웠다. 약속은 했지만 사야카가 다도코로를 만나러 같이 가줄 것이라고는 기대하지 않았다. 사야카가 다도코로에게 사건 전말을 듣고 싶다고 한 말투에서 진지함이 느껴지긴 했다. 사야카는 다도코로에게 직접 아사이 선생님이 죽은 상황을 듣고 싶어 했다. 왜냐하면 현장에 존경하는 사에키 구니히코 선생님이 있었기 때문이다. 버스정류장에서 만날 약속을 했을 때 사야카가 말했다.

"별로 그렇게 생각하고 싶지 않은데, 사에키 선생님은 아사이 선생 사건에 어떤 관련이 있을지도 몰라. 그러면 나는 어떻게 해서든 사에키 선생님을 지켜드리고 싶어. 반드시. 만약 그게 아니라도 이번에 사에키 선생님이 좀 이상하셔서 걱정돼 죽겠어."

"사야카가 그렇게 신경 쓸 필요 없지 않아?" 괜한 참견이라는 생각은 들었지만, 히토미는 말하지 않을 수 없었다. "사에키 선생님은 어엿한 어른이야. 사야카는 아직 아이고. 어째서 아이인 사야카가 어른인 사에키 선생님을 지켜드린다는 거야? 이상하잖아. 걱정 마. 사야카가 걱정하는 일은 없을 거야. 걱정 안 해도 돼."

사야카는 바로 대답하지 않고 먼 곳을 바라보더니 말을 꺼냈다.

"있잖아, 이렇게 생각해본 적 없어? 우리는 모두 중생대 데나가층군 위에서 살고 있다고 말이야. 그건 굉장히 멋진 일이라고."

히토미는 너무나 갑작스럽게 화제가 바뀌어 당황했다.

"글쎄, 그럴까."

"그런 생각 한 적 없어?"

"없는 것 같은데."

대답하면서도 히토미는 사야카에게 아니, 사야카의 공룡에 대한 뜨거운 열정에 열등감 비슷한 것을 느꼈다. 사야카를 뭐라고 불러야할까. 공룡소녀라고 부르면 될까? 그녀는 공룡을 진심으로 사랑하며, 데나가층군에서 발굴되는 공룡화석에 빠져 있다. 분명히 성격은 안 좋지만 공룡에 대한 순수한 열정만큼은 누구도 부정할 수 없지 않을까.

가능하다면 히토미도 사야카처럼 공룡에 순수한 마음을 가지고 싶었다. 분명히 멋진 일이겠지. 그렇지만 히토미는 사야카가 아니다. 아무리 사야카의 순수함이 부러워도 히토미는 자신의 감정에 충실해야만 한다.

"그런데 말이야. 공룡은 1억 4천만 년 전에 살았잖아. 너무 옛날 아니야? 공룡의 로망이니 뭐니 하는 걸 이해 못하는 건 아니지만. 역시 나랑은 아무 상관없다는 생각이 들어."

사야카는 히토미의 말을 귀담아듣고 있지 않았다. 자기 혼자만의 생각에 빠져 있다.

"마쓰야마카와 강의 하천부지에서 발견된 마쓰야마룡의 아래턱 화석은 공룡 중에서도 가장 큰 용각류(네 발로 걷는 초식 공룡—옮긴이)에 속했고, 도다니계곡의 발굴현장에서 연속적으로 발자국이 발견된 도다니룡은 소형 수각류 중에서도 특히 무서운 육식공룡이었어. 그리고 역시 도다니에서 이빨 화석이 발견된 후쿠치룡은 초식공룡의 대표선수 격인 이구아노돈이었고." 사야카는 시선을 허공에 두고 꿈꾸듯이 말했다. "있잖아. 이렇게 좁은 도다니에서 일곱 종류이상의 공룡화석이 발견되었어. 굉장하지 않아? 이렇게 좁은 지역에 어떻게 다양한 공룡이 살았는지 아무도 몰라. 그건 엄청난 수수께끼라고."

"흠, 그렇구나."

"응, 그래. 나, 반드시 그 수수께끼를 풀고 말거야. 진짜 공룡연구를 하려면 미국 대학에 가야 해. 그러려면 반드시 사에키 선생님의 도움이 필요하고. 그래서 나한테는 사에키 선생님이 가장 소중한 분이셔."

사에키 선생님의 이야기를 할 때면 사야카는 경어가 자연스럽게 나왔다. 사야카가 얼마나 사에키를 존경하는지 쉽게 알 수 있었다. 그처럼 존경하는 사람이 없는 히토미는 질투마저 느꼈다.

"사야카가 사에키 선생님을 소중하게 생각하는 건 알 겠는데, 왜 그렇게 미국 대학에 집착하는지 모르겠어. 물론 미국이 공룡연구는 발달해 있는지 모르지만, 처음 에는 일본 대학에서 공부해도 되지 않을까. 그렇게까지 고집할 필요는 없을 것 같은데."

히토미가 어떤 깊은 뜻이 있어서 한 말은 아니었다. 하지만 사야카의 반응은 이상할 정도로 격렬했다. 사야 카는 소리를 지르듯이 말했다.

"그건 절대로 안 돼. 나는 무슨 수를 써서라도 미국 대학에 갈 거야! 어떤 일이 있어도 미국 대학이 아니면 안 된단 말이야! 안 그러면 죽어버릴 거야! 죽어버릴 거 라고!"

그때 사야카는 온몸으로 뭔가를 거부하는 동시에 온 몸으로 호소하는 것 같았다. 대체 무엇을 거부하고 무엇 을 호소하고 있는 걸까?

아마도 공룡을 연구하기 위해서 미국 대학에 가야한 다는 사야카의 말은 거짓이 아닐 것이다. 하지만 그 이 상으로 집을 나가고 싶은 마음이 강한 것이 아닐까. 그 것도 집에서 멀면 멀수록 좋다고 생각하고 있는지도 모른다. 어째서 사야카는 그토록 집에서 나가고 싶어 하는 걸까. 반드시 그래야만 하는 이유는 뭘까. 히토미는 이해할 수 없는 일이었고 물어봐도 사야카가 순순히 가르쳐줄 리도 만무했다. 게다가 당사자가 자신의 마음을 정확하게 파악하고 있는지조차 의문이다. 하지만 왜?

예전에 사야카의 부모님에 대해서 들은 적이 있었다. 누구한테 들었지? 사야카 본인이 이야기하지는 않았을 텐데. 두 사람 모두의 친구라면 이사나 아유미밖에 없지만 아유미는 경솔하게 남의 말을 할 아이가 아니다.

—엄마가 말했나. 엄마는 와이드 쇼 같은 거 아주 좋아하니까.

뭐였더라. 그래, 맞아. 사야카의 부모님은 아주 사이가 안 좋다고 했어. 얼마나 사이가 나쁜지 별거 정도가 아니라, 부모님 각자 애인을 두고 있고 서로 말도 섞지 않는 사이랬지. 그래도 이혼할 수 없는 것은 두 사람이 후쿠치시에 있는 회사의 공동경영자이기 때문이라고 했어. 헤어지고 싶어도 헤어질 수 없고, 두 사람은 더욱 서로를 미워할 수밖에 없다고. 그래서 사야카는 집을 나가고 싶다고, 그것도 가능한 한 멀리 가고 싶다고 바라고 있는 걸까.

히토미는 사야카와는 집안 사정이 달랐지만, 다르면

서도 왠지 비슷한 상황에 있는 사야카의 마음을 손바닥 들여다보듯이 이해할 수 있었다.

어떤 아이들은 살기 위해서 반드시 집을 떠날 필요가 있다. 떠나지 않으면 육체가, 아니 정신이 황폐해진다. 한 번도 불타오르지 못하고 부지직 연기만 낸 채 꺼진 불이 되어버린다. 히토미가 그랬고, 사야카도 마찬가지다. 어쩌면…….

ー아유미도 똑같지 않을까.


4

히토미와 사야카는 버스정류장에서 만날 약속을 할 때 많은 이야기를 나눴다. 하지만 버스를 기다리는 동안, 두 사람은 거의 아무 말도 하지 않았다.

"버스, 되게 안 오네."

"그러게."

"왜 이렇게 안 오지."

"그러게 말이야."

"……."

하지만 버스를 기다리는 동안만 그랬을 뿐, 버스가 보이는 순간 다시 수다쟁이가 되었다. 이유가 뭘까. 버스

가 도착하기까지의 짧은 시간이 무척 소중하게 느껴졌
다. 지금밖에 말할 수 없는 것이 있고, 버스를 타면 영원
히 잃어버려 되찾을 수 없을 것 같았다. 뭔가가 뒤에서
몰아붙이는 것 같다. 히토미는 그렇게 느꼈고, 아마 사
야카도 마찬가지였을 것이다. 멀리서 버스의 헤드라이
트가 점차 가까워졌다. 오렌지색 불빛이 비치자, 무대에
서 스포트라이트를 받고 있는 것 같았다. 현실감이 없
다. 그래서였을까.

"전에 들었는데 말이야."

히토미는 대사처럼 말을 건넸다.

"뭐? 뭘 들었는데?"

"언젠가 너, 나보고 아르마딜로처럼 기분이 안 좋다
고 말한 적 있지?"

"에엣, 왜?"

"별 이유는 없는데. 그런 적 없었나 싶어서."

"음, 한 적 있었나. 응. 얘기한 것 같아. 했어, 했어."

"역시 너였구나. 그럴 거 같았어." 히토미는 고개를 끄
덕이고는 물어보았다. "아르마딜로는 기분이 안 좋아?"

"글쎄, 잘 몰라. 좀 그런 느낌이 들어."

버스가 도로 가장자리로 왔다. 너울거리는 헤드라이
트 불빛에 왠지 마음이 편안해졌다. 히토미는 아침부터

신경 쓰였던 일을 사야카에게 물었다.

"그런데, 아유미는 왜 도다니계곡에 간 걸까?"

"나와의 우정." 사야카가 농담처럼 대답했다. "때문이라고 생각하면 안 돼?"

"그건 그런데. 맞는 말이긴 한데……." 히토미는 애매하게 말끝을 흐렸다. "그것만으로는 뭔가 딱 맞아떨어지지가 않아서. 뭔가가 아닌 것 같아. 아유미는 아유미 나름대로 도다니계곡에 가야할 이유가 있었던 것 같아."

"그게 뭔데?"

"몰라. 내가 어떻게 알겠어. 아유미가 왜 도다니계곡에 가야만 했는지, 이상해서 말이야."

"나와의 우정 때문이라면."

"그게 다가 아닌 것 같아."

사야카가 살피는 시선으로 히토미를 보며 말했다.

"나도 이상한 게 있는데, 히토미가 유난히 아사이 선생 일을 신경 쓰는 것 말이야. 아침에도 말했잖아. 어쩐지 안 어울리지 않아?"

히토미는 대답하려고 했다. 하지만 마침 버스가 멈췄고 문이 열렸다. 버스를 타며 사야카는 여전히 성격이 나쁘다고 생각했다. 한편, 히토미는 이전보다 훨씬 사야카에게 깊은 친밀감을 느꼈다. 이것은 어쩌면 히토미가 처음으로 다른 사람에게 느낀 진정한 우정인지도 모른다.

　—있잖아. 이제 우린 친구가 된 거야? 그런 거야?

　버스가 출발했다.

# 공룡의 범행현장

1

다도코로 신지 삼촌의 집이라고 할까, 실은 삼촌이 동거하고 있는 여자의 집은 히토미의 집에서 버스로 30분 정도 걸리는 곳에 있었다. K시를 가운데로 두고 대각선 방향에 위치했다. 국도를 따라 있는 작은 2층집으로 주변은 온통 논이었다. 2층은 주거용이었고 1층은 여자가 경영하는 스낵바다. 가게는 언뜻 보기에도 상당히 낡아서 오랫동안 휴업 상태인 것 같았다.

히토미는 삼촌의 여자를 만난 적이 없었다. 딱 한 번 만났던 엄마는 미인이긴 해도 어쩐지 천해보이는 사람이라고 했다. 품위가 있고 없고를 따지면, 졸부취미인 엄마도 품위가 있다고는 할 수 없다. 히토미는 그렇게 말하고 싶었지만, 입을 열었다가는 당연히 싸움이 일어나기 때문에 잠자코 있었다.

다도코로 삼촌은 어떤 사건을 조사하다가 그 여자를 알게 되었고 서로 마음이 맞아 사귀기 시작했다고 한다. 하지만 형사가 사건 관계자와 사적인 관계를 맺는 일은 경찰 내에서 금기사항이었다. 그 점을 알면서도 여자를 택한 형사는 출세를 포기해야만 한다. 아마 관할 말단형사로 끝날 것이다.

—멍청한 것도 정도가 있지. 저런 별 볼일 없는 여자한테 눈이 뒤집혀서 말이야. 평생을 날려버리게 됐어. 여자는 어차피 장난일 텐데.

엄마는 남동생을 비난했다. 유산문제는 그 뒤의 일로 당시에는 남매관계가 그럭저럭 괜찮았기에 엄마는 남동생 일이 걱정되었는지도 모른다. 히토미가 그 말을 들었을 때는 아직 초등학생이었지만 엄마에게 반발심을 느꼈다. '사랑하는 사람을 위해서 출세를 포기한다는 것이 얼마나 멋진 일일까'라고 생각했다. TV드라마 같잖아요. 그렇지만 현실은 그만큼 멋지지 않다. 드라마가 되었다고 해도 높은 시청률을 올리지는 못했을 것이다.

1층 가게에서 다도코로 삼촌을 만났다. 삼촌의 여자는 없었다. 볼일이 있어서 외출했다고 했다.

"밥이라도 같이 먹으려고 했는데 말이지. 공교롭게

급한 일이 생겼지 뭐냐. 미안하다."

삼촌은 계속 미안해했지만, 히토미는 그 여자가 급한 일이 생겨서 외출한 것이 아니라고 생각했다. 가게의 황폐한 모습만 봐도 왠지 삼촌과 그 여자 사이에 문제가 있다는 걸 알 수 있었다. 장소는 사람들의 정신 상태를 반영한다. 가게는 삭막했다. 아마 다도코로 삼촌은 불행할 것이다. 누나와는 유산문제로 의절하고, 출세를 포기하면서까지 함께한 여자와도 삐걱거린다. 삼촌이 지금 상황을 행복하게 여길 리가 없었다. 삼촌은 예전에도 덩치가 크긴 했지만, 지금처럼 뚱뚱하지는 않았다. 마구잡이로 살찌는 모습이 될 대로 되라는 식이다.

하지만 삼촌이 불행하다고 해서 히토미가 어떻게 할 수 있는 것도 아니고, 더 냉정하게 말을 하자면 아무 상관없는 일이기도 했다. 히토미든, 사야카든, 아사이 선생님이 죽은 상황을 알기만 하면 족했다.

"현재로써는 아사이 선생님이 살해되었는지 어쨌는지 뭐라고 말 할 수 없구나." 삼촌은 판단을 보류했다. "사건이라고도, 사고라고도 해석할 수 있는 상황이란다."

2

　오늘 아침 5시 30분쯤 아사이 선생님의 시체가 발견
되었다. 한 할머니가 산에 나물을 캐러 갔다가 발견했다
고 한다. 아사이 선생님은 마쓰야마카와 강의 자갈밭에
엎드려 있었다. 강물은 적었고 유난히 단단한 퇴적암이
군데군데 보였다. 자갈밭 위로 굴러다니는 크고 작은 돌
멩이들 위로 핏방울이 튀어 있었다.

　할머니는 아사이 선생님이 죽었는지 확인하려고 하
지 않았다. 직감적으로 죽었다고 느끼고 곧장 휴대전화
로 경찰에 신고했다. 가장 가까운 파출소에서 급히 달려
온 경찰은 현장보존에 힘쓰면서, 동시에 관할경찰서에
연락을 취했다. 관할경찰서 형사과의 담당자가 현장으
로 향했다. 다도코로 삼촌도 함께였다. 검시관의 시체검
시 결과에 따르면, 아사이 선생님은 머리 부분에 좌열창
을 입고, 피부와 피하에 출혈이 발생했다. 또 두개골에
손상을 입었고 뇌좌상으로 인해 경뇌막 내외에도 출혈
이 생겼다고 한다. 좌열창의 모양과 넓이로 볼 때, 명백
하게 추락에 의한 뇌좌상이 사인이라고 판명되었다.

　히토미와 사야카는 전문용어를 알지 못했지만 열심
히 이야기를 이해하려고 노력했다. 등에 심한 열상, 피
부, 피하 출혈이 보이는데 반해, 복부에는 별로 손상된

부분이 없었다. 이것은 엎드린 시체상황과 일치하지 않는 것 같지만, 일단 머리 부분과 등부터 떨어졌다가 다시 튀어 올라 엎드린 상태가 되었다면 이해할 수 없는 것도 아니다. 낙하위치로 보아 계곡에 걸쳐진 구름다리에서 떨어졌다고 추측된다. 구름다리는 전체길이가 약 15미터이고 너비가 2미터로 두 사람이 그럭저럭 스쳐지나갈까, 말까 하는 정도다. 히토미도 수차례 건너봐서 알고 있지만, 구름다리는 흔들림이 심했다. 초등학교 시절 다리를 건널 때, 심하게 흔들려서 무서웠던 기억이 있다.

구름다리 입구에서 12미터 앞에 있는 발판이 부서져 아예 떨어져나가고 없었다. 구름다리에 사용된 발판 너비는 30센티 정도일까. 미묘한 너비라고 할 수 있다. 30센티의 발판이 없다고 사람이 그곳으로 떨어지는 일은 없을 것이다. 물론 가능성이 전혀 없지는 않다. 그곳에 발이 걸려 중심을 잃고 구름다리에서 떨어질 수는 있다. 그럼 아사이 선생님에게 이런 일이 일어난 걸까? 그렇다면 어째서 아사이 선생님이 구름다리를 건너기 전에 발판이 떨어진 걸까?

전날 오후 5시쯤, 삼림 보전업무를 하는 시청직원이 구름다리를 건넜는데 그때는 발판이 떨어져 있거나 하는 일은 없었다고 했다. 만약 발판이 떨어져 있었다면, 직원은 당연히 시청에 연락하고 구름다리를 통행금지 시키는 등 조치를 취했을 것이다. 발판이 없는 것을 못 보고 지나갈 가능성은 별로 없었고, 게다가 직원이 거짓 말을 할 이유도 없다. 그의 증언은 믿어도 되지 않을까.

아사이 선생님의 사망 후 경과시간은 대략 12시간 전후다. 따라서 사망추정 시간은 전날 오후 6시쯤으로 추정된다. 전날 도다니계곡의 기온 등으로 오차가 발생하기 때문에 사망추정 시간에서 전후 1시간 정도는 차이가 날 수 있다고 했다. 그렇다면 대략 오후 5시에서 7시 사이다. 다시 말해, 구름다리의 판자가 부서진 시각과 아사이 선생님의 사망추정 시간은 그다지 차이가 없다는 이야기다.

이 상황을 어떻게 받아들여야 할까. 담당관들은 고민했다. 왜냐하면 구름다리의 발판은 아주 강한 힘을 받지 않으면 부서지거나 떨어지지 않기 때문이다. 강풍이나 호우 등에 노출되면 만에 하나, 발판이 파손될 가능성도 있지만 어제는 온화한 날씨였다. 악천후로 구름다리가 파손되었을 가능성은 없다. 그러면 누군가 고의로 발판을 부쉈다고밖에 생각할 수 없지만, 도대체 누가 어떤 의도로 그런 짓을 했을까.

아사이 선생님이 구름다리를 건넌다는 사실을 미리 알고 일부러 발판을 떼어낸 것일까. 아니면 단순한 장난으로 누가 건너도 상관없다는 생각이었나? 발판을 한 장 떼어냈다고 해서 곧장 사고로 이어진다고는 할 수 없다. 고작해야 발이 걸려 넘어지는 정도이므로, 더더욱 그 누군가의 의도를 알 수 없었다. 그런 짓을 하면 재미있을까.

다도코로가 말을 이었다.

"여기서 한 가지 더 유의할 점은 말이지. 구름다리 줄, 줄이라고 해봤자 발판을 고정시키는 줄이지만, 하나가 날카로운 칼로 자른 것처럼 싹둑 잘려 있던 점이란다. 누가 어떤 목적으로 했는지 모르겠구나. 아무 소용도 없는 짓인데."

어쨌든 아사이 선생님이 정말 추락했다고 하면, 그것이 사고인지 아니면 사건인지는 관할경찰서에서도 판단하기 어려운 것 같았다. 그래서 일단, 아사이 선생님의 시체는 '범죄에 기인할 가능성'이 있는 변사체로 처리되었고 검시규칙에 따라 검시하기로 했다.

관할서만으로 충분히 대처할 수 있는 사건이었고, 현경에 연락할 정도는 아니었다. 그런데 왜 K서의 서장이라는 사람이 현장에 출동해야만 했던 걸까? 다도코로 삼촌 이외에도 현장관계자들 모두가 이상하게 생각했지만,

감히 시미즈 서장에게 물어볼 용기를 가진 사람은 단 한 명도 없었다. 게다가 구름다리의 현장검증이 진행되면서 한층 더 기묘한 사실이 밝혀졌다.

사건인지, 사고인지 아직 확정되지 않았지만 용의자로 공룡이 지목되었다.


3

"공룡이 용의자……."

사야카가 기막히다는 듯 중얼거리더니 피식거리며 살짝 웃었다. 그 누구라도 당연히 웃음이 나올 것이다. 물론 K시가 '데나가층군 공룡화석'의 발굴지이지만 사건 용의자까지 공룡으로 할 필요는 없다. 게다가 아무도 그 사실을 진지하게 받아들이지 않는다. 하지만 히토미는 사야카처럼 웃어넘길 기분이 아니었다. 히토미의 머릿속에 비밀처럼 목소리를 낮춘 이지마 선생님의 목소리가 울렸다.

─그게 말이지. 아직 확실한 건 모르겠는데, 좀 이상한 소문이 있어서…… 공룡이 밀어서 떨어진 것 같다고 하는데.

이지마 선생님은 어디서 공룡이야기를 들은 걸까. 히

토미는 다도코로를 쳐다보며 물었다.

"공룡이 용의자라니 무슨 말이에요?"

"거기에 무슨 의미가 있겠니." 다도코로는 무책임한 말투로 말했다. "단지 그냥 그렇게 말하고 싶어 하는 별난 사람이 있다는 거지."

"경찰관계자예요?"

"그래."

"설마 진심으로 그렇게 말하는 건 아니겠죠?"

이지마 선생님이 했던 말 때문에 히토미는 그만 캐묻는 말투가 되었다. 이지마 선생님은 경찰관계자로부터 '공룡' 이야기를 들었던 걸까?

다도코로는 깨끗이 부정했다.

"진심은 무슨. 경찰관계자 중에 그런 생각을 하는 사람은 없단다. 없지만…… 지금 우연히 사에키라는 유명한 공룡박사가 K시의 호텔에 묵고 있어서, 현장에 그 박사님을 불러 의견을 물어볼 정도로 신경을 쓰고 있긴 해."

"사에키 선생님."

지금까지 히죽거리던 사야카가 사에키의 이름을 듣자, 긴장한 얼굴이 되었다.

"……."

다도코로 삼촌은 사야카의 변화를 눈치 채고는 의아

한 표정이 되었다. 새삼 사야카가 누구인지 의문이 들었던 것이다. 히토미의 친구라고 해도 왜 같이 온 걸까?

"그런데 넌……."

다도코로는 사야카를 바라보며 뭔가 물어보려는데, 기선을 제압하듯이 히토미가 먼저 질문을 했다. 여기서 또 사에키 구니히코와의 관계를 설명하면 이야기가 복잡해질 뿐이었다.

"왜요? 경찰이 왜 그렇게 공룡을 신경 쓰는데요?"

"발자국 때문이란다."

"발자국?"

"그래. 구름다리 발판에 공룡 발자국이 남아 있었거든."

"공룡 발자국이……."

"그래."

다도코로는 옆에 있던 서류봉투에서 카비네판 크기의 사진을 여러 장 꺼내 카운터 위에 늘어놓았다. 디지털카메라로 찍은 현장을 프린터로 출력한 것 같았다. 각각의 사진에는 구름다리의 발판이 찍혀 있었다. 발판에는 무슨 발자국 같은 것이 또렷하게 남아 있었는데, 분명히 사람 발자국은 아니었다.

"이건……."

사진을 옆에서 들여다보던 사야카의 목소리가 잠겼

다. 그리고는 안경을 빼들더니 손수건으로 쓱쓱 소리를 내면서 렌즈를 닦기 시작했다.

사야카가 놀랐을 때의 버릇이다. 소꿉친구인 히토미는 사야카가 그런 행동을 하는 것을 수차례나 본 적이 있었다. 어릴 때나 지금이나 여전했다. 사야카는 다시 안경을 끼더니 찬찬히 사진을 바라보았다.

"이건……."

그리고 다시 중얼거렸다.

발가락이 세 개 달린 발자국이었다. 발가락들은 아주 가늘었다. 발자국 옆에 감식용 자가 놓여 있어서 발자국 크기를 바로 알 수 있었다. 발가락 사이사이에 놓인 각도기도 보였다. 첫 번째 발가락의 길이가 30센티 정도고 가운데 발가락은 50센티 정도다. 그리고 세 번째 발가락은 30센티 정도며, 세 발가락들의 각도는 75도 정도일까. 발바닥 부분을 합치면 전체 길이는 60센티 정도다. 사람 발자국보다 상당히 크다.

"사실 외부인에게 현장사진을 보여주면 안 되는데. 설마 공룡이 기소되고 이 사진들이 증거가 되어 법정에 제출되는 일은 없을 테니, 뭐 괜찮지 않을까. 감식반도 이 상황을 어떻게 판단해야 할지 몰라 당황하고 있으니까." 다도코로는 뭔가 정리가 안 된 듯이 말을 계속했다.

"구름다리를 건너 5미터쯤 앞에 있는 발판에서 발자국이 처음 발견되었단다. 보다시피, 약간 우측으로 기울었지? 그리고 2미터 정도 더 가면 역시 발판에 발자국이 있단다. 이쪽은 약간 왼쪽으로 기울어져 있고. 사에키 선생님은 우측으로 기울어진 발자국이 오른발, 왼쪽으로 기울어진 발자국은 왼발이라고 하시더군."

"오른발, 왼발."

사야카가 고열에 시달리는 것처럼 중얼거렸다. 실제로도 열이 나는지, 조금 전에 손수건으로 닦은 안경이 뿌옇게 흐려졌다.

"어떻게 이렇게 발자국이 선명해요? 어제는 비도 안 왔는데."

히토미가 물었다.

"구름다리 입구 쪽 가장자리에 물이 분출하는 곳이 있거든. 샘물이라고 할 정도는 아니라서 별로 사람들 눈에 띄지는 않아. 거기 흙이 질척하니 진흙처럼 되어 있단다. 붉은 흙이지. 공룡이 구름다리를 건너기 전에 그 진흙을 밟으면 아까처럼 발자국이 발판에 남아도 이상할 것이 없다는 게 감식반의 견해구나. 감식반은 지금 물이 나오는 곳의 진흙과 발자국의 진흙성분을 분석하고 있는데, 일치할 거라고 추측하고 있어."

“그 성분이 일치하면 어떻게 되는데요?”

히토미가 다도코로 삼촌의 얼굴을 똑바로 쳐다보았다. 삼촌이 하는 말을 직접 들으면서도 어디까지 믿어야 하는지 의문이 들었다.

“삼촌네 감식반은 공룡이 진흙을 밟고, 그 진흙 묻은 발로 질퍽질퍽 발판에 발자국을 남기면서 구름다리를 건넜다고 주장하는 거예요?”

삼촌네 감식반은 아니지만, 하고 다도코로 삼촌은 쓴웃음을 지으며 말했다.

“감식반은 아무 주장도 하지 않는단다. 단지 사실 조사만 할 뿐이지. 발판에 남겨진 진흙성분이 입구 쪽의 진흙성분과 동일하다고 알려줄 뿐, 공룡의 것인지는 한마디도 하지 않았다. 당연히 말을 안 하지. 오히려 감식반이 너무 아무 말도 하지 않으니까 우리는 어쩔 수 없이 공룡전문가를 현장에 불러 수고를 끼치는 거다.”

“그래서 어떻게 됐어요?” 사야카가 다도코로의 느긋한 말투를 참지 못하고 끼어들었다. “사에키 선생님께서는 뭐라고 말씀하셨어요?”

“ ‘말씀하셨어요’가 되는군…….”

다도코로는 신기한 동물이라도 보는 것처럼 사야카의 얼굴을 보더니 혼잣말을 중얼거리고는 대답했다.

"그 선생, 발자국을 보자 묘한 말씀을 하셨어. 구름다리의 어딘가에 꼬투리 완두 같은 흔적이 남아 있지 않느냐고 말이다."

"꼬투리 완두 같은 흔적……."

사야카는 사에키가 하려는 말을 알았는지 안경 너머로 두 눈을 깜빡거리고는 입을 열었다.

"있었어요?"

"뭐가?"

"그러니까 꼬투리 완두 같은 흔적이요."

"있을 리가 있나." 다도코로가 귀찮다는 듯이 말했다. "전혀 없었어."

"뭔데?" 히토미가 더 이상 참지 못하고 사야카에게 물어보았다. "꼬투리 완두가 어쨌는데?"

"이게 후쿠치룡 같은 이구아노돈류의 발자국이라고 하면, 두 다리로만 걷는 게 아니라 네 다리로 걷기도 하거든. 그러니까 가끔 앞다리의 흔적이 조그맣게 뒷다리 앞에 남아 있는 경우가 있어. 이구아노돈류의 앞다리는 뒷다리와 비교해서 엄청 작아. 더구나 발가락이 분명하게 나누어져 있지도 않고. 그 발자국이 꼬투리 완두처럼 보여. 그게 없다면, 육식공룡의 발자국이라고 생각해."

"육식공룡의 발자국이라니."

공룡 발자국이 남겨진 일을 아무렇지 않아 하는 사야카의 말투에 히토미는 어안이 벙벙했다. 하지만 지금 사야카에게 히토미는 관심 밖이었다. 공룡 발자국에 완전히 빠져 안경을 올리고 또 올리면서 혼잣말처럼 계속 말했다.

"발자국 크기로 육식동물이라고 해도, 이것은 마쓰야마룡 같은 알로사우르스과 같지는 않아. 마쓰야마룡은 크기가 6~7미터나 되니까, 너비로 보나 무게로 봐도 도다니계곡을 도저히 건널 수가 없어. 게다가 오른발과 왼발 간의 간격이 2미터 정도밖에 안 되는 것도 맞지 않고. 마쓰야마룡의 보폭이라면 더 클 테니까. 그렇다면 같은 육식동물이라도……."

사야카는 혼잣말을 멈추더니, 다도코로를 가만히 바라보면서 물었다.

"아까 구름다리와 발판을 연결하는 밧줄이 하나 끊어져 있었다고 말씀하셨죠?"

"어, 그래." 다도코로는 기세에 눌린 듯이 두 눈을 깜빡깜빡하더니 대답했다. "'말씀하셨다' 같이 품위 있지는 않았지만 분명히 말했지. 그런데 왜 그러냐?"

"그 밧줄은 우연히 끊어진 것처럼 말씀하셨습니다만…… 그런가요?"

"그래. 발판을 고정하기 위한 밧줄이니까, 여러 개 중 하나에 불과하지. 그거 하나 잘랐다고 무슨 일이 생기지는 않는단다. 감식반도 고개를 갸우뚱거리기만 했거든. 그런데 왜?"

사야카는 다도코로의 물음에 대답하지 않고 다시 질문했다.

"죄송하지만 하나만 더 대답해주세요. 그 끊어진 밧줄은 발판에서 몇 센티 정도 위에 있었어요?"

"몇 센티 위냐고 해도……." 잠시 다도코로의 시선은 공중을 헤맸다.

"30센티 정도쯤 되려나."

"30센티 정도." 사야카는 자신의 생각이 맞았다는 듯이 빙긋 웃었다. "그래, 그거야."

"뭐야. 혼자서만 알고." 인내심이 한계에 달한 히토미의 목소리가 거칠어졌다. "도대체 왜 그러는 건데?"

"모르겠어?" 사야카가 차분한 목소리로 말했다. "그러니까 범인은 도다니룡이라는 건데……."


4

사야카는 자신의 말에 혼자 흥분했다. 공룡에 대해서

는 저절로 열중해 버리는지 목소리도 들떴다.

"만약 그게 도다니룡 거라면 그 세 개의 발자국은 첫째, 둘째, 셋째 발가락이 아니라, 둘째, 셋째, 넷째 발가락일 거예요. 도다니룡의 첫 번째 발가락은 며느리발톱처럼 되어 있어서 땅에 흔적이 남지 않거든요. 며느리발톱, 그것도 닭처럼 짧고 날카로운 며느리발톱일 거예요. 먹이를 공격할 때 그 발톱을 무기처럼 사용했을 거라고 추측할 수 있죠. 구름다리 밧줄이 다리 위 30센티쯤 되는 곳에서 잘렸다면, 도다니룡 크기의 특징하고 정확히 맞아떨어진다는 생각이 들어요. 그러니까."

사야카가 말을 계속할지 망설이고 있는데, 다도코로가 어이없는 목소리로 그 뒤를 받았다.

"그러니까 그 도다니룡인가 뭔가가 아사이 선생을 공격했다는 거냐?"

"아니, 그게, 그런 게 아니라, 저는 발자국을 말하고 있는 것뿐이에요. 그냥 발자국이요. 저기, 아사이 선생님은 다리 어디쯤에서 떨어지셨어요?"

"아사이 선생님은 구름다리 입구에서 볼 때 강을 끼고 반대 측 자갈밭에 쓰러져 있었어. 아사이 선생님이 어떤 식으로 떨어졌는지 분명히 밝혀지지 않는 한, 구름다리 어디쯤에서 떨어졌는지도 확실히 단정 지을 수는 없구

나. 신발자국도 발견되지 않았고. 하지만, 뭐, 상식적으로 생각해서 아사이 선생님이 거의 수직으로 떨어졌다면 구름다리를 12~13미터 정도 건넜을 때 떨어졌다고 볼 수 있어. 하지만 누군가가 밀어서 떨어졌다면 중력만이 아니라, 외부의 힘도 가해지기 때문에 약간 포물선을 그리며 떨어지게 되지. 아무튼 아사이 선생님이 수직으로 떨어졌다는 것은 단지 가정에 불과하지만 말이다.”

“그러면 구름다리를 12미터 정도 건넌 지점이 되는 거예요? 거의 발판이 떨어진 부근이네요.”

“그래.” 다도코로는 긍정하고는 진담인지, 농담인지 알 수 없는 말투로 말했다. “오른발과 왼발의 간격이 2미터 정도였고 왼발 발자국이 남겨진 곳은 7미터, 밧줄이 끊어진 곳은 12미터 근처다. 하지만 그 간격은 5미터나 돼. 만약 그 도다니룡의 며느리발톱, 즉 첫 번째 발가락이 구름다리 밧줄을 잘랐다면, 도다니룡은 거기까지 구름다리를 건넜다는 게 돼. 이상하지 않니? 게다가 구름다리에는 도다니룡의 다른 발자국은 없었어. 이게 말이 되니?”

“화석을 보면 도다니룡은 뒷다리가 상당히 발달했어요. 육식공룡의 헌터니까 발이 빨랐죠. 그리고 마지막에는 도망가는 상대에게 달려들어 먹이를 죽였기 때문에 점프력도 뛰어났어요. 다시 말해.”

“도다니룡은 구름다리 위에서 5미터 거리를 점프했다는 거냐? 먹이를 죽이는 것처럼 아사이 선생님의 등을 공격했다. 그래서 아사이 선생님은 구름다리에서 떨어졌다고 말하고 싶은 거야?”

사야카는 예, 하고 고개를 끄덕이고는 입을 열었다.

“도다니룡은 민첩한 육식동물이니까 체중은 별로 안 나갔을 거예요. 하지만 5미터나 크게 점프를 했으니까 구름다리에 착지했을 때 충격은 컸겠죠. 발판이 한 장 정도 떨어져 나가도 전혀 이상한 일이 아니에요. 그래서 말인데요. 도다니룡이 착지할 때 며느리발톱이 밧줄을 잘라버렸을 가능성은 없을까요?”

“그렇지만, 아사이 선생님이 정말 도다니룡 때문에 떨어졌다면…….” 히토미는 의문을 던졌다. “선생님 등 어딘가에 그 자국이 남아 있어야 하는 거 아니야? 삼촌, 어땠어요? 선생님 등에 그런 자국이 있었어요?”

“글쎄, 그건…….”

다도코로가 애매하게 말끝을 흐렸고, 사야카가 다시 말했다.

“선생님 등에 많은 열상과 피부, 피하출혈이 있었다고 하셨잖아요. 선생님은 도망가다가 도다니룡의 습격을 받은 거예요. 그러면 등에 상처가 있어도 이상하지 않죠. 선생님은 엎드려 있었는데 등에 상처가 많다면 이상하지 않아요? 앞뒤가 안 맞죠."

"아니, 그러니까, 이건 등부터 떨어졌다가 튀어 올라서, 결과적으로 엎드리게 된 것으로."

"그렇게 생각하는 것 보다." 다도코로의 말을 부정하듯이 사야카의 목소리가 커졌다. "좀더 솔직하게 선생님은 도다니룡한테 등을 공격받아서 상처가 생겼다고 하는 게 자연스럽지 않아요?"

"아니, 자연스럽다느니 뭐니 해도 말이지. 이건 그런 문제가 아니고……."

다도코로는 씁쓸하게 웃었다. 나이도 먹을 만큼 먹은 자신이 여중생에게 꼼짝 못하는 것이 우스웠다. 그때 히토미가 끼어들었다.

"잘린 밧줄은 발판에 붙어 있던 밧줄이었죠. 그렇다면 밧줄의 당김이 약간 느슨했을 거예요. 팽팽하게 붙었던 게 아니고요."

"그래, 그렇단다."

"그 절단면은 어땠어요?"

"어땠냐니." 다도코로는 의아한 표정으로 되물었다. "뭐가?"

"사야카 말처럼 도다니룡이 점프해서 그 며느리발톱
이 우연히 밧줄을 잘랐다면 밧줄은 위에서 아래를 향해
잘리죠. 안 그래요? 하지만 사람이 일부러 잘랐다면 밧
줄은 팽팽하지 않고 느슨하니까, 상식적으로 생각해서
이렇게."

히토미는 무의식중에 발판의 밧줄을 왼손으로 들어
오른손으로 자르는 동작을 해보였다. 칼날을 밧줄 아래
에 집어넣어 밑에서 위로 끊어 올리듯.

"이러지 않을까 싶은데. 발판에 있는 밧줄이라면 발
밑 근처에 있었을 거 아니에요? 그걸 자르는데 위에서
밑으로 잘랐다고 생각하는 건 좀 부자연스러운 것 같아
요. 밑에서 위로 잘랐다고 생각하는 게 더 자연스럽지
않을까요? 그렇다면."

"밧줄이 잘린 모양을 보면, 그게 도다니룡의 며느리
발톱이 끊었는지, 사람이 칼로 자른 건지 알 수 있다는
거구나. 아하, 그럴듯한데." 다도코로는 여전히 씁쓸하
게 웃었다. "글쎄, 감식반이 그것까지 조사를 했는지
는……."

"왜요?" 히토미가 놀라서 물어보았다. "중요한 일이
잖아요."

"중요한 일이라…… 글쎄다. 아사이 선생님이 구름다

리에서 떨어져서 돌아가셨다. 현재 파악된 사실은 이것뿐이란다. 사건성이 있는지도 확실하지 않구나. 어쩌면 단순한 사고일 수도 있고. 그렇지 않니?”

“그러니까 사고인지 아닌지를 알기 위해서 감식반이 조사해야 하는 거 아니에요?”

“그건 그런데. 너희들, 순진한 여중생한테 이런 말 하는 건 좀 그렇지만. 죽은 사람이 중학교 선생님이기 때문에 관할구역 형사와 감식반원들이 여럿 현장에 출동했단다. 지방에서 교사는 중요한 사람이거든. 조금은 세심하게 조사를 하지. 그런데 피해자가 보통 일반인이라고 하면 주재중인 경찰관에게 현장보존을 부탁하고, 관할지역 형사가 기껏 두 명, 현장에 나가게 되지. 그 다음에는 신속하게 시체를 운송시켜. 아주 명확하게 ‘사건’이라는 증거가 없는 한, 대부분 사고로 처리해 마무리 짓는단다.”

“……”

“게다가 관할구역에는 일손도 부족하지만 예산도 없단다. 이번에도 감식반은 어떤 사건의 흔적이 없는지를 조사했을 뿐, 무성의까지는 아니지만 아주 꼼꼼하게 조사를 했다고는 생각하지 않는단다. 밧줄이 위에서 밑으로 잘렸든지, 밑에서 위로 잘렸는지까지는 조사하지 않았을 거야."

"경찰들 일은 잘 모르겠네요. 하지만 삼촌, 감식반에 그 정도는 물어봐도 되는 거 아니에요?"

"그래, 그건 그렇지. 지금 해보자. 전화 한 통만 걸면 되는 거니까. 일도 아니지. 그건 그렇고." 다도코로는 진지한 얼굴로 사야카를 응시했다. "사야카였나. 네 추리는 감탄스럽지만, 아저씨 생각에는 치명적인 결함이 있구나."

"그게 뭔데요?"

사야카는 화를 발끈 내며 도전적인 표정으로 다도코로를 노려보았다.

"그건 현대 일본에는 공룡이 없다는 거다. 도다니룡이든, 다른 공룡이든, 그런 게 지금 일본에 있을 리가 없지."

"……"

맞는 말이다. 도다니룡이 K시 도다니 정에 살았던 때는 1억 4천만 년 전부터 1억 2천만 년 전이다. 그런데 사야카는 공룡이 지금도 살아 있는 것처럼 이야기를 했다. 그만큼 사야카가 공룡을 좋아하기 때문이겠지만, 좋아하든 안 하든, 현대에 공룡은 존재하지 않는다. 너무나도 당연한 사실이었지만, 사야카는 찬 물을 뒤집어쓴 표정이 되었다. 히토미는 사야카를 두둔하려는 의도는 없었지만 다도코로 삼촌이 너무 있는 그대로를 말하는 바람에 약간 반감이 들었다.

"하지만 삼촌. 도다니룡은 범인이 아닐지도 모르지만, 다른 용의자가 없잖아요. 그런데 삼촌이 사야카에게 그렇게 잘난 척 할 수 있는 거예요?"

"잘난 척 하는 건 천성이거든. 너도 처음에는 삼촌을 닮았다는 말을 들었단다. 누나는." 말을 하던 삼촌은 갑자기 미묘한 표정이 되었고 네 엄마는, 이라고 다시 고쳐 말했다. "그 사실을 아주 기뻐했단다."

"으엑, 저, 삼촌 안 닮았어요."

히토미의 반응에 다도코로는 상관하지 않고 계속 이야기를 했다.

"아사이 선생님은 학생들의 존경을 받는 아주 좋은 선생님이셨나보구나. 그러니까 너희가 이렇게 열심히 선생님 일을 조사할 생각이 들었겠지. 아니면, 뭔가 그렇게 해야 하는 이유라도 있는 거니?"

"……"

히토미는 순간 말을 잃었다. 다도코로 삼촌뿐만 아니라, 옆에서 뚫어지게 쳐다보는 사야카의 시선도 강하게 느껴졌다. 도대체 히토미는 왜 그렇게 열심일까? 히토미의 휴대전화에 남겨진 아사이 선생님의 메시지…….

하지만 방에서 발견된 20분짜리 비디오테이프에 진짜 공룡이 찍혀 있었다는 것만으로는 그녀가 이렇게까지 아사이 선생님의 죽음을 조사할 이유가 되지 않았다. 그렇게 할 수밖에 없는 다른 이유가 있는 것은 아닐까?

두 사람이 자신을 의심하는 것을 히토미도 잘 알고 있었다. 알았지만……. 지금 그 이유를 여기서 밝힐 수는 없다. 그래도 사야카에게는 말할 수 있다. 오히려 이렇게 된 이상, 적극적으로 털어놓아야 한다고 생각한다. 하지만 친척어른이면서 형사인 삼촌에게 밝힐 수는 없었다. 아니, 말하고 싶어도 어떻게 말하냐고! 히토미는 속으로 투덜거렸다.

─아이 참, 사야카, 나중에 어련히 알아서 얘기할 텐데. 그 정도는 헤아려 줘야 하는 거 아니야.

사야카는 히토미의 속마음을 알아차리기는커녕 한술 더 떴다.

"저요. 커서 공룡박사가 될 거예요. 일본의 공룡연구는 아직 높은 단계는 아니라고 생각해요. 물론 일본에도 공룡이 살았다는 사실이 밝혀진 것은 기껏 20년밖에 되지 않았기 때문에 당연한 건지도 몰라요. 그래서 공룡연구의 일인자로서 세계적으로 유명한 사에키 구니히코 선생님의 존재는 아주 소중해요. 저는 사에키 선생님을 진심으로 존경하고 있고, 이번 일로 사에키 선생님이 묘한 사건에 휘말리시는 것은 아닌가하고 정말 걱정하고 있어요. 그래서 이렇게 히토미와 함께 움직이고 있는 거예요. 사에키 선생님이 걱정돼서 가만히 있을 수가 없었거든요. 괜한 참견이라는 것은 알았지만……."

안경 너머로 눈동자를 반짝거리며, 꿈에 젖은 여중생의 모습을 완벽하게 연기했다. 그리고는 친구를 배려하는 표정으로 걱정스럽게 히토미를 바라보았다. 사야카는 히토미에게 무언의 압력을 가하고 있었다. 자신은 이런 합당한 이유가 있는데 너는 왜 이러고 있는지, 이렇게 열심히 하는 진짜 이유는 무엇인지 어서 말하라며.

—와, 어쩜. 역시 사야카야. 성격 되게 더럽네.

히토미는 속으로 조바심이 났다. 사야카의 연기에 넘어가 다도코로 삼촌이 히토미의 사정을 더 날카롭게 추궁하면 어떻게 해야 할지 걱정이 앞섰다. 하지만 삼촌은 인생의 깊은 좌절과 상처를 받은 만큼, 순수하고 가련한 여중생 따위는 이 세상에 존재하지 않으며, 현재는 천연기념물로 지정된 따오기처럼 멸종되고 있다는 사실을 본능적으로 터득하고 있었다. 사야카의 뻔한 연극에는 걸려들지 않았다. 오히려 있는 대로 튀어나온 배를 쓰다듬으며 트림을 하고 인생의 리얼리티를 적확하게 피로

했다.

"어쨌든 지금은 이것이 사건인지 사고인지도 알지 못하고 있어. 용의자가 이렇네, 저렇네, 하고 말할 단계가 아니란다. 단지 어제 오후, 도다니계곡으로 가는 도중이라고 생각하는데, 아사이 선생님이 젊은 여자하고 함께 걸어가는 모습이 목격되었다더구나."

"젊은 여자……."

"그래. 전에 아사이 선생님의 수업을 받은 적이 있는 청년이 목격했어. 자동차로 스쳐지나가면서 봤는데 틀림없이 아사이 선생님이 국도를 걸어가고 있었대. 공교롭게 여자는 뒷모습만 봤을 뿐 얼굴은 보지 못했다고. 스타일이 뛰어난 여자여서 아사이 선생님이 부러웠다고 했단다."

"스타일이 뛰어난 젊은 여자……." 히토미는 무심히 중얼거리다 갑자기 머릿속에 무언가가 떠올랐다. 아사이 선생님의 주변, 또는 히토미의 주변에 있는 스타일이 뛰어난 여자라면, 이사나 아유미밖에 없다. 아유미가 어른처럼 꾸미면 중학생이 아니라 완벽하게 젊은 아가씨로 보일 것이다.

─왜 아사이 선생이나 사에키 선생님하고 관계없는 아유미가 사야카와 함께 도다니계곡에 갔을까? 그녀

가…… 범인일까? 이 멍청아, 지금 무슨 생각 하는 거야. 말도 안 돼. 당연히 말도 안 되지.

속으로 웃어넘기려 했지만 얼굴이 굳어버려 도저히 웃을 수 없었다. 솔직히 웃을 일도 아니었다. 반사적으로 사야카를 쳐다봤다. 같은 생각을 했는지 그녀의 얼굴도 창백하게 굳어 있었다.

"……."

두 소녀들은 다도코로 너머로 서로에게 물어보듯이 눈짓을 했다. 다도코로의 휴대전화가 울렸다.

"잠깐만."

두 소녀는 말없이 서로의 눈을 바라보았다. 그 눈동자에는 희미한 공포가 서렸다.

# 공룡의 알리바이

1

다도코로는 통화를 끝내고 10분쯤 지나서 돌아왔다. 재킷을 걸치고 히토미와 사야카에게 가자고 재촉했다.

"가자니." 히토미하고 사야카는 서로 쳐다봤다. "어디를요?"

"공룡선생님이 경찰서에 연락을 했다더구나. 시간 있을 때 연락을 주기로 하셨거든. 공룡이야기를 듣기 위해서이기도 하지만, 또 협력해주셨으면 하는 일이 있어서 말이지."

"공룡선생님이라면." 사야카가 놀란 듯 의자에서 일어났다. "사에키 선생님이요?"

"그래." 다도코로는 약간 고개를 갸우뚱거리고는 사야카를 보고 물었다. "같이 가겠니?"

"네."

사야카는 큰 소리로 대답했다. 다도코로는 살짝 웃고는 문을 향했다. 히토미하고 사야카도 서둘러 다도코로의 뒤를 따랐다. 다도코로는 작은 경자동차를 가지고 있었다. 자동차에 올라탔는데 뒷좌석 쿠션이 돌처럼 딱딱했다. K시의 호텔로 향했다.

"감식반에 전화를 해봤는데 말이다." 운전을 하며 다도코로가 말했다. "일이 묘하게 되었구나."

"뭐가요?"

히토미가 다도코로를 쳐다봤다.

"공룡 발자국이 있는 발판이 한 장 더 발견되었나 봐. 자갈밭에 떨어진 발판에 남아 있었는데 완전히 조각나서 복원시키기 어려웠다고 하더라고. 판자에는 발가락 세 개인 공룡발자국하고 사람 손바닥 모양이 겹쳐졌다고 했어. 오른손 집게손가락부터 새끼손가락의 흔적이 남아 있어서 지금 지문을 조회하는 중이야. 발판이 조각나서 힘들긴 하겠지만."

"떨어진 발판에 공룡 발자국."

히토미의 말에 사야카가 끼어들었다.

"공룡이 아니야. 도다니룡의 발자국." 정정을 한 다음, 계속 말을 했다. "거기에 겹치는 네 개의 오른손 손가락 자국, 뒷면의 엄지손가락 자국." 사야카는 중얼거리고 자신의 오른손을 바라보았다.

"……."

정확히 판자를 잡았을 때와 같은 모양이다. 하지만 어딘지 부자연스럽다. 거기에 도다니룡의 발자국이 겹친다는 것은…….

다도코로가 말을 이었다.

"그리고 떨어진 발판에는 밧줄 끝이 붙어 있었대. 잘린 흔적을 감식반이 조사해볼 필요도 없는 거지. 밧줄은 위에서 아래로 싹둑 잘려져 있었어. 칼로 자른 것 같지만 아직 어떤 칼인지는 모르는 것 같고."

"아직 모른다는 것은." 사야카가 말을 했다. "도다니룡의 며느리발톱이 잘랐다는 가능성이 있는 거죠? 도다니룡이 점프해서 구름다리에 착지했고. 그때 위에서 밑으로 밧줄을 끊었다는 거 아니에요?"

"왜 그렇게 되는 걸까. 이 아가씨들은."

다도코로는 투덜거리며 거칠게 핸들을 돌렸다. 자동차 타이어가 비명소리를 내면서 오른쪽으로 꺾였다.

"나는 그런 말 한 적 없다. 단지 어떤 칼인지 모른다고 했을 뿐이야."

"뒷면에 엄지손가락, 앞면에 손가락 네 개." 히토미는 자신의 오른손을 바라보면서 말했다. "저기, 삼촌. 어쩐지 판자를 잡고 있는 것 같지 않아요?"

"그래." 다도코로는 긍정했다. "그런 모양이지."

"도다니룡 발자국 위에 사람 손가락 자국이 있는 건지, 아니면 반대로 사람 손가락 자국 위에 도다니룡 발자국이 있는 건지. 감식반은 그런 것도 알 수 있어요?"

"당연히 알지. 어떤 세 개의 자국 위에." 다도코로는 공룡이라는 단어는 사용하지 않기 위해 조심했다. "사람 손가락 자국이 남아 있었다고 감식반이 보고 했단다."

"또 감식반은 어떤 말을 했어요?"

"아무것도."

"아무것도요? 다른 건 아무것도 모른다는 거예요? 감식반이 그런 데에요?"

히토미는 놀라서 반문했다.

"알려고만 하면 여러 가지 알 수 있겠지만 말이다. 관할 감식반이면 능력에도 한계가 있고, 사건인지 사고인지도 모르는 일에 그토록 시간과 노력을 들일 수 있겠니? 아까도 말했었지? 우리 감식반은 거의 교통사고밖에 처리하지 않아. 변사체가 분명하지만 해부를 할지도 아직 결정되지 않았어. 유족과 상의는 해보겠지만, 아마 해부는 안 할 거다. 현경의 감식반이 아니니까. 방금 이야기한 정도만 알아냈다고 해도 충분해."

"그렇구나. 그런 거구나."

히토미는 실망했다. 아니, 실망이라기보다 뭔가 잃어버린 느낌. 상실감이 맞는 표현인지도 모른다. 경찰들은 정말로 시민들을 보호해준다고 생각했다. 그런데 그렇지 않다는 사실을 알아버렸다. 어른이 된다는 것은 이런 걸까. 조금씩 세상의 뒷면이랄까, 진실을 알게 되는 일. 이게 어른이 되는 과정이라면 좀 재미가 없다. 하지만 어른이 되지 않는다면 자립도 할 수 없고 원하는 대로 살 수도 없다.

—뭐랄까.

히토미는 속으로 한숨을 내쉬었다. 하지만 사야카는 히토미의 감상적인 생각과는 전혀 다르게 들뜬 어조로 말했다.

"도다니롱의 발자국 위에 아사이 선생님의 손자국이 남아 있는 걸 이렇게 생각할 수는 없을까. 도다니롱이 도망가는 아사이 선생님의 뒤를 쫓았어. 그런데 구름다리 위에서 점프하면서 며느리발톱으로 발판의 밧줄을 끊어버린 거야. 그 바람에 발판은 떨어지려 하고 그 사이로 아사이 선생님이 빠져버리지. 당황한 선생님은 판자를 잡고 올라가려 했지만, 결국 발판은 떨어지고 말아. 그럼 판자에는 손자국이 남게 되겠지? 그래서.”

“그만해.”

히토미는 사야카의 말을 막았다. 그럴 생각은 없었지만 저절로 거친 말투가 나왔다.

“왜 그래.”

사야카는 히토미의 거센 말투에 놀랐는지 겁먹은 표정이었다.

“너 말이야. 공룡 좋아하잖아. 그런데 아무 증거도 없으면서 공룡이 선생님 뒤를 쫓았다고 말을 하는 거야? 공룡은 무죄일지도 모르는데. 그러니까, 뭐지. 음, 그러니까.”

“무고죄.” 다도코로가 냉정한 목소리로 거들었다.

“그래, 그래. 무고죄. 너는 공룡을 정말 좋아하는 거야? 우와, 말도 안 돼. 좋아하는 공룡한테 죄를 뒤집어씌워놓고 아무렇지도 않아?”

자신도 왜 이렇게 화를 내는지 알 수 없었다. 말을 하면 할수록 화가 치밀었다.

“무슨 말이야. 왜 그러는데. 왜 그렇게 열을 내?”

사야카는 히토미가 지나치게 화를 내자, 살짝 기가 죽었지만 열심히 반론했다.

“그거랑 이건 이야기가 다르잖아. 내가 공룡을 좋아하

는 거랑 이번 아사이 선생님 일이 무슨 상관인데? 우선, 요즘 세상에 공룡이 있을 리가 없잖아. 내가 말하는 건, 장난이야. 장난인데 왜 그런 소리를 들어야 하는 거야?”

그때 다도코로가 헛기침을 하며 억누른 목소리로 말했다.

“꼭 그렇다고 볼 수는 없단다. 아까 전화로 들었는데 경찰서로 두 통 정도 제보전화가 있었나 보더라. ‘이건 공룡이 살아나서 사람을 습격한 게 아닌가’ 라는……. 한 통은 술 취한 목소리였다고 하니까, 그다지 신경 쓸 필요는 없는데, 다른 한 통은 살짝 쉰 중년여성의 멀쩡한 목소리였대. 목소리로 볼 때 진심으로 그렇게 생각하는 것 같았다고 하더구나. 어디선가 공룡 발자국 이야기를 들은 것 같아.”

“와, 그래요?”

사야카가 괴상한 소리를 질렀다. 다도코로는 그래, 하며 고개를 끄덕였다.

“조금이라도 이상한 사건이 발생하면 무슨 재앙 아니냐는 둥, 영혼이 장난 친 거 아니냐는 둥, 그런 소문이 떠돌거든. 작은 마을은 다 그렇단다.”

쓸쓸한 말투가 농담처럼 들리지 않았다. 다도코로는 불쾌해 보였다.

“그래도 공룡이 범인이라는 건 너무 말도 안 되는 이
야기라서 금방 퍼지지는 않을 거야. 서서히 퍼지겠지.
그건 그렇고 공룡은 역시 억울한 누명을 쓴 게 아닐까.”

“그렇구나.”

사야카는 생각에 잠기듯 입술을 깨물고 앞 유리의 한
곳을 응시했다.

“…….”

히토미는 마음이 복잡했다. 왜 그렇게 화를 내며 사야
카에게 덤볐는지, 자신도 이해할 수 없었다. 게다가 다
도코로 삼촌이 기분 나빠진 이유도 알지 못했다. 혼란스
럽다는 건 알겠는데, 구체적으로 뭐가 어떻게 혼란스러
운지 몰랐다. 결국, 사야카처럼 가만히 있을 수밖에 없
었다.

자동차는 K시의 시내에 들어서고 있었다. 로터리를
빠져나가 역으로 향했다. 앞 유리에 10층짜리 빌딩이 점
차 다가왔다. 이 시에서 가장 높은 건물로 사에키 구니
히코가 투숙하고 있는 호텔이었다.


2

아직 10시가 채 되지도 않았는데, K시의 역 주변은

한산했다. 사람 그림자가 거의 없는 거리에는 신호등만 외롭게 깜빡거리고 있다. 다른 지방도시와 마찬가지로 K시도 인구가 서서히 감소하고 있었다. 젊은이들이 유난히 적었고, 고유 산업이 발달하지 못해서 거리는 불이 꺼진 것처럼 활기가 없다.

호텔 로비에도 사람들이 없었다. 로비에 놓인 TV에서 스포츠뉴스를 방송하고 있었다. 프로야구 소식이다. 시합은 그다지 흥이 나 보이지 않았다. 아나운서의 커다란 목소리가 오히려 쓸쓸하다.

"사에키 선생님한테 연락하마."

다도코로 삼촌은 묘하게 저기압이었다. 무뚝뚝하게 내뱉고는 혼자서 프런트로 향했다. 두 사람은 TV 앞에 놓인 소파에 남았다. 잠시 아무 말도 없었지만, 사야카가 TV를 턱으로 가리키며 입을 떼었다.

"저거, 교진(일본 프로야구 구단의 하나―옮긴이)전일까?"
사야카는 웬일인지 힘이 없다.

"몰라." 히토미는 쌀쌀맞았다. "난 야구에 관심 없어."

"야구중계의 시청률이 떨어졌다던데, 아직도 중계를 하나 봐?"

"나는 야구에 관심이 없다니까."

"히토미."

"응."

"아깐 미안해. 나, 도다니룡을 그런 식으로 말하지 말았어야 했어." 사야카는 안경을 올리고는 계속 말했다. "도다니룡한테 불공평했어."

"도다니룡한테 불공평……."

히토미는 살짝 웃었다. 사야카의 말이 미묘하게 웃음을 유도했다. 사야카가 다시 말했다.

"있잖아, 히토미. 너, 우리가 어릴 때 공룡하고 놀았던 적이 있다고 했지?"

"응, 근데 이제 잊어버려. 분명 착각일 거야. 그런 일이 실제로 있을 리가 없잖아."

"그거 말인데." 사야카는 망설이듯이 말했다. "왠지 나도 그런 기억이 있는 것 같아."

"정말?"

"응, 사람의 기억이란 건 참 이상해."

사야카는 안경을 빼서 렌즈를 보고는 다시 끼었다. 렌즈는 깨끗했지만 손이라도 움직이지 않으면 초조한 것 같았다. 약간 앞으로 구부러진 자세로 바닥 한 곳을 가만히 응시하며 사야카가 말했다.

"히토미가 공룡은 무고죄라고 했을 때, 어릴 때의 기억이 확 떠올랐어. 희미했지만, 정말 희미했지만, 나도 어릴 때 너하고 아유미랑 같이 공룡하고 놀았던 기억이 있는 것 같아. 히토미가 공룡에게 한 말이 또렷하게 기억 나. 이상할 정도로 또렷하게 생각이 나."

"내가 공룡에게 한 말……."

히토미는 두 눈을 깜빡였다. 가슴이 아릿하다. 아아, 그렇구나. 나도 그 일이 기억 한 구석에 남아 있었어. 그래서 나는 사야카의 말에 화를 냈던 거야. 사야카가 먼 과거에 손을 뻗어 그리운 말을 움켜쥐듯이 말했다.

"어려운 일이 생기면 내가 도와줄게. 언제든지 말해. 알았지, 공룡아? 약속이야."

바로 그 순간이었다. 로비에 한 줄기, 저녁놀의 붉은 빛이 들어왔다. 추억 속의 새빨간 저녁놀이 바닥에 비쳐 안개가 깔리듯이 흔들거렸다. 무언가가 움직였다. 이곳이 아닌 어디선가 눈에 보이지 않게 매우 조용히. 하지만 따스하고 커다란 것은 유연한 몸짓으로 천천히 기억의 저편으로 사라졌고, 저녁놀도 자취를 감췄다. 사라진 것은 저녁놀만이 아니었다. 히토미의 머릿속에서도 뭔가가 사라졌다. 갑자기 꿈에서 깨어난 느낌이다. 동시에 뒤에서 자동문이 닫히는 소리가 들렸다. 자동문의 유리에 바깥의 신호등이 비친 걸까. 그래서 신호등의 잔상이 붉은 저녁놀처럼 흔들리며 바닥을 이동한 건 아닐까…….

"……."

히토미는 어떤 예감에 이끌려 반사적으로 자동문을 돌아봤다. 30대로 보이는 여자 한 명이 로비로 들어오고 있었다. 등을 곧게 편 좋은 자세 때문에 원래의 키보다 더 커 보인다. 진주색 긴팔 블라우스에 청바지, 선글라스에 부츠. 어깨에는 커다란 숄더백을 메고 있다. 멋 부린 차림새는 아니지만 물건 하나하나는 모두 고가의 명품으로 완벽한 조화를 이루고 있었다. 세계를 정복하려는 듯한 씩씩한 발걸음으로 프런트를 향해 걸어갔다.

"……."

히토미는 머릿속으로 비명을 지른 후 자신도 모르게 벌떡 일어났다.

"왜 그래, 히토미?"

사야카의 질문에 아무 대답도 하지 않고 여자를 향해 다가갔다. 여자는 익숙한 솜씨로 체크인을 하고 있었다.

"하루나 미유키 씨세요?"

수속이 끝나기를 기다렸다가 히토미는 말을 걸었다. 여자는 천천히 돌아보았다. 선글라스를 빼더니 안경다리를 가볍게 물고 히토미를 빤히 쳐다보았다. 충혈 된 눈에 해쓱하게 야윈 뺨을 하고 있는 하루나 미유키는 너무 피곤해 보였다. 거친 피부 위에 들떠 있는 파운데이션을 보고 있자니 단순히 피곤한 걸 넘어 어디가 아픈 게 아닌가 싶어졌다.

"누구니?" 하루나 미유키는 쉰 목소리로 말했다. "어디서 만난 적 있었나?"

"저, 사이토 히토미라고 합니다. 도다니중학교 2학년으로 영화부에 있고요. 하루나 미유키 씨의 후배죠. 아, 하지만 만나 뵌 적은 없어요. 지난 달, 후쿠치시에서 하신 강연은 들었지만요."

히토미는 자신도 이상해질 정도로 긴장했다. 경어를 잘못 사용하지 않을까 걱정되었다. 겨우 자기소개만 했을 뿐인데, 목이 바짝바짝 타서 수차례나 침을 삼켰다. 하루나 미유키는 날카로운 눈으로 히토미를 바라보고는 그렇군, 내 후배구나, 하며 낮게 노래하듯이 말했다. 블라우스 가슴팍에 달린 주머니에서 담뱃갑을 꺼내 한 개비 물더니, 청바지에서 지포라이터를 꺼냈다. 그리고 왼손을 카운터에 올리며 프런트의 남자에게 물었다.

"여기 재떨이 있어요?"

"죄송합니다, 손님. 프런트는 금연입니다."

남자가 정중하게 머리를 굽혔다. 하지만 하루나 미유키는 여전히 손을 카운터에 놓은 채였다. 안 들린다는 얼굴로 남자를 쳐다보았다. 남자는 눈을 깜빡거렸다. 점

차 깜빡이는 속도가 빨라졌고 얼굴에는 살짝 땀이 맺혔
다. 신음하듯 뭐라고 중얼거리더니 결국 재떨이를 꺼내
카운터에 올렸다.

"고마워요."

하루나 미유키는 천연덕스럽게 말했다. 담배에 불을
붙이고 몸을 돌려 히토미를 바라봤다. 얼굴에 연기가 가
지 않도록 어깨 위로 내뿜었다.

"그렇구나. 지난 달, 후쿠치시에서 하는 강연을 들었
구나. 너, K시에 사니?"

"예, 도다니 정에 살아요."

"도다니 정이라. 변두리잖아. 그럼 후쿠치시까지 오
는 것도 힘들었겠구나."

"그렇지 않아요."

사실 힘들었다. 도다니 정에서 후쿠치시까지 가려면
버스와 전차를 갈아타며 족히 한 시간 이상은 걸린다.
시까지 나와 시민홀로 가는 도중에 낯선 남자가 말을 걸
어 진땀을 빼기도 했다. 하지만 하루나 미유키의 강연을
듣고는 그 고생이 모두 보상받은 것 같았다.

"평소 강연은 익숙하지 않아서 좀처럼 안 하는데 후
쿠치현은 고향이잖니. 거절하는 것도 쉽지 않았어." 하
루나 미유키는 다시 담배 연기를 뒤로 내뿜더니 짧게 말

했다. "아사이 기미히로, 죽었지?"

"예."

"왜 죽었는데?"

"몰라요. 사고인지, 사건인지."

"아사이가 죽기 전에 나한테 전화를 걸었어. 그것도 이상한 전화."

"예."

"알고 있니?"

"예, 알아요."

"그래. 아는구나." 하루나 미유키는 고개를 끄덕이고는 말을 이었다. "이상하게 신경이 쓰여서 말이지. 그래서 여기에 온 거야. 그 전화가 무슨 말인지 알겠니?"

"그건 몰라요."

"그래. 하긴 그렇겠지." 하루나 미유키는 담배를 재떨이에 밀어붙이며 불을 껐다. "물어보고 싶은 게 많은데. 휴대전화 번호, 가르쳐줄래? 오늘은 너무 늦었으니까, 내일 아침 일찍 전화할게."

"예."

히토미는 전화번호를 가르쳐줬고, 하루나 미유키는 자신의 휴대전화에 그 번호를 저장했다. 로비의 조명은 조금 어두웠다. 숫자가 잘 보이지 않는지, 하루나 미유

키는 짜증나는 표정이었다. 갑자기 인기척을 느껴 돌아
보자 낯선 젊은 남자가 서 있었다. 검정 점퍼에 청바지
를 입고 있었다. 묘하게 울적한 인상의 남자였다.

"다도코로 형사님의 따님입니까?"

젊은 남자가 물어보았다.

"아닌데요." 히토미는 놀라서 대답했다. "저는, 조카
예요."

"그렇습니까. 뭐든 상관 없는데……." 젊은 남자는 작
게 중얼거리더니 서류봉투를 내밀었다. "경찰서에서 왔
습니다. 이거, 다도코로 형사님한테 전해주십시오."

"그럴게요." 히토미는 받아들었다. "저기, 성함이?"

하지만 젊은 남자는 손을 내젓고는 조용히 사라졌다.
고개를 다시 돌렸을 때 이미 하루나 미유키의 모습도 프
런트에서 사라지고 없었다.


3

결국 히토미가 사에키 구니히코의 방에 불려가기까지
는 30분이나 걸렸다. 그만큼 다도코로 형사와 사에키의
대화가 꼼꼼하고 자세히 이루어졌다는 의미다. 다도코로
는 히토미에게 어떠한 사실도 이야기하려고 하지 않았

다. 이건 형사의 권한이다. 어떤 질문이든 히토미 같은 외부인에게 함부로 흘려서는 안 되는 내용이었다.

"어서 들어와라." 사에키 구니히코는 히토미와 사야카가 방으로 들어가자, 미안하다고 사과했다. "너희를 이렇게 오랫동안 로비에서 기다리게 할 생각은 없었는데. 여기 형사님과 이야기가 길어져서."

"아니, 괜찮습니다. 선생님께서 신경 쓰지 않으셔도 됩니다. 어차피 이 녀석들은 한가하니까요. 여차하면 한밤중까지 기다리게 해도 괜찮습니다."

다도코로가 밉살스럽게 말했다. 팔걸이의자에 완전히 파묻혀서 튀어나온 배를 쓰다듬는 모습이 너무나도 얄미웠다. 사에키와 다도코로는 나이 차이가 별로 나지 않을 텐데, 같은 남자로서 이렇게 다를까. 히토미는 친척으로서 이런 큰 차이를 모두에게 사과하며 다니고 싶을 정도였다.

—아아, 별 볼일 없어서 죄송해요. 저 사람이 제 삼촌이에요.

그에 반해 사에키 구니히코는 큰 키는 아니었지만 마른 근육질 몸매가 햇볕에 알맞게 그을려 있어서 활동적으로 보였다. 잘 그을린 피부와 풍부한 백발은 지적인 분위기와 아주 잘 어울렸다. 턱수염은 없었다. 일본뿐만 아니라 미국에서도 손에 꼽을 정도의 전문가로 인정받고 있다고 한다. 그렇게 되기까지 사에키 자신의 꾸준한 노력도 물론 있었겠지만, 또한 매력적인 외모가 그의 성공에 상당히 기여를 한 것은 아닐까 하고 히토미는 생각했다. 방으로 들어가자, 사야카는 한 마디도 하지 않았다. 멍한 표정이다. 눈은 흐리멍덩하고 얼굴은 새빨개져 있었다.

—정말 못 말린다니까.

히토미는 어이가 없었지만, 생각해보면 자신이 하루나 미유키를 만났을 때도 같은 상태였을 것이다. 누구나 진심으로 존경하고 동경하는 사람을 만나면, 거의 실신 상태가 될 거라고 생각한다. 사에키가 잠깐 뒤를 돌아보았다. 그 틈을 노려 히토미는 사야카 얼굴 앞에 손을 흔들었다.

"야, 이거 보여?"

슬롯머신의 화면처럼 눈동자가 쿵하고 위에서 떨어지는 느낌이 나더니, 평소의 사야카로 돌아왔다.

"왜 그래." 사야카는 작게 말하고 히토미를 흘겨봤다.

"아니, 그러니까 괜찮나 싶어서."

"당연히 괜찮지."

—괜찮구나.

히토미는 안심했다. 평소의 사야카로 돌아왔어.

사에키가 가느다란 액자에 든 포스터를 가지고 왔다. 그것을 탁자 위에 내려놓고는 포스터를 펼쳤다.

"제1차 화석 발굴조사 때 K시의 교육위원회가 도쿄 디자이너한테 발주해서 그린 포스터란다. 그대로 액자에 넣어두었지. 당시에는 나도 젊었는데, 벌써 20년이나 흘렀구나. 왠지 꿈같은 걸."

헬멧을 쓰고 작업복을 입은 공룡이 작은 유압셔블을 조종하고 있었다. 일전에 봤던 포스터였다. 20년 전에 그려진 포스터가 아직도 화석 발굴현장에서 사용되고 있는 것이다.

"……"

히토미는 미묘한 위화감을 느꼈다. 뭔지는 모르지만, 전에 본 것과 뭔가가 달랐다. 어딘가 다른 느낌이었다. 뭐가 다르지?

"유압셔블을 조종하는 도다니룡. 재미있지 않니? 처음 봤을 때부터 마음에 들었단다. 아직도 마음에 들어. 그래서 액자에 넣어 항상 가지고 다닌단다. 초심을 잊지 말자고."

그 말에 사야카의 표정이 약간 어두워진 것을 히토미는 놓치지 않았다. 사야카도 뭔가가 걸리는 것 같았다.

그리고 그걸 말할지 말지를 망설이고 있었다. 상대는 가장 존경하는 사에키 선생님이다. 엉뚱한 질문을 할 수 없다는 생각 때문에 분명히 주저하고 있는 것이다. 하지만, 결국 호기심이 앞섰나 보다. 우물거렸지만 결심했는지 입을 열었다.

“저기요. 포스터에 그려진 것은 도다니룡이 아니라 후쿠치룡 아니에요?”

“……”

순간, 사에키는 허를 찔린 듯이 사야카의 얼굴을 쳐다봤다. 그리고 포스터를 가만히 응시하고는 다시 사야카를 향해 시선을 돌렸다. 낭패를 당한 티가 역력했다.

“그래. 후쿠치룡을 그린 거란다. 도다니룡이라고 하다니, 도대체 무슨 소리를 하고 있는 건지.”

사에키는 어색하게 웃으며 말했다. 깊은 주름이 잡힌 얼굴은 더 이상 멋있어 보이지 않았다.

“이래서야 공룡전문가라고 하기가 부끄럽구나. 설마 이 나이에 노망이 든 것도 아니고.”

“아아, 죄송해요. 특별히 그런 뜻으로 말씀드린 게 아닌데. 죄송합니다. 이상한 소리를 했어요.”

사야카는 어찌할 바를 몰라 했다. 엉뚱한 소리를 해서 사에키를 망신 줬다고 후회하는 모습이었다. 얼굴이 새

빨갛게 달아올랐다.

"아니, 말해줘서 고맙구나. 후쿠치룡하고 도다니룡을 착각하다니, 전문가에게 있어서는 안 될 일이지. 아무리 포스터 그림이라고 해도 창피한 일이구나. 그런데 왜, 초보자도 하지 않는 이런 실수를 해버린 걸까."

사에키는 고개를 갸우뚱하고는 다시 포스터를 바라보았다. 포스터를 본다기보다는 자신의 내면을 들여다보는 것 같은 표정이었다. 그런데 분위기 파악을 못한다고나 할까, 다도코로가 지금까지의 대화와는 아무 관련이 없는 질문을 던졌다.

"구름다리에 남아 있던 공룡 발자국 말입니다만, 그게 도다니룡 발자국이 틀림없는 겁니까?"

히토미는 삼촌의 무례함이 창피했다. 하지만 이건 무례한 것이 아니라, 형사로서의 테크닉일지도 모른다. 삼촌은 보기와 다르게 유능한 형사가 아닐까?

사에키가 대답했다.

"그렇다고 생각합니다만, 단정 지을 수는 없습니다. 마쓰야마카와 강 유역의 노출된 지층에서 발견된 발자국 화석은 도다니룡인지, 후쿠치룡인지, 석연치 않은 점이 있거든요. 서른 개 이상 발견되었기 때문에, 두 개의 발자국이 섞여 있을 가능성도 높습니다. 무엇보다 도다

니룡은 드로마에오사우루스과이고, 후쿠치룡은 이구아
노돈과입니다. 이 두 개는 수각류와 조각류로 완전히 다
릅니다. 단지 양쪽 모두 발가락이 세 개이고 크기도
30~40센티로 서로 비슷할 뿐이죠. 노출된 지층은 세립
질 사암층의 지층면으로 한 면에 잔물결 같은 흔적이 남
아 있습니다. 그래서 어떤 발자국의 화석인지 알기가 상
당히 어렵습니다.”

“그렇군요. 감식반의 어려움과 비슷한 데가 있군요.”
다도코로는 그럴싸한 얼굴을 하고는 다시 물었다. “도다
니룡과 후쿠치룡의 크기는 차이가 많이 납니까?”

“후쿠치룡은 신장이 6~8미터, 도다니룡은 기껏해야
2~3미터 정도죠.”

“6~8미터. 그 정도 크기면 후쿠치룡이 구름다리를
건넜다고 생각하기는 어렵겠군요.”

“어째서입니까?” 사에키는 다도코로를 쳐다봤다. “너
무 커서요?”

“그렇죠. 신장이 6~8미터나 된다면, 논외가 되지 않
습니까?”

“꼭 그렇지도 않습니다. 후쿠치룡은 달릴 때, 굵은 꼬
리로 균형을 잡으면서 뒷다리만 사용했다고 합니다.” 사
에키는 즐거운 듯이 말했다. “이미지 상으로는 코끼리보

다 커다란 캥거루와 더 가까워요. 구름다리의 강도 문제
는 있을지 모르지만 건널 수는 있을 겁니다."

사야카가 믿음직스럽다는 듯이 사에키의 옆얼굴을
바라보았다. 순진한 모습이 아주 귀여웠다.

"제 말은 그게 아닙니다." 다도코로는 가볍게 손을 흔
들었다. "동료가 기상대에 문의했습니다. 어제 도다니계
곡은 오후 6시쯤에 어두워지기 시작해서 7시에는 완전
히 깜깜했다고 합니다. 아사이 씨의 사망추정 시간은 오
후 6시쯤입니다. 추정시간 전후로 약 한 시간 정도의 오
차가 있다고 해도 그 시간이면 희미하게나마 사물을 볼
수 있지 않았을까요? 흐릿하게 빛이 남아 있었을 것 같
은데요."

"……."

"다시 말해서, 그 시간에 후쿠치룡이 출현하면 누군
가의 눈에 띄었을 거라는 거죠. 그 근처에 삼목나무가
우거져 있다면 이야기가 또 달라지겠지만, 도다니계곡
근처는 관목림이 많습니다. 산철쭉이나 목련 등 관목나
무는 키가 낮아요. 6미터에서 8미터나 되는 후쿠치룡이
눈에 띄지 않고 어떻게 이동하겠습니까?"

4

사에키는 어안이 벙벙해서 다도코로의 얼굴을 보고 있었다. 자신이 상대하는 사람이 형사라는 점을 새삼 인식한 것 같았다.

"우와."

사야카가 한숨을 내쉬듯이 소리를 냈다. 다도코로의 말에 놀란 것은 히토미도 마찬가지였다. 현대에 공룡 따위는 존재하지 않는다고 하면서 후쿠치룡의 특징을 범행현장과 맞추어서 생각하고 있다. 습관적으로 그러는지도 모른다. 프로 수사관은 모두 그런 걸까. 다도코로는 이야기를 계속 했다.

"도다니룡은 전체길이가 2~3미터여서 비교적 옅은 어둠에 섞이기가 수월하지 않을까요. 체중도 후쿠치룡보다 가벼우니까 구름다리도 무난하게 건널 수 있습니다."

"잠깐만요, 형사님." 마침내 제정신이 돌아온 사에키가 다도코로의 말을 막았다. "설마, 진심으로 하는 얘기는 아니겠죠? 구름다리에 남아 있던 발자국이 진짜 공룡이라고 생각하시는 겁니까?"

"그럼 아닙니까?" 어디까지가 진심인지 다도코로는 능글맞게 웃었다.

"현대에 공룡이 있을 리가 없습니다. 구름다리에 남

아 있던 흔적, 그건 가짜입니다. 진짜가 아니에요. 지금은 공룡발자국의 화석을 쉽게 볼 수 있어요. 도감이든, 박물관 패널이든, 어디서든 오리지널을 참조할 수 있습니다. 그것을 참고로 하면 고무와 실리콘을 가지고 쉽게 모형을 뜰 수 있습니다. 말하자면 인감과 같은 거죠. 그것을 발판에 찍어서 발자국을 위조했을 겁니다. 그렇지 않다면 경찰에서는 그것이 진짜 공룡이 남긴 발자국이라고 생각한다는 겁니까?"

다도코로는 흥분한 사에키의 목소리를 받아넘기듯이 한 손을 들어올렸다. 그리고 의자에 몸을 한층 더 깊숙이 파묻었다.

"경찰은 아무 것도 생각하지 않습니다. 아사이 씨가 구름다리에서 추락한 것이 사고인지 사건인지 하는 정도만 생각합니다. 현재, 사건으로 기운 이유는 떨어진 발판을 지탱하던 밧줄에서 칼로 잘린 흔적을 발견했기 때문입니다. 하지만, 그것만 가지고 누가 아사이 씨를 구름다리에서 밀었다고 하기에는 무리가 있습니다. 너무 억지죠. 또 발판의 밧줄을 잘랐다고 해서 아사이 씨가 그것을 반드시 밟는다고 할 수 없습니다. 발판이 떨어진다고도 할 수 없고요. 그렇지 않습니까?"

"……."

"아사이 씨가 돌아가시기 직전에 어떤 젊은 여자와 함께 걸어가는 것이 목격되었습니다. 하지만 그래서 어떻다는 정도의 정보밖에 되지 않습니다. 사건을 구성할 수는 없어요. 일단 현경에는 보고합니다만, 아마 사고사로 처리될 겁니다. 사고처리가 되면 현장에 수상한 상황이 보인다고 해도 경찰이 관여할 일이 아닙니다. 공룡 발자국이 남아 있던, 매머드 발자국이 남아 있던, 아무런 의미도 없습니다. 경찰이 일부러 그것을 조사하는 일은 없습니다."

사에키는 애매한 표정이 되었다.

"만약 그렇다면, 경찰은, 아니, 형사님은 저한테 무슨 용건이신 겁니까?"

"공룡이야기를 듣기 위해서입니다. 선생님께 공룡에 대해서 이것저것 물어보고 싶었습니다."

"공룡에 대해서는 충분히 말씀드렸습니다. 아니, 저는 경찰에게 더 이상 할 말이 없습니다."

"그렇지도 않습니다. 저는 20년 전의 일에 대해서도 듣고 싶습니다."

"20년 전의 일." 사에키는 초조한 표정이 되었다. "그 일에 대해서는 이미 말씀드렸습니다."

"몇 번이고 다시 오겠습니다. 경찰 일이란 건 그런 거니까요."

"……."

　20년 전의 일이란 게 뭘까? 히토미와 사야카는 서로 쳐다보았다. 사야카는 모르겠다는 듯이 한쪽 눈썹을 치켜세웠다.

　"저는 일개의 고생물학자에 지나지 않습니다. 아사이 씨라는 사람은 알지도 못합니다. 그게 사고이든, 사건이든, 저와는 아무런 상관없어요. 도다니계곡의 현장에 불려가서 발자국을 감정했고, 도다니룡의 발자국과 닮았다고 보고했습니다. 하지만 현대 사회에 공룡이 생존해 있을 리 없기 때문에 진짜 공룡일 리가 없다고도 이야기했죠. 저는 그 일에 관해서 아무런 할 말이 없습니다. 그런데 왜 형사님은……."

　"개인적인 흥미 때문입니다." 다도코로는 사에키의 말을 가로막았다. "나는 개인적인 흥미로 선생님을 방문했습니다."

　다도코로가 자신을 가리키는데 '저'에서 '나'로 바뀌었다. 조카인 히토미가 보기에도 미묘한 적의가 더해진 것 같았다. 거기에 있는 사람은 히토미가 아는 다도코로 삼촌이 아니었다.

　"개인적인 흥미." 사에키는 의심스러운 눈으로 다도

코로를 쳐다봤다.

"예, 그렇습니다."

다도코로는 히토미에게서 받은 서류봉투를 집어 들더니, 안에서 한 장의 사진을 꺼내 테이블 위에 놓았다.

"현장 사진 중 하나입니다. 발판에 남아 있던 발자국을 복원하여 사진을 찍은 거죠. 자갈밭에 떨어진 발판을 맞춰서 남아 있던 발자국을 찍은 겁니다. 한번 보시죠. 아시겠습니까?"

아아, 그렇구나. 히토미는 생각했다. 울적한 인상의 그 남자가 가져온 서류봉투에 이 사진이 있었구나. 도저히 경찰로는 안 보였는데, 아르바이트생은 아니었을까.

"알겠는 거라……." 사에키는 다도코로의 말대로 사진을 들여다보고는 고개를 갸웃거렸다. "글쎄요. 공룡의 발자국, 아니 도다니룡의 발자국이라고 해야 하나, 그 모형이라는 것 말고는 아무것도……."

갑자기 말이 끊겼다. 사진의 발자국을 응시하던 사에키가 다시 말했다.

"아니, 이런. 이건 아니야. 이건 구름다리 위에 남겨진 발자국이 아닙니다. 비슷하지만 조금 달라요. 다른 발자국처럼 보입니다."

"예예, 그렇게 된 거죠. 이제 아시겠습니까?" 다도코로는 만족스러운 듯이 사진을 서류봉투에 넣었다. "아마 선생님께서 말씀하셨듯이 이 발자국은 모형에 불과할 겁니다. 물론 고무나 실리콘을 이용하면 발자국 정도는 간단하게 모형을 만들 수 있습니다. 맞는 말입니다만, 도대체 누가 왜 일부러 구름다리에 공룡의 발자국을 남기는 성가신 일을 해야 했던 걸까요? 게다가 두 종류의 발자국 모형을 뜬다. 한층 더 귀찮은 작업이겠죠?"

"글쎄, 저는 아무것도……."

사에키는 다도코로의 질문에 대답하지 못했다. 망설이는 표정으로 상대의 얼굴을 뚫어지게 쳐다볼 뿐이었다. 다도코로는 풋 하고 웃었다.

"물론 이건 우리 경찰들이 생각할 일로 선생님께 여쭤볼 일은 아닙니다. 아니, 우리도 생각할 필요가 없는지도 모르죠. 아까 말했듯이 현장에 공룡 발자국이 남아 있든, 남아 있지 않든, 사건성이 없는 한 경찰한테는 상관없는 일입니다. 그럼 20년 전 일을 여쭤보겠습니다."

"또……." 사에키는 복잡한 표정이 되었다. "역시 형사님의 개인적인 흥미 때문입니까?"

"그럴 겁니다. 나의 개인적인 흥미 때문이라고 하셔도 별 수 없습니다."

"그 일은 이미 말씀 드렸습니다."

"몇 번이고 다시 묻겠습니다. K시의 제1차 공룡화석 발굴조사 때입니다. 아까 직접 말씀하셨습니다만, 선생님은 당시 예비조사단에 참여하셨죠?"

사에키는 단념한 듯이 대답했다.

"그렇습니다. 저는 지질학을 전공하는 대학원생이었습니다. 당시 일본에서는 공룡을 전공하는 사람은 전무하다고 할 수 있는 상황이었죠. 무엇보다 동해에는 공룡이 없었다는 말이 우세했을 때니까. 제 연구실부터가 그랬습니다. 나가노 교수님은 데나가층군에서 중생대 화석림을 발굴하는데 공적을 세운 분이셨습니다. 하지만 교수님이 아무리 노력해도 데나가층군에서는 공룡화석을 발굴하지 못하셨어요. 묘한 일입니다. 그런데 어찌된 일인지, 데나가층군에서 공룡화석이 발견되었습니다. 그때의 사정을 알고 계십니까?"

"아뇨, 모릅니다."

사에키의 물음에 다도코로는 흥미 없다는 듯이 대답했다. 그런데 가만히 있는 것을 참지 못한 사야카가 끼어들었다.

"1978년, 구와지마섬으로 견학을 간 사바에시의 여중생이 어떤 화석을 발견했어요. 그게 뭔지는 몰랐지만 소중하게 보관했죠. 몇 년이나 지나서 후쿠치현의 교육

연구소의 연구원이 감정을 위해서 후쿠치현립 박물관에 가지고 왔고요. 그래서 그게 육식공룡의 이빨이었다는 사실을 알게 된 거죠. 그리고 다시 수년이 지난 후 본격적으로 후쿠치현에서도 공룡화석을 조사하게 되었어요. 그게 바로 사에키 선생님께서 참여하신 제1차 공룡화석 발굴조사에요."

사야카의 말이 너무 정확했기 때문에 사에키는 놀란 것 같았다.

"그래 맞아. 놀랐는걸. 아주 잘 아는구나."

존경하는 사에키 구니히코에게 칭찬을 받자, 사야카는 얼굴을 붉히고 고개를 숙였다. 특별히 히토미가 자랑스러워할 일도 아니지만, 괜히 가슴을 펴고 싶어졌다. 사에키가 다시 입을 열었다.

"저는 학생들 몇 명과 함께 발굴에 참여했습니다. 그때는 아무도 데나가층군이 화석의 보고라는 사실을 몰랐어요. 저도 설마 제가 평생 공룡연구를 하리라고는 생각하지 못했습니다. 20년은 정말 눈 깜짝할 사이였어요."

사에키는 감상에 젖은 말투가 되었다. 하지만 다도코로가 감정의 선을 끊어버리듯 가차 없이 말했다.

"그때 이자와 씨가 돌아가셨습니다. 선생님처럼 지질학을 전공하던 학생입니다만. 요즘으로 말하면 고생물

학입니까? 같은 연구실 분이셨습니까? 기록에는 사고
로 돌아가셨다고 되어 있는데. 틀림없습니까?”

“분명히 이자와 기미오는 저랑 같은 연구실에서 지질
학을 전공하고 있었습니다.”

사에키는 이자와라는 이름에 동요했는지 눈을 심하
게 깜빡거렸다.

“선생님과 친구 사이셨습니까?”

다도코로가 다시 물어보자, 사에키는 애매하게 고개
를 끄덕였다.

“저는 그렇게 생각했습니다만, 이자와는 어떻게 생각
했는지 모르겠습니다. 남에게 속을 잘 보이지 않는 사람
이었으니까요. 정말 우수한 친구였죠. 뭐랄까, 천재적이
었다고나 할까요. 당시 교수님은 제가 아니라, 이자와를
미국에 유학시키려고 하셨어요. 이자와가 지금 살아 있
다면 틀림없이 일본에서 공룡연구를 이끌었을 겁니다.
저는 이자와 기미오의 뒤를 따랐을 거구요.”

“그렇군요. 그러면 이자와 씨가 돌아가셔서 선생님은
미국에 유학할 수 있었던 겁니까? 선생님에게는 이자와
씨가 없는 편이 좋았던 거군요.”

다도코로는 잔뜩 벼르는 어조로 말했다.

—왜 저런 말을 하는 걸까. 그런 말은 하지 말지.

삼촌의 말을 듣고 히토미는 불쾌한 마음을 금할 수 없었다. 전에 어디선가 비열한 사람은 곧잘 넘겨짚는다는 말을 들은 적이 있었다. 하지만 사에키는 인간성도 훌륭했다. 부드러운 말투 그대로 씁쓸하게 웃으며 다도코로의 말을 받아넘겼다.

"무슨 말씀을 하시려는지 대충 알겠습니다만, 당시 저한테는 이자와하고 경쟁하려는 생각은 없었습니다. 이자와는 감히 제가 라이벌로 삼을 수 있는 사람이 아니었어요. 천재였으니까. 나가노 교수님은 항상 말씀하셨어요. 이자와는 천재라고요."

"사에키 선생님도 천재세요."

사야카가 불만스러운 목소리로 조그맣게 말했다. 사에키는 어색한 웃음과 고마운 시선을 주었을 뿐, 아무런 말도 하지 않았다. 그리고 지갑에서 사진 한 장을 꺼내 테이블 위에 놓았다. 사진은 약간 암갈색으로 변해 있었다.

"이 사람이 이자와입니다. 사진만 봐도 그의 천재성이 느껴지죠. 아직 젊고, 영원히 젊습니다. 제가 나이를 먹어 재능의 한계를 깨닫고 이러지도 저러지도 못하는 것과는 천지차이이지요."

사에키의 목소리에는 어렴풋한 두려움과 슬픔이 뒤섞여 있었다.

—사에키 선생님은 이자와라는 사람의 일을 슬퍼할 뿐 아니라, 당신의 청춘도 슬퍼하고 계시는 거야.

히토미는 문득 그런 생각이 들었다. 왜 그런 생각이 들었을까? 센티멘털한 감정에 좀처럼 빠지지 않는 히토미에게 드문 일이었다.

우리도 장차 언젠가는 지금의 우리를 돌아보게 될까. 저렇게 슬픔에 잠긴 목소리로 지금의 우리를 절실히 떠올리게 될까. 여러 생각이 맴돌았다. 사진 속에서, 20년의 세월을 사이에 두고 이자와 기미오라는 청년이 히토미를 바라보고 있었다.

마르고 긴 얼굴에 이마가 넓고 눈이 날카로웠다. 하지만 예리한 인상과는 반대로 어딘지 모르게 쓸쓸하고 응석받이 같다. 그 차이가 독특한 매력으로 느껴졌다.

—아, 이 사람, 여자한테 인기 있었겠어.

히토미는 사진을 보며 생각했다. 그런데 이 사람은 벌써 20년 전에 죽어버렸다.

"아하, 하긴 머리가 좋아 보이네요." 다도코로는 있는 그대로의 감상을 말했다. "그래서 결국 뭡니까? 이자와 씨는 선생님과 사이가 좋았습니까?"

"글쎄요. 남한테 자신을 잘 털어놓지 않는 사람이었습니다. 우수하기는 했지만, 그만큼 이기적인 면을 같이 가지고 있었어요. 그러면서 어느 순간 묘하게 응석부리면서 다가오기도 했습니다. 지금에서야 이야기지만, 나가노 교수님도 금전적인 면을 포함해서 상당히 애먹으셨나 보더군요. '차라리 잘라버릴까 하는 생각도 드는데, 웬일인지 미워할 수가 없는 친구야' 라고 혼잣말 하시는 걸 들은 적이 있습니다. 완전히 마음을 열지 못하지만, 미워할 수 없다고 해야 하나. 뭐랄까…… 애틋한 마음이 들게 하는 사람이었습니다."

"다시 말해, 선생님과는 미묘한 관계였다는 겁니까?"

"미묘한 관계……." 사에키는 과거를 떠올리는 아련한 표정이다. "예, 그런지도 모르겠습니다. 일찍 부모님을 여읜 탓도 있겠지만, 저는 남에게 응석을 부리지 못합니다. 그래서 이자와의 재능뿐 아니라, 성격까지 부러웠어요."

사이가 좋은 것 같기도 하고 나쁜 것 같기도 하다. 히토미는 그런 관계가 어떤 건지 아주 잘 알고 있다. 간단히 말하면, 히토미와 사야카, 또는 아유미하고의 관계가 말 그대로 미묘한 관계라고 할 수 있지 않을까.

"이자와 씨가 어떻게 돌아가셨는지, 다시 한 번 말씀해주시겠습니까?"

"여러 차례 말씀드렸습니다만." 사에키는 다도코로의

질문이 이해가 안 되는 모양이었다. "왜 20년이나 지난 일을 이제 와서 듣고 싶다는 겁니까?"

히토미도 같은 생각이었다. 히토미는 이제 다도코로가 어떻게 이야기를 끌고 나가려는지 추측할 수가 없었다. 20년 전의 화석 발굴 조사가 지금하고 무슨 상관이 있는 걸까. 그런데 도다니계곡에서 우연히 들었던 이가라시의 말이 떠올랐다.

―딱 20년 전 여름이었어. 제1차 발굴예비조사가 실시되고 있을 때였는데…… 그때도 역시 공룡이 사람을 죽였다고밖에 할 수 없는 사건이 일어났네…….

공룡이 사람을 죽였다? 기억 속 이가라시의 말과 다도코로의 말이 겹쳤다.

"물론 20년도 지난 사건입니다만 이자와라는 사람이 죽었을 때도 용의자가 공룡이었다는 이야기를 들었습니다. 공룡에 밟혔다고밖에 생각할 수 없는 상황이었다고……. 정말 그랬습니까? 그렇다면 이번 아사이 씨의 일도 전혀 상관없다고는 할 수 없지 않을까요."

"……."

사에키는 무언가를 물어보는 것처럼 날카롭게 다도코로를 응시했다. 하지만 바로 표정이 부드러워지더니, 시선을 히토미에게 돌렸다.

"너희는 이제 그만 집에 가야하지 않을까? 형사님도 그만 가주셨으면 합니다."

"실례 많았습니다." 하지만 다도코로는 태연히 의자에 앉아 있었다. "실례한 김에 아까 부탁드린 것을 해주셨으면 합니다만."

"화석 발굴현장에 동행하는 일을 말씀하시는 겁니까?" 사에키는 지겹다는 표정으로 말했다.

"그렇습니다. 그리고 20년 전에 거기서 무슨 일이 있었는지 말씀해주십시오. 괜찮으시면 지금 함께 가시는 건 어떻습니까?"

"지금…… 이 시간에 말입니까?"

"돌아가시는 길은 택시를 불러드리죠. 아니면 경찰차를 불러드릴 수도 있습니다."

"아무리 그래도 형사님은 너무 밀어붙이시는군요. 안 그렇습니까?"

"밀어붙이지 않으면 형사를 할 수 없습니다. 선배님한테 그렇게 배웠죠."

"하지만, 이 학생들은……."

"애들은 걱정 안 하셔도 됩니다. 제가 책임집니다." 다도코로는 딱 잘라 말했다. "선생님은 어떻게 해서든 경찰에게 협력해주셔야 합니다."

네 사람은 함께 방을 나섰다. 지하주차장에 가기 위해 통로에서 엘리베이터를 기다렸다. 다도코로는 아직도 사에키에게 이것저것 물어보고 있었다. 뭔가 복잡한 질문을 하는 것 같아 히토미와 사야카는 눈치껏 어른들과 조금 떨어졌다.

─지금이야.

히토미는 지금이 사야카에게 그 일을 이야기할 기회라고 생각했다. 왠지 사야카와 아유미에게는 사실을 이야기하고 싶었다.

"왜 아사이 선생의 일을 조사하고 있냐고 사야카가 물었지? 내가 아사이 선생을 좋아했던 것 같지도 않은데 말이야."

히토미는 사야카의 귀에 입을 대고 재빨리 속삭였다.

"나, 비디오카메라하고 편집기가 꼭 갖고 싶었어. 그런데 엄마한테 사달라고 하기는 싫었거든. 그래서 아사이 선생이랑 거래를 했어. 누드를 찍게 해주는 대신 돈을 빌려달라고 말이야. 여름방학이 되면 아르바이트해서 그 돈을 반드시 갚을 테니까. 그랬더니, 그 선생님, 기꺼이 거래에 응했어. 이상한 포즈도 시키더라. 영화를 좋아하긴 무슨. 저질! 선생님한테 이런 일이 생겨서 만약 다른 사람이 그 사진을 보면, 큰일이잖아. 그래서 그 전에 사진을 되찾으려고 한 거야.”

“…….”

사야카는 놀란 눈으로 히토미를 쳐다봤다. 많이 부끄러웠지만 사야카하고 아유미 앞에서는 창피함을 견뎌내야 한다고 생각했다.

“나, 계속 히토미하고 아유미랑 공룡과 같이 놀았던 일을 기억하려고 하는데.”

성격 나쁜 사야카가 놀랄 정도로 낮고 부드러운 목소리로 말했다.

“떠올리려고 하면 할수록 그런 일이 있었던 것 같아. 있잖아, 히토미, 정말 그때, 우리 즐거웠어. 아주 많이 즐거웠어.”

일요일

# 20년 전의 공룡

1

다도코로는 사야카를 먼저 데려다주었다. 히토미가 집에 도착했을 때는 이미 자정이 넘었다. 사에키 구니히코를 호텔로 데려다주어야 하기 때문에 히토미의 집에 들를 시간은 없었다. 그렇지 않아도 삼촌이 히토미의 집에 들어오는 일은 없을 테지만. 집 앞에서 내린 히토미는 삼촌에게 물어보았다.

"엄마한테 전하실 말씀 있어요?"

다도코로는 생각하는 시늉도 하지 않고 바로 고개를 저었다. 왠지 화가 나 보였다.

"삼촌이 데려다 줬다고 엄마한테 얘기할게요. 그래도 괜찮죠?"

히토미의 말에 더 이상 대답을 하지 않았다. 아마 마음대로 하라는 뜻이겠지. 난폭하게 기어를 바꾸고는 자동차를 출발시켰다. 타이어에서 비명소리가 났다. 자동차는 멀어지다가 간선도로로 나가기 위해서 우회전을 했다. 깜빡거리는 브레이크 등의 빨간 불빛이 꼬리를 끌며 히토미의 눈 속에 남았다.

ㅡ삼촌의 고독한 영혼이 빨간 빛 속에 타는 것처럼.

너무 센티멘털하다. 이상해. 히토미는 감상적인 자신의 모습에 속으로 웃었지만 왠지 자기 자신이 측은했다. 집에 들어가기 전에 휴대전화를 확인했다. 메일이 두 통와 있다. 한 통은 이지마 선생님으로 아사이 선생님 일을 묻고 있었다. 아무리 늦어도 괜찮으니까 전화해달라고 했다. 기가 막혔다. 그건 이지마 선생님 사정이고 밤늦게까지 돌아다닌 히토미는 녹초가 되었다. 또 한 통의 메일을 보고 고개를 갸우뚱했다. 처음 보는 이름이다. 한자로 '眞樹野君岊'라고 쓰여 있었다. 마키노 기미네라고 읽는 걸까. 동급생에게 거의 관심이 없는 히토미였지만, 같은 반에 그런 이름을 가진 여학생은 없다고 단언할 수 있다. 혹시 같은 반이 아니라 같은 학년 여학생일까. 그렇다면 히토미는 몰라도 상대가 히토미를 알 가능성은 충분했다.

하지만 지금껏 이야기를 나눈 적도, 만난 적도 없는 여학생이 무슨 용건으로 히토미에게 메일을 보냈을까. 도대체 히토미의 메일주소는 어떻게 안 걸까. 마키노 기미네는 히토미를 만나고 싶다고 했다. 게다가 뻔뻔하게도 시간과 장소를 일방적으로 정해서 통보했다. 그런데 히토미는 상대의 무례함에 화가 나기보다 마키노 기미네가 지정한 시간이 너무나도 비상식적이어서 놀랐다.

✉ 내일 아침 10시에 역 앞의 '맥도날드'에서 만나자.

도대체 무슨 생각이야? 마키노 기미네는 정말 일찍 일어나나 봐. 누군지도 모르는 상대의 일방적인 호출에 히토미는 정말 화가 났다. 안 가, 왜 가야하는데, 이 바보야. 이렇게 대답을 해주면 어떨까. 아니면 아예 무시해버릴까. 그럴 수 있으면 좋겠는데……. 하지만 못해. 왜냐하면 '꼭 와줘. 만약 안 오면 토요일 아침, 교무실에 몰래 들어가서 아사이 선생님의 책상 서랍을 뒤지고 노트북을 만진 사실을 다른 선생님들께 말씀 드릴 거야' 라고 써져 있는 걸. 어떻게 무시를 해.

그렇지만 도저히 알 수 없었다. 교무실에 몰래 들어갈 때도 아사이 선생님의 노트북을 조사할 때도 혹시라도 누가 보고 있지는 않을까 하며 상당한 주의를 기울였고. 정말 아무도 없었다. 그런데 이 누군가는 히토미가 교무실에 몰래 들어가서 서랍을 뒤지고 노트북을 건드린 사실을 알고 있다. 초능력자라도 되는 것처럼……

—마키노 기미네가 누구지?

휴대전화 메일을 보면서 고개를 갸우뚱거렸다.

—몰라. 모르겠어.

아무리 메일을 반복해서 읽어도 모르겠다. 마키노 기미네의 정체를 알기 위해서는 아침 10시에 맥도날드에 갈 수밖에 없다.

—선택의 여지가 없어.

자신에게 확인하듯이 타일렀다. 그리고 휴대전화를 가방에 넣으려고 했다. 바로 그때였다. 10미터 정도 떨어진 곳에 정차된 자동차가 흐릿하게 보였다.

"……"

가슴이 쿵쾅거리고 무릎에서 힘이 빠졌다. 서둘러 집으로 들어갔다. 아니, 도망쳤다. 현관문을 잠그고 평상시에는 사용하지 않는 체인까지 걸었다. 그래도 계속 심장이 쿵쾅거렸다. 무서웠다. 내가 왜 이렇게 무서워하지.

자동차에는 그 남자가 타고 있었다. 그 남자, 시미즈 서장이 히토미를 가만히 응시하고 있었다. 거리도 멀고 불빛도 희미해 자세히 보일 리가 없었지만, 그의 집요한 시선이 똑똑히 느껴졌다.

—시미즈 서장님은 나를 감시하는 걸까?

하지만 왜, 무슨 목적으로? 히토미는 전혀 추측할 수 없었다. 뱃속에 고드름이라도 맺힌 것처럼 오싹한 감각이 날카롭게 박혔다.

2층 방에 올라가서 창문 커튼을 살짝 열었다. 그 틈으로 조심조심 바깥 도로를 내다봤다.

"……"

안도의 한숨이 흘러나왔다. 모든 힘이 빠져버렸는지 비틀거리며 침대 위에 주저앉았다.

—감사합니다, 하느님.

자동차는 더 이상 보이지 않았다, 아무래도 떠난 것 같았다. 그런데 시미즈 서장은 왜 히토미를 감시하고 있을까. 경찰서장에게 스토킹 당하는 여자애는 어디에 신고하고 누구한테 도움을 청해야 하는 걸까.

—다도코로 삼촌?

어떨까? 별로 도움이 안 될 것 같다. 삼촌은 생각보다 믿음직해졌고 조금은 다시 보게 되었지만, 상대는 경찰서장이다. 말단 형사가 어떻게 경찰서장이랑 맞붙는단 말인가.

"······."

히토미는 침대 위에서 책상다리를 한 채 잠시 생각했다. 하지만 생각할 것도 없었다. 히토미는 친구가 적었다. 이럴 때 연락할 수 있는 친구는 두 명밖에 없다. 가야자키 사야카와 이사나 아유미.

책상에서 사인펜과 노트를 집었다. 무릎 위에 노트를 펴고 기억을 더듬어서 아사이 선생님의 디스켓에 들어 있던 도형을 그렸다. 단순한 도형이었기에 금방 그릴 수 있었다. 그리고 휴대전화 카메라로 찍은 후 사야카에게 보냈다. 마키노 기미네를 만난다는 사실도 첨부해서. 어제 사야카와 함께 있다 보니, 관찰력이 날카롭다는 사실을 알게 되었다. 쥐라기, 백악기의 지층에서 공룡화석을 발굴하기 위해서는 분명히 보통 이상의 관찰력이 필요하다. 사야카의 우수한 관찰력에 의지하고 싶은 기분이 들었다. 아사이 선생님이 디스켓에 남긴 도형이 무엇인지 사야카의 의견을 듣고 싶었다. 사야카가 답장을 주면 좋지만, 주지 않으면 사야카가 약속장소에 와줄지 모르는 상태로 내일 아침에 마키노 기미네를 만나야 했다.

무슨 이유에서인지 히토미를 추적하는 경찰서장, 그리고 히토미가 교무실에 몰래 들어간 사실을 아는 마키노 기미네. 의문, 의문, 의문, 의문투성이였다. 너무 많은 의문들 때문에 어쩌면 아사이 선생님은 사고로 돌아가신 것이 아니라, 정말로 누군가에 의해 살해를 당한 것이 아닌가 하는 의심이 들 정도였다.

아사이 선생님은 살해당한 걸까? 그렇다면 누구 짓일까? 히토미는 자신의 사진을 찾으려고 여기저기 돌아다닌 것이지, 아사이 선생님을 살해한 범인을 찾기 위해서가 아니었다. 아사이 선생님이 살해당했다고 해도 히토미는 아무 관심이 없다고 말하면 좀 심한가. 아니다. 만약 정말로 살해당한 거라면 아사이 선생님이 불쌍하다. 좋은 선생님은 아니었지만, 죽을 정도는 아니었다.

그런데 히토미는 아사이 선생님이 안됐다고 생각은 하지만, 범인을 증오한다는 생각까지는 들지 않았다. 오히려 범인이 누군지 궁금했다. 선생님이 도다니계곡으로 갈 때, 같이 걸어갔다던 스타일이 뛰어난 젊은 여자가 떠올랐다. 말도 안 되는 상상이라는 것은 알지만, 만약 그 여자가 이사나 아유미라면, 절대로 붙잡히지 않기를 바랐다.

또 다른, 한 마리의 용의자라고 해야 할까? 도다니룡의 존재가 떠올랐다. 현장에는 도다니룡의 발자국이 남아 있었다. 도다니룡은 도망치는 선생님을 쫓아 구름다리에서 크게 점프했다. 날카로운 며느리발톱이 위에서 아래로 발판의 밧줄을 싹둑 잘랐다. 발판은 떨어졌고 디딜 곳을 잃은 선생님은 도다니계곡 아래로 추락했다.

이 경우, 절반은 사건, 나머지 절반은 사고로 생각하는 편이 좋을 것이다. 도다니룡이 범인이라는 증거는 충분했다. 문제가 있다면, 현대사회에는 공룡이 어디에도 존재하지 않는다는 점이었다. 도다니룡의 모습을 목격한 사람은 아무도 없었다.

하지만 '절대로' 라고 할 수는 없지 않을까. 현대에 공룡이 있을 수 없다고 단언할 수는 없다. 사에키 구니히코의 말에 따르면, 20년 전에도 공룡이 범인으로 지목된 사건이 있었다. 물론 사고일지도 모른다. 당시 지질학을 전공한 이자와 기미오라는 학생이 죽었고 용의자는 마쓰야마룡이었다. 이사나 아유미가 범인이 아니기를 바랐다. 하지만 공룡이 범인이어도 곤란했다. 히토미는 먼 옛날 자신의 모습을 떠올렸다. 어린 자신이 멀어져가는 공룡에게 소리치고 있다.

—어려운 일이 생기면 내가 도와줄게. 언제든지 말해. 알았지, 공룡아? 약속이야!

그때 휴대전화가 울리며 기억속의 목소리가 흩어졌다. 발신번호를 확인하고 전화를 받았다.

"늦게 전화해서 미안한데." 이지마 선생님이 말했다.

"아무래도 아사이 선생님 일이 걱정 되서 내일까지 기다
릴 수가 없었어."

상대는 학교 선생님이다. 평상시의 히토미라면 조금
더 대화의 순서를 밟았겠지만 지금은 완전히 지쳤고 두
려움에 떨고 난 뒤였다. 말투가 도전적으로 바뀌었다.

"선생님, 아사이 선생님 책상에 시클라멘을 꽂아둔
분은 선생님이죠? 아사이 선생님은 시클라멘을 아주 좋
아하셨어요. 그리고 그건 아사이 선생님하고 아주 친하
신 분만 아는 사실이죠. 선생님은 아사이 선생님과 별로
친하지 않았다고 하셨는데 어떻게 시클라멘에 대해서
아셨죠?"

히토미는 사실 시클라멘을 책상에 놓아둔 사람이 누
군지 모른다. 하지만 거의 확신했고 진실을 위해서 약간
떠볼 필요가 있었다.

"이지마 선생님은 아사이 선생님과 사귀셨던 거 아닌
가요?"

이지마 선생님은 우물쭈물 변명 비슷한 것을 말하려고
했지만 완전히 지친 히토미는 그런 연극 같은 이야기를
들어줄 마음의 여유가 없었다. 바로 핵심으로 들어갔다.

"선생님도 누드사진을 찍으신 거 아니에요?"

―아아, 피곤해. 꼼짝 못하겠어.

돌덩이라도 안은 것처럼 몸이 무거웠다. 무거워서, 너무 무거워서 발버둥 치며 소리 지르고 싶을 정도로 지쳐 있었다. 그런데 눈은 말똥말똥했다. 멍하니 누워서 시선을 창문 쪽에 두었다.

창문에 달린 커튼은 매끄러운 감촉의 천으로 전체에 큰 그림이 인쇄되어 있다. 가벼운 터치의 일러스트다. 멀리 산들이 펼쳐져 있다. 하늘, 구름, 숲, 작은 강, 그리고 공원. 그 공원에 몇 명의 아이들이 보인다. 미끄럼틀과 시소를 타고 정글짐에서 놀고 있다. 히토미가 좋아하는 그림이었다. 하지만 지금은 어둠에 가려 커튼의 그림은 보이지 않았다. 커튼의 그림을 기억하고 있어서 아무렇지 않았지만, 기억하지 못했다면 그림이 보이지 않아서 쓸쓸했을 것이다.

보이지 않는 그림을 보면서 머릿속으로 제1차 공룡화석 발굴현장을 떠올렸다. 사에키 구니히코가 안내했다. 고갯길로 올라가면 잘 모르지만 발굴현장은 산 뒤의 주차장에서 걸으면 금방이었다. 자동차에서 내려 발굴현장을 올려다보면 서쪽으로 치솟은 절벽 한 가운데가 뻥 뚫려 있는 것을 볼 수 있다. 이곳에도 가느다란 고갯길이 있었다.

그 구멍에서 발굴현장의 불빛이 흘러나왔다. 발굴현장은 밤새도록 불이 켜져 있다고 했다. 그 환한 불빛으로 아래에 있는 주차장까지 걸어가는데 아무 문제가 없었다. 주차장은 고작 10대 정도만 주차가 가능했다. 하지만 다도코로 삼촌의 차 이외에는 한 대도 보이지 않았다.

사에키는 자동차에서 내려 그리운 표정으로 주위를 둘러보며 말했다.

"여기는 화석 발굴이 시작되고 10년 정도 어린이공원으로 사용되었습니다. 본격적인 발굴에 착수하려면 먼저 중기나 자동차를 주차할 공간이 필요해서 공원 부지를 만들고 미끄럼틀과 그네 같은 걸 옮겨 왔어요. 당시에는 K시를 공룡의 고향으로 만들자며 적극적이었으니까요. 교육위원회는 아이들이 공룡을 친숙하게 생각하도록 하고 싶었던 것 같습니다."

"……."

다도코로는 아무 말 없이 끄덕거릴 뿐 대답하지 않았다. 주차장이 예전에는 어린이공원이었다는 사실 따위에는 아무런 관심이 없었다. 점퍼 주머니에서 회중전등을 꺼냈지만 잠시 망설이다가 주머니에 도로 집어넣었다. 발굴현장 불빛이 있기 때문에 필요 없다고 판단했을

것이다. 그리고 자 갑시다, 라고 짧게 말하고는 앞장서서
고갯길을 올라갔다.

"밝기는 하지만 산길이니까, 너희가 먼저 가려무나."

사에키는 두 소녀를 보며 말했다.

"예."

사야카가 씩씩하게 대답했다. 과장된 목소리였다. 히
토미의 손을 잡아끌며 고갯길을 올라갔다. 그 뒤로 소녀
들을 에스코트하는 것처럼 사에키가 따라갔다. 사야카
는 히토미에게 기쁜 목소리로 속삭였다.

"사에키 선생님, 참 젠틀하셔."

히토미는 애매한 표정을 지었다. 사야카가 왜 자랑스
럽게 그런 말을 하는지 모르겠지만, 사에키는 친절하긴
했다. 성큼성큼 먼저 가버린 다도코로의 거친 행동과 비
교하면 하늘과 땅 차이였다. 내 삼촌이긴 하지만 무신경
함에는 할 말이 없었다. 하지만, 히토미는 다도코로 삼
촌의 행동 뒷면에 있는 섬세함이 훤히 들여다보였다. 그
쓸쓸함이 사무치게 전해졌다. 겨우 하루 행동을 함께 했
을 뿐인데 이전보다 더 삼촌을 알 수 있는 기분이라고나
할까. 곰곰이 생각해보면, 지금껏 히토미는 삼촌에 대해
서 아무 것도 알지 못했다.

그런데 왠지 삼촌이 좋아진 것 같다. 삼촌이 좋아지면

서, 어쩐지 엄마도 좋아졌다. 뭐랄까…… 그래, 이해할 수 있게 되었다! 그런 것 같다. 엄마의 졸부취미는 도저히 좋아할 수 없고 무시하고 싶지만, 엄마가 감추고 있는 쓸쓸함이라고 생각하면 어떻게든 받아들일 수 있었다.

─엄마와 삼촌은 하늘 아래 단 둘뿐인 남매로 사이도 아주 좋았는데, 돈 때문에 크게 싸우고 왕래가 끊겼어. 두 사람 모두 아주 슬퍼하고 있을 거야.

히토미는 새삼 삼촌 뒷모습을 바라보았다. 어깨를 올리며 화난 듯 걸어가는 모습이 오히려 삼촌의 쓸쓸함을 보여주는 듯했다.

'제1차 공룡화석 발굴현장'의 앞에 섰다. 바람이 약하게 불었다. 잔잔하고 부드럽게. 애틋하고 그리운 느낌이다.

"비가 오겠는 걸." 사에키가 고개를 들고 중얼거렸다. 그리고 히토미와 사야카를 보면서 붙임성 있는 얼굴로 웃었다. "화석 발굴을 하고 있으면 저절로 날씨에 예민해지거든. 비가 올 것 같다든가, 바람이 세지겠다든가, 자연히 알게 된단다."

"저도." 사야카가 힘주어 말했다. "공룡전문가가 되어 화석 발굴을 하게 되면 그런 걸 자연히 알게 될까요?"

"그럼, 되고 말고. 나는 알 수 있단다. 너는 일류 전문가가 될 소질이 보이는구나. 나보다 훨씬."

"……"

단순히 느낀 점을 말했을 뿐, 사에키는 칭찬할 의도는 없었을 것이다. 하지만 존경하는 선생님에게 뜻밖의 말을 듣고 사야카는 그 자리에서 경직되었다. 아무 대답도 하지 못하고 뻣뻣하게 굳어버렸다. 얼굴이 새빨갛다.

"아까 말한 이자와 기미오라는 사람 말인데, 너에게는 그 사람과 비슷한 분위기가 있구나. 외모가 아니라, 전체적인 인상이라고 할까. 이자와는 재능이 있었어. 뭐랄까, 천부적인 필드워커라고 할까, 화석을 발굴하기 위해서 태어난 것 같았지. 비슷해."

사에키는 잠시 자조하듯이 살짝 웃고는 난 아니야, 라고 말했다.

"스스로도 잘 알지만, 난 대학이나 관공서 같은 거추장스러운 인간관계에서 도망치고 싶어 현장에 나가는 경향이 있단다. 현장으로 피난을 가다니. 연구자로서 실격이지. 결국 이류인지도……."

"그렇지 않아요." 사야카가 화난 목소리로 반박했다. "선생님이 이류라니, 절대 그렇지 않아요."

사에키는 잠시 놀란 얼굴로 사야카를 바라봤지만 어색하게 웃으며 고맙구나, 라고 말했다. 그리고 멋쩍은 표정으로 게시판 포스터를 보고 소리 질렀다.

"아아, 여기에 있어. 내가 액자에 넣어서 가지고 있는 포스터와 같은 거군. 지금도 같은 디자인을 사용하는구나. 전에 밑에 있던 공원에, 지금은 주차장이지만 게시판을 세우고 액자에 든 포스터를 붙였단다. 화석 발굴을 하기 전에 이것저것 할 일이 많았거든. 화석 포함층의 지층면을 노출시키기 위해서 지층을 제거하는 토목공사부터 시작해야했어. 본래 여기는 단층이 빌딩 벽처럼 높이 솟아 있었단다. 그 상태로는 토목작업용 중기를 반입할 수 없기에 단층을 서서히 깎아서 무너뜨렸지. 그렇게 해서 이쪽 뒷면에서만 아니라, 계곡 측에서도 작업을 할 수 있게 했단다."

"지금은 단층의 중앙이 완전히 뚫렸네요. 그건 발굴 처음부터 그랬던 거예요?"

히토미가 물어보았다.

"아니, 그렇지 않단다. 나도 그때는 미국에 가 있었기 때문에 자세한 상황은 모르지만, 상당히 나중 일이라고 생각하는데. 10년 전쯤 아래의 공원을 주차장으로 바꾸고 난 다음부터라고 들었단다."

"……."

"아무튼 처음 발굴 작업은 보통 일이 아니었어. 발굴

면에 기준점을 만들고 그 기준점에서 1제곱미터마다 구획을 정했단다. 구획마다 그룹을 정하고 서로 경쟁하듯이 발굴했지. K시에서는 최초의 대규모 화석 발굴이라고 해서 자원봉사자들도 많이 참여했어. 마치 축제처럼 즐거웠단다. 시의 토목과에서 파워셔블이나 착암기, 중기 등을 빌렸지. 펌프로 강에서 물을 퍼 발굴면을 씻으면서 작업을 진행했어. 처음에는 도로도 제대로 없었으니까 자재나 발굴표본은 로프웨이로 운반해야 했지. 도다니계곡의 구름다리도 그때 설치한 것이란다."

사에키는 먼 곳을 바라보는 시선이었다. 그리우면서도 즐거워보였다. 하지만 다도코로가 찬물을 끼얹듯이 당돌하게 끼어들었다.

"아주 즐거우셨나 봅니다. 그대로 끝까지 즐거웠으면 좋았을 텐데, 그러지 못했죠." 어딘지 모르게 비아냥거리는 말투다. "죄송합니다만. 이자와 씨 이야기를 좀더 해주시지 않겠습니까?"

"……"

사야카가 다도코로를 째려보았다. 모처럼 사에키에게 귀중한 이야기를 듣고 있는데, 방해받은 기분일 것이다. 아마 사야카는 자신도 의식하지 못한 채 안경을 빼고 있었는데 히토미는 그 모습이 우스워보였다. 남자라면 '꺼져'라며 으름장을 놓는 모습이다. 물론 다도코로는 전혀 개의치 않았다. 하긴 눈치도 채지 못했지만. 그대로 이야기를 계속 했다.

"이자와 씨의 시체가 발견되었을 때 마치 공룡한테 살해된 모습 같았다고 했는데요. 그 용의자인 공룡은, 뭐라고 했더라. 그래 맞아, 도다니룡인가요. 역시 도다니룡이었습니까?"

사에키는 어둡고 딱딱한 표정으로 돌변했다.

"아니, 그렇지 않습니다. 그때는 마쓰야마룡이 용의자로 지목되었습니다."

잠시 침묵이 흘렀다. 다도코로가 '마쓰야마룡'이라는 이름을 각인시키는데 필요한 시간이었을 것이다.

"마쓰야마룡, 그건 어떤 공룡입니까?"

"K시의 데나가층군에서는 세 종류의 공룡 발자국이 발견되었습니다. 조각류 이구아노돈과인 후쿠치룡, 소형 수각류 드로마에오사우루스과의 도다니룡, 그리고 용각류인 마쓰야마룡입니다. 긴 목, 작은 머리, 거대한 몸, 무거운 체중을 지탱하기 위한 네 다리, 적을 물리치기 위해 사용되었을 굵은 꼬리. 아, 그래요. 형사님은 「쥬라기 공원」을 보셨습니까?"

"네, 봤습니다. 영화관에서 본 것은 아니고요. TV에서 본 것 같습니다.”

“그럼 「쥐라기 공원」에서 커다란 공룡이 뒷다리 두 개를 쭉 뻗고 긴 목을 이용해 높은 나뭇잎을 우적우적 먹던 장면을 기억하십니까?”

“예, 기억합니다.” 다도코로는 고개를 끄덕였다. “아하, 그 공룡 말이죠? 그게 마쓰야마룡입니까?”

“아닙니다. 그건 브라키오사우루스입니다. 세상에서 가장 큰 공룡의 한 종류라고 해도 될 겁니다. 길이가 26미터나 된다고 추측되니까요. 마쓰야마룡은 그 브라키오사우루스과로 분류됩니다. 전체길이는 12~15미터 정도였다고 추정됩니다. 브라키오사우루스의 절반 크기죠.”

“그래도 엄청난 크기군.” 다도코로는 잠시 먼 곳을 바라보았다. “어릴 때 공룡도감에서 본 적이 있습니다. 브론트사우르스였나. 커다란 공룡으로 다리가 네 개였고 머리가 길었죠. 그거랑 같은 종류입니까?”

“지금은 그렇게 부르지 않습니다. 아파토사우루스라고 부르죠.”

“아파토사우루스. 오호, 그때는 뇌룡이라고도 불렀다죠. 너무 덩치가 크다보니 지상에서는 체중을 지탱하지 못해 항상 물속에서 생활한다고 쓰여 있었습니다.”

“뇌룡이요? 그리운 호칭이군요. 그런데, 그건 글쎄,

그럴까요? 상식적으로 생각하면 바닥이 바위가 아닌 이상, 부드럽다고 생각해야 합니다. 브라키오사우루스든 아파토사우루스든, 물속을 걸어 다니면 다리가 질퍽거리며 빠져버리지 않을까요. 「쥬라기 공원」은 우리 고생물학자가 봐도 훌륭한 영화입니다만, 그래도 몇 곳 잘못된 부분이 있습니다. 브라키오사우루스가 위턱과 아래턱을 좌우로 움직이는 것처럼 해서 나뭇잎을 씹는다는 건 분명히 잘못되었고, 그 정도의 커다란 덩치인데 두 뒷다리만으로 선다는 것도 이상하죠.”

“마쓰야마룡은 브라키오사우루스의 절반 크기라고 말씀하셨죠. 그래도 브라키오사우루스과로 분류됩니까?”

“분명히 크기는 다릅니다. 하지만 마쓰야마룡이 브라키오사우루스과에 분류되는 건 다 이유가 있어요. 도다니계곡에서 용각류의 이빨 화석이 여러 개 발견되었습니다. 숟가락 같은 형태죠. 나중에 마쓰야마룡이라고 명명된 공룡 이빨은 진짜로 미국에서 발견된 브라키오사우루스나 카마라사우루스 이빨과 닮았습니다. 그래서.”

“그 마쓰야마룡의 본체 화석은 발견되었습니까?” 다도코로가 사에키의 말을 가로막으며 물었다. “아니면, 이빨 화석만 발견되었습니까?”

“현재는 이빨 화석만 발견되었습니다. 다음 발굴에서

마쓰야마룡의 본체 중 한 부분이 발견되지 않을까 하고 기대하고 있습니다만."

"도다니계곡에서 마쓰야마룡의 이빨 화석이 발견 된 지는 얼마나 되었습니까?"

"음, 벌써 10년 정도 지났군요."

"발자국 화석이 발견된 것은요?"

"정확히 기억은 안 납니다만, 역시 같은 무렵이었다고 생각합니다."

"이상하군요."

"이상하다구요? 뭐가 말입니까?"

"선생님은 이빨 화석 이외에 마쓰야마룡 본체의 화석은 발견되지 않았다고 하셨죠?"

"예."

"마쓰야마룡의 존재를 추정하게 된 근거는 10년 전쯤에 도다니계곡에서 발굴된 이빨 화석, 그리고 발자국 화석이 전부라고 하셨습니다." 다도코로의 목소리에 긴장감과 날카로움이 묻어났다. "그런데 20년 전에 발생한 사건의 용의자로 마쓰야마룡이 지목되었다는 것은 모순 아닙니까? 어떻습니까?"

3

히토미는 다도코로의 말에 곤란한 표정을 지었던 사에키의 표정이 선명하게 떠올랐다.

"차로 돌아가지 않겠습니까? 약간 쌀쌀해졌네요." 사에키가 입을 열었다. "그리고 이 학생들은 빨리 집으로 보내야 하지 않을까요?"

그러더니 다도코로의 대답을 기다리지도 않고 서둘러서 걸어갔다. 다도코로는 망설이는 표정으로 히토미와 사야카를 봤지만, 바로 사에키의 뒤를 따라갔다.

"선생님!"

사에키는 돌아보지도 않고 좀 화난 목소리로 말했다.

"20년 전 제1차 공룡화석 발굴조사를 진행했을 때, 결과는 그다지 만족스럽지 못했습니다. 같은 데나가층군의 지층이 묻혀 있어도 이시카와현과 기후현처럼 눈부신 결과는 나오지 않을 거라는 설이 유력했죠. 사실 도다니 일대는 이전부터 도쿄 토지개발업자들의 재개발 붐이 불어서, 어설프게 공룡화석이 발굴되면 일에 지장이 생긴다는 시와 현의 사정이 있었던 것 같습니다. 공룡화석이 조금 나왔다고 해서 도다니계곡 재개발이 백지화되면 곤란했던 것이죠. 설마 이렇게까지 많은 화석이 발굴되리라고는 당시 누구 하나 예상하지 못했으니까요. 아니……."

사에키의 뒷모습이 크게 움직였다. 온몸으로 부정의 뜻을 나타내는 듯 좌우로 몸을 흔들었다.

"'누구 하나 없었던 것'은 아니군요. 적어도 이자와 기미오는 후쿠치현의 데나가층군에서 대량의 공룡화석이 발굴될 것을 예상했어요. 발굴팀 주임이셨던 나가노 교수님도 그런 예상은 하지 못했는데……. 이자와는 예비조사만 하고 발굴조사가 중지될 가능성이 있다는 사실에 상당히 화를 냈었습니다."

사에키는 자동차 옆에 와서 멈췄다. 다도코로가 문을 열자 조수석에 올라탔다. 다도코로는 히토미와 사야카가 뒷좌석에 오르는 것을 기다렸다가 운전석에 앉았다. 자동차는 천천히 출발했다. 다도코로는 사야카에게 집이 어딘지 묻고 간선도로 쪽으로 차를 돌렸다. 히토미보다 사야카를 먼저 데려다주겠다는 뜻이다. 이윽고 사에키가 입을 열었다.

"물론 나가노 교수님은 화석 발굴이 중지되지 않도록 모든 노력을 다 하셨습니다. 하지만 긍정적인 대답을 얻기가 쉽지 않았죠. 화석 발굴중지는 거의 기정사실화 되었습니다. 아까도 말씀드렸습니다만, 이렇게 사태가 진행되자 이자와는 화를 냈고, 초조해한 것 같았어요. 하루가 다르게 초췌해졌고 말이 없어졌습니다.

"그 이자와 씨라는 분은 공룡을 정말로 좋아하셨나 봐요." 잠자코 있던 사야카가 갑자기 끼어들었다. "하지만 공룡을 좋아하는 것만은 아니었을 거예요. 그때 이자와 씨는 좋아하는 분이 계셨던 거 아니에요?"

"좋아하는 사람." 이 질문에 사에키보다 다도코로가 더 놀랐다. "왜 그렇게 생각하니?"

"왜냐하면 공룡을 좋아하는 것만으로는 그렇게 되지 않아요. 아무리 화석을 좋아해도 화석은 마음에 대답해주지 않잖아요."

어른스럽다. 히토미는 사야카가 이처럼 진지하고 깊게 이야기하는 것을 들어본 적이 없었다.

―사야카는 오늘 하루 동안에 어떤 변화가 있었어.

사야카가 그만큼 공룡을 사랑한다는 뜻일까. 아니면, 방금 사야카가 말한 것처럼 존경하는 사에키 구니히코를 배려하는 마음이 그녀를 성장시킨 걸까?

"'화석은 그 마음에 대답해주지 않는다' 라." 다도코로는 장난스럽게 말했다. "놀라운 걸. 여자애들은 중학생이 되면 어른이 되는구나."

다도코로 삼촌은 정말 속물이야. 사야카의 마음을 그런 식으로 일반화시키다니, 정말 아무 것도 모른다니까.

마음 밑바닥에 삼촌이 성가시다는 생각이 들었다.

"어떻습니까?" 다도코로는 여전히 경박한 말투로 사에키에게 물었다. "당시 이자와 씨는 연구실에 좋아하는 분이 있었습니까?"

"글쎄요. 연구실에 그런 사람은 없었다고 생각합니다."

"그렇습니까? 그럼 선생님은요? 선생님은 당시 좋아하시는 분이 계셨습니까?"

"있었습니다." 사에키는 다도코로의 경박한 질문에 냉정하게 대답했다. "지금도 제가 혼자인 것은 그 사람을 잊지 못해서입니다."

"오호, 그러시군요."

다도코로는 사에키의 말에 머쓱한 표정으로 입을 다물었다. 사에키는 어깨너머로 사야카를 보았다. 대로변에 늘어선 가로등이 앞 유리를 바느질하듯이 지나갔다. 그것이 역광이 되어 그가 어떤 표정을 짓고 있는지 보이지 않았다.

"자네는 정말 이자와를 닮았군." 사에키는 조용히 말했다. "당시 팀에 자네 같은 사람이 있었으면 이자와도 그렇게 고독하지는 않았을 텐데. 이자와가 대등하게 대화를 하기에는 나도 그렇고 나가노 교수님도 그렇고 너무 평범했을 거다."

"그렇지 않아요." 사야카의 목소리에 힘이 들어갔다. "수년 후에는 역시 이자와 씨가 아니라, 사에키 선생님이 최고가 되셨을 거예요. 선생님은 선생님 자신을 너무 과소평가하고 계세요."

"……."

히토미는 반사적으로 사야카의 옆구리를 팔꿈치로 찔렀다. 너무 오버하고 있다는 의미였다. 하지만 왠지 샘이 나기도 했다. 사야카가 갑자기 어른이 된 것 같았다. 어떻게 사야카가…….

"그래서 어떻게 된 겁니까?" 다도코로는 운전하면서 사에키를 재촉했다. "20년 전에 도대체 무슨 일이 있었습니까? 이빨 화석도 발자국 화석도 발견되지 않았던 그때 어떻게 마쓰야마룡이 용의자로 지목된 겁니까?"

"그러니까 발굴중지가 되려고 했을 때 이자와가 용각류로 보이는 발자국 화석을 발견했다고 나가노 교수님께 보고했습니다. 용반목, 용각류, 브라키오사우루스과의 초식공룡이었습니다. 물론 그때는 이름이 없었지만, 지금 생각해보면 마쓰야마룡이었던 것 같습니다. 나가노 교수님도 그것을 확인하고 현의 교육위원회에 보고하셨습니다. 그러자 발굴중지가 되던 상황이 단번에 바뀌었지요. 발굴은 속행으로 진행되었어요. 그런데 그 직

후에 이자와가 기묘하게 죽었습니다. 그래서 한때 발굴
팀 사이에 이상한 소문이 떠돌았던 겁니다."

"이상한 소문이요? 어떤 소문입니까?"

"뭐, 말도 안 되는 소문입니다. 이자와가 발견한 발자
국 화석의 공룡은 사실 발견되고 싶지 않았다는 겁니다.
공룡은 조용히 잠들고 싶었는데……. 그래서 화가 나 이
자와한테 복수를 했다는 소문입니다."

"그건……."

다도코로도 어떻게 대답을 할지 곤란한 것 같았다.

"물론 발굴팀 젊은이들은 그런 말도 안 되는 소문을
진짜라고 믿지는 않았습니다. 예나 지금이나 마찬가지
지만, 젊은 친구들은 괴담이나 신비한 이야기를 좋아하
니까요. 농담 반, 진담 반으로 이야기했을 겁니다. 그리
고 그런 소문이 떠돌 만큼 이자와의 죽음에는 이상한 점
이 있었습니다."

"그러니까 어떻게 돌아가신 겁니까? 선생님은 아까
도 애매하게 말을 흐리셨습니다. 말씀해 주실 순 없으십
니까?"

다도코로의 목소리에 짜증이 섞였다. 그런데 다도코
로 삼촌은 왜 20년 전 사건에 이토록 집착하는 걸까. 20
년 전에 공룡과 관련된 사건이 발생했고, 이번에 또 그

와 비슷한 사건이 일어났다. 하지만 그게 전부는 아닌 것 같다. 삼촌이 이번 사건에 유난히 집착하는 데는 분명 다른 이유가 있을 것이다.

―그게 뭘까.

길고 완만한 커브가 나타났고 다도코로는 핸들을 꺾었다. 빛에 반짝이는 가로수가 앞 유리창에 너울거렸다. 히토미의 눈에는 시간 저편으로 넘어가는 타임머신처럼 보였다. 20년 전의 시간 너머로…….

"20년 전의 5월은 비가 많이 왔습니다." 사에키의 공허한 목소리가 출렁이는 빛과 겹쳐졌다. "그 빗속에서 이자와는 정말 기묘하게 죽었습니다."


4

―20년 전의 5월은 비가 많이 왔습니다. 거의 매일같이 비가 왔던 것 같아요.

사에키의 목소리가 히토미의 머릿속에서 희미하게 울렸다. 멀리서 들리는데 이상하게 생생했다. 꿈속에서 들리는 것 같았다.

―하지만 그렇지 않았어요. 나중에 당시의 일기예보를 찾아봤습니다만, 그해 비가 많았다는 기록은 없었어

요. 그런데 왜 매일 비가 왔다고 기억하는 걸까요.

히토미의 머릿속에 영화 스크린이 펼쳐졌다. 자동차의 앞 유리가 비치고 매일같이 비가 왔다고 말하는 사에키의 얼굴이 보였다. 그리워하면서도 어딘지 모르게 슬픈 표정이다.

—어쩌면 이자와가 비가 올 때 죽어서 더 강한 인상으로 남아 있는지도 모르겠습니다. 당시를 떠올리면 지금도 제 머릿속에 비가 오는 것 같습니다.

사에키의 목소리가 되살아났다. 그의 얼굴이 빛 속에서 흔들리며 새카만 밤의 도로 속으로 사라졌다.

언젠가 이런 카메라 작업으로 영화를 찍고 싶었다. 언젠가? 어쩌면 20년 뒤 일지도 모르지만.

—나는 아직 열네 살인데.

어른들은 20년이 눈 깜짝할 시간이라고 느끼겠지. 사에키 선생님은 이런 식으로 언제나 20년의 세월을 뛰어넘고 있었다. 머릿속 스크린에서 사에키가 말했다.

"20년 전 5월, 아까 그 공룡화석 발굴현장에서 이자와 기미오의 시체가 발견되었습니다. 밤에는 비가 왔고, 자정을 넘은 시간이었습니다. 발굴팀의 어떤 학생이 발견했지요. 화석동물 포함층의 아래쪽에 이자와 기미오가 엎드린 채로 쓰러져 있다고 했어요. 바로 K경찰서에 신고 되었습니다. 아사이 선생님이 돌아가신 상황과 비슷하지요. 현경까지는 보고되지 않았던 것 같아요."

"사인은 무엇이었습니까?

"그건, 경찰의 검시 보고가 공표되지 않았기 때문에 정확한 사인은 모릅니다. 하지만 경동맥 절개에 따른 출혈사라고 들었습니다. 그리고 또 하나, 압사라는 설도 있었습니다."

"압사요?"

"어떤 압력에 의한 죽음이죠. 무거운 것이 흉부를 압박해 늑골이 부러지고 장기 및 흉부동맥에 눈에 띄는 손상을 입었습니다. 흉부를 압박받은 것은 사후라는 설도 있습니다. 아까도 말씀드렸지만, 경찰이 검시 결과를 공표하지 않았기 때문에 정확한 사실은 모릅니다. 당시의 신문들은 처음부터 사고로 취급했고 기사도 그다지 크게 다루지 않았습니다. 이자와는 전신에 강한 구타를 당해 사망했다고 들었어요. 경찰은 발굴하던 중에 어디 높은 곳에서 추락했거나, 비로 인해 약해진 지층이 무너졌다고 추측한 것 같습니다. 사실 경찰은 처음부터 사건 가능성은 거의 없다고 했어요. 시체는 곧바로 도쿄로 이송되었고, 가족장으로 치러졌기 때문에 부검도 없었다고 생각합니다."

"후쿠치현이나 K시에 있어서 공룡화석 발굴은 중요한 관광자원이니까요. 이상한 사건으로 손해를 보고 싶지 않았겠죠. 그리고 관할부서의 예산은 턱없이 부족합니다. 우울할 정도로 말이죠. 사고인지, 사건이지 모를 때 사고 처리하고 싶은 건 지금도 마찬가지라고 생각합니다." 다도코로는 자조하듯이 말했다. "그렇다고 해도 변사인 것은 분명하군요. 관련자들을 불러 사정청취 정도는 해도 될 것 같은데."

"나가노 교수님이나 발굴 작업에 참여한 그 지역 건설업자 몇 명은 조사받았습니다. 하지만 모두 형식적이었고 사정청취라고 할 정도로 대단하지도 않았습니다."

"어째서죠? 돌아가신 분이 원한을 사고 있던 것은 아닌지, 인간관계에 문제는 없었는지, 그 정도는 조사하는 게 당연한데. 경찰은 왜 처음부터 사고로 규정했을까요?"

"저희는 알리바이가 있었습니다." 사에키가 대수롭지 않게 말했다.

"알리바이가." 다도코로가 놀랐다. "당신들 모두 말입니까?"

"예, 그렇습니다."

"하지만 당국은 왜 부검도 실시하지 않고 엄밀하게

사망추정 시간을 정할 수 있었을까요? 이렇게 말하기는 좀 그렇지만, 지방 검시관이나 감식반들은 도쿄처럼 우수하지 않습니다.”

“밤에 비가 내렸습니다. 상당히 세찬 비였죠. 그래도 밤 9시 반부터 한 시간 정도밖에 오지 않았어요. 그런데 이자와의 시체는 비에 씻겨 있었나봅니다. 진흙에 더럽혀져 있지 않았던 거죠. 그날도 8시 넘어서까지 작업을 했습니다. 어디까지나 이게 사고가 아닌, 사건일 경우입니다. 모두 돌아가는 8시부터 9시 사이에 범행이 이루어졌을 가능성도 있지만, 사람이 지나다닐 때 그런 일이 가능하다고는 생각하지 않습니다. 모두가 현장을 떠난 9시가 넘어서 범행이 이루어졌다고 생각하는 게 타당하지요. 10시에 비가 그쳤고 시체는 깨끗하게 씻겨 있었습니다. 따라서 범행은 9시부터 10시 사이에 이루어졌다고 생각하는 게 당연합니다.”

사에키의 말투가 과거를 회상하는 느낌으로 바뀌었다. 타이어가 노면을 미끄러지는 소리가 허밍소리처럼 낮게 울렸다. 이게 내 영화라면, 배경음악에 낮은 드럼으로 리듬을 넣을 거야.

“우리 발굴팀은 그 시간에 숙소인 절에 돌아가서 조촐하게 한 잔씩 하고 있었습니다. 자원봉사자들도 포함해서 모두 있었죠. 아아, 물론 이자와를 제외하고 말입니다. 한때는 중지될 뻔했던 화석 발굴이었는데, 이자와가 발자국 화석을 발견한 덕에 어떻게든 계속하게 되었습니다. 그때는 이자와가 어디서 화석을 발견했는지 우리는 알지 못했습니다. 이상한 이야기이긴 합니다만, 이자와는 묘하게 신비스러운 면이 있었으니까요. 그렇지만 우리는 아무도 그것을 이상하다고 생각하지 않았습니다. 천재적인 사람에게는 흔한 건지도 모르죠. 아무튼 조촐한 파티를 열고 있는데, 주인공인 이자와가 없다는 사실을 깨달았습니다. 몇 명씩 나누어서 이자와를 찾기로 했죠. 그런데."

"이자와 씨의 시체를 발견했다."

"예, 그렇게 된 겁니다." 사에키의 목소리가 딱딱했다. 아직도 그때의 놀라움이 남아 있는 것 같이 보였다.

"그렇군요. 이야기는 대충 알았습니다. 그런데 지금 이야기로는 별로 공룡이 관련되었다는 생각이 들지 않습니다만."

"이자와의 시체는 가슴 부분이 눌린 것 같았습니다. 공룡의 체중을 정확히는 모르지만 용각류의 경우, 20~30톤에서 50톤 정도는 됐겠죠. 보통 지반이라면 다리가 지면에 빠져버립니다. 만약 마쓰야마룡이 사람을 밟으면 그 흉부는 완전히 부서져버리는 거죠. 아니, 이 자와의 시체뿐 아니라 그 주변의 지반이 무거운 것에 짓 밟힌 것처럼 엉망이 되어 있었습니다.”

“그런데 그것으로 공룡이 범인이라고 생각하는 건, 글쎄요.” 다도코로는 살짝 웃었다. “현장에 파워셔블 같 은 중기가 있지 않았나요? 트랙터도 있었을 거구요. 굳 이 공룡을 들먹이지 않더라도, 그런 중기를 사용하면.”

“비가 왔던 사실을 잊지 마십시오. 현장에 중기를 들 이면 지면에 크롤러 자국이 남습니다. 그런데 그런 자국 은 어디에도 없었습니다. 감식반이 철저하게 검증했죠. 절대 현장에 중기는 들어가지 않았습니다. 그런데 이자 와의 흉부는 짓눌려 있었고 그 주변의 땅도 뭔가에 짓밟 힌 것처럼 되어 있었습니다. 어떻게 그럴 수 있습니까? 그리고.”

“그리고?”

“이건 제가 어느 스태프한테 들은 이야기입니다만, 그 사람이 이자와 시체 주변에서 용각류 발자국을 봤다 고 하더군요. 용각류의 커다란 공룡 발자국이 뚜렷하게 남아 있는 것을 분명히 봤다고 했습니다.”

“공룡 발자국을…….”

놀라지 않을 수 없었다. 다도코로는 자기도 모르게 브

레이크를 밟았고 자동차가 이리저리 휘청거렸다. 브레이크 소리가 요란하게 울리며, 꿈에 균열이 생겼다. 사납게 울리는 소리는 휴대전화 벨소리로 바뀌었다.

"앗."

벨소리에 놀라서 벌떡 일어났다. 아니면 자신의 목소리에 놀란 걸까. 주변을 두리번거리고는 한숨을 내쉬었다. 어느 틈엔가 잠이 들었나 보다. 완전이 날이 밝았다. 창문 커튼으로 아침 햇살이 희미하게 비추며 침대까지 뻗어 있었다. 테이블에 있는 휴대전화를 집어 시간을 확인했다. 6시.

—아이씨, 누가 이렇게 꼭두새벽부터 전화야.

투덜거리면서 누운 채로 전화를 받았다.

—지금 난 아르마딜로처럼 기분이 안 좋아 보이겠지.

"예."

상대가 얼어붙을 것처럼 차가운 목소리로 전화를 받았다. 잠시 틈이 있더니, "이사나 아유미"라며 조용한 목소리가 들렸다.

"아유미?"

히토미는 반사적으로 일어나 앉았다. 아유미의 아름다움은 전화기를 통해서도 사람을 긴장하게 만든다.

"무슨 일이야? 이런 시간에."

“할 얘기가 있어.” 아유미는 조용하지만 거절할 수 없는 힘이 담긴 목소리로 말했다. “미안한데, 지금 만날 수 있어?”

# 사라진 공룡

1

　아침 7시. 이런 이른 시간에는 운동장에 가본 적이 없었다. 운동장은 시영공원과 가까웠다. 운동장에서 바라본 공원에는 놀랄 정도로 나무들이 많았다. 나무의 푸르름이 부드럽게 층을 이루며 5월의 산들바람에 흔들렸다. 바람이 향기를 풍기듯이……. 바람이 갑자기 거칠어졌다. 아름다움이 단숨에 바람 속을 빠져나간 것 같다. 바람, 그리고 한 줄기의 빛.

　이사나 아유미였다. 탄력 있게 쭉 뻗은 다리가 100미터를 전력으로 달리며 운동장의 적토에 선명한 잔상을 남긴다. 100미터를 달린 뒤 아침햇살을 퉁겨 올리듯이 트랙을 한 바퀴 돌았다. 야유미는 천천히 속도를 줄이며 히토미에게 다가왔다.

―아유미, 정말 예뻐.

히토미는 아유미의 모습에 완전히 넋을 잃었다. 웬일인지 눈물이 맺혔다. 사람은 너무 아름다운 것을 보면 슬픔 비슷한 감정을 참지 못하나 보다. 아무리 아름다운 것도 언젠가는 시간 저편으로 사라진다. 그 허무함, 안타까움을 도저히 참아내지 못했다.

"……."

하지만 아유미는 히토미를 봐도 아무 말 없이 그저 고개를 끄덕일 뿐이다. 잔디 위에 앉아서 타월로 몸을 닦았다. 오른발 복사뼈 위쪽으로 하얀 붕대를 감고 있다. 신발을 바꿔 신고 운동복 바지를 입었다. 그리고 감탄하는 눈으로 자신을 바라보는 히토미를 향해 흘낏 곁눈질했다.

"뭘 봐. 내 얼굴에 뭐가 묻었어? 왜 빤히 쳐다보고 난리야."

평소보다 말이 더 거칠다. 아유미가 말이 거친 것은 쑥스러움을 감추기 위해서라고 생각했다. 하지만 그보다 아유미는 자신의 아름다움을 감당하지 못하는 것이 분명했다. 그래서 언제나 무뚝뚝하고 입이 무거운 게 아닐까. 히토미는 아유미의 말투가 아무리 거칠어도 신경 쓰지 않았다. 게다가 오늘은 다른 때보다 훨씬 솔직해진 자신이 있었다. 어제의 경험 때문이다.

"뭘 보긴, 당연히 아유미를 보는 거잖아." 자신도 살짝 놀랐지만 갑자기 말이 튀어나왔다. "아유미, 정말 예쁘다."

아유미는 히토미의 말에 놀라는 것 같았다. 진짜 예쁜 아이는 그 미모를 정면으로 칭찬받는 일이 오히려 적을 지도 모른다. 아유미는 우물거리며 뭐라고 말했다.

"무슨 소리야. 히토미도 귀여우면서."

이번에는 히토미의 얼굴이 빨개졌다. 하지만 둘이서 칭찬을 하고 있을 때가 아니다.

"전국체전에는 나갈 수 있겠어?"

"있지 않을까. 어렵지 않게 이길 수 있을 것 같아. 전국체전이 목표도 아니고."

"목표는 올림픽입니까?"

히토미가 오른손을 마이크 모양으로 만들어 아유미에게 내밀었다.

"가능하면 아름다운 색깔의 메달을 목표로 하고 싶습니다. 이러한 부담을 진심으로 즐기고 싶어요."

아유미는 웃지도 않고 올림픽에 출전한 선수들의 단골 코멘트를 말했다.

“히토미, 왜 그런 걸 물어보는 거야?”

“그러니까, 아유미는 왜 뛸까 싶어서.”

두 사람은 어느새 운동장 입구를 향해서 나란히 걷고 있었다. 아유미의 어깨에서 약간 땀 냄새가 풍겼다. 트랙을 달리는 선수들이 아유미를 향해 손을 흔들었다. 아유미도 일일이 손을 들어 응답했다. 시원스럽고 멋져보였다. 이런 여자아이를 ‘진정 멋있다’고 할 수 있을 거야. 히토미는 왠지 가슴속이 쿡하고 아파왔다.

“나는 왜 뛸까?” 아유미는 혼잣말처럼 말했다. “그럼 히토미는 어때? 왜 영화감독이 되고 싶은 거야?”

“머릿속에 새하얀 스크린이 있어. 그 스크린은 언젠가 영화가 상영되기를 기다리고 있지. 나는 그 최초의 관객이 되고 싶어. 물론 스크린에는 아직 아무것도 없지만 언젠가 나는 내 영화를 비출 거야.”

주저 없이 말을 하고 난 다음, 이런 이야기를 남에게 털어놓는 것은 처음이라는 사실을 깨달았다. 머릿속 스크린에 대해서는 지금껏 누구에게도 이야기한 적이 없었다. 이야기하려고 한 적도 없었고. 그런데 당연하다는 듯이 이야기하는 자신에게 놀라며 동시에 감동했다. 내가 조금 변한 걸까.

“그렇구나. 나도 비슷해. 어딘가에 나만의 결승점이

있는 것 같아. 적토 위에 하얀 선이 반짝여. 지금은 아직 보이지 않지만, 이렇게 계속 달리면 언젠가는 보이지 않을까? 그곳에 일등으로 뛰어들고 싶다는 생각이 들어."

"그렇구나. 그럼 우리는 서로 비슷한 걸까."

"말이 되는 소리를 해라. 우리만 그런 게 아니야. 사람은 모두 그럴 거라고."

아유미는 감상적인 생각을 밀어냈다. 적당한 선에서 사람과 어울리는 것을 거부한다.

─역시 멋있어.

히토미는 감탄했다. 그리고 본론으로 들어갔다.

"그런데 할 얘기가 뭐야? 이런 시간에 불러내고."

"이 시간이 어때서. 잔말 말라고." 아유미의 말투는 험했지만 목소리는 웃고 있었다. "어젯밤 늦게, 아니 오늘 새벽이라고 해야 하나. 사야카가 히토미 일로 메일을 보냈거든. 그래서 히토미한테 좀 이야기하고 싶은 게 있어."

"사야카가 내 얘기를 메일로?" 히토미는 얼굴이 굳었다. "내 얘기라니, 뭔데? 안 좋은 얘기라도 들었어?"

─아사이 선생님이 내 누드를 찍었다.

설마, 그 일을 아유미에게 메일로 보내지는 않았겠지. 그런 짓 안 하지, 사야카? 히토미가 머릿속에서 물어보자, 사야카가 화난 표정으로 안경을 올렸다. 나를 어떻게 보고 그래?

2

"사야카가 그런 짓을 왜 하냐." 아유미는 웃었다. "너 우리가 어릴 때 공룡과 놀았던 기억이 있다며? 저녁놀 속에서 우리 셋이 공룡 등에 올라가 함께 놀았다고."

"응. 그래." 히토미는 우물거렸다. "설마 진짜라고 믿지는 않지만 말이야. 그런데 분명히 그런 기억이 있어. 말도 안 되는 거지? 나도 어떻게 된 건지 잘 모르겠어. 아유미는 그런 기억 없지?"

"있어." 아유미가 시원스레 긍정했다.

"어? 있다구?"

"응, 있어." 아유미는 진지하게 고개를 끄덕였지만, 바로 웃는 얼굴이 되었다. "하지만 히토미랑은 많이 달라."

"무슨 말이야?"

"우리가 어릴 때 도다니계곡에 작은 공원이 있던 거 기억나? 미끄럼틀이랑 시소 등이 모두 공룡 모양이었어. '공룡공원'이라는 이름이 아니었을까."

"공룡공원."

히토미는 도다니계곡의 '공룡화석 발굴현장'을 떠올

렸다. 거기 동쪽 하류 쪽에 주차장이 있다. 그곳은 전에 공원이었다고 사에키가 말했었지.

"이제 거기에 공원은 없지만. 미끄럼틀이랑 시소가 철거될 때, 우리 셋은 거기 있었어. 부모님이 데려가 주셨겠지. 미끄럼틀이고 뭐고 모두 공룡 모양이니까 그것들이 밖으로 운반될 때, 공룡이 움직이는 것처럼 보였던 게 아닐까. 트럭 뒤에 싣고 있는 걸 히토미는 공룡하고 놀았다고 기억하는 것 같아."

"미끄럼틀이랑 시소랑……."

그런 거야? 그런 거였어. 히토미는 속으로 물어보고 대답했다. 정말 그게 다인 거야? 사에키는 그때 자신은 일본에 없었지만, 10년 전에 그곳이 공원에서 주차장으로 바뀌었다고 말했다. 그리고 서쪽에 솟은 단층은 무너져서 도로처럼 되었다. 시간상으로는 정확히 맞아떨어지는데…….

"그렇구나, 그런 거였어." 히토미는 스스로 이해하려고 수차례나 고개를 끄덕거렸다. "하긴 그래. 공룡이 어떻게 있겠어. 그런 거지. 그런 거야. 공룡이 있을 리 없어. 당연한 거야."

아유미는 히토미의 반응이 의외였나 보다. 놀란 얼굴로 둥글게 만 오른손을 히토미의 입가에 내밀었다.

"이것으로 오랜 시간의 의문이 풀렸는데요, 지금 심정은 어떻습니까? 안심되었습니까?"

"지금 심정은." 히토미가 느릿하게 말했다. "아주 슬픕니다."

"슬프다구?" 아유미의 목소리가 원래대로 돌아왔다. "왜?"

"몰라! 슬픈 걸 어떡해. 누가 뭐래도 슬프단 말이야."

운동장에서 "사용하신 용품은 가시기 전에 정리해주세요"라는 아나운서의 목소리가 울렸다. 히토미는 어릴 적 자신이 공룡에게 소리쳤던 말이 생각났다.

─어려운 일이 생기면 내가 도와줄게. 언제든지 말해. 알았지, 공룡아? 약속이야.

이제 내가 도와줄 상대는 없어. 나에게는 내 도움을 기다리는 가족도 없고 친구도 없어. 나에게는 공룡이 전부였어. 도다니룡이나 마쓰야마룡이 불쌍했어. 내가 어떻게든 도와줘야 된다고 생각했는데. 이제 내가 공룡들의 누명을 벗겨줄 필요는 없는 거야. 공룡은 없으니까. 내가 도와줄 공룡 따위는 어디에도 없으니까…….

"나, 혹시 말실수했어?"

아유미는 히토미의 표정에서 뭔가를 눈치 챈 것 같았다. 그녀는 아무것도 신경 쓰지 않는 것 같으면서도 사실은 지나치게 섬세했다. 아마 무뚝뚝하고 말이 험한 것은 그러한 섬세함을 감추기 위한 하나의 연기가 틀림없었다. 아유미는 히토미의 팔을 살짝 쳤다.

"히토미, 괜찮은 거야?"

"괜찮아. 괜찮은데 괜찮지 않아. 아니, 괜찮지 않은데 괜찮아."

눈에 비치는 아침햇살이 희미하게 번져서 눈이 부셨다. 햇살을 피해 하늘을 올려다봤다.

하늘. 넓기만 하고 아무것도 없는 하늘. 내 머릿속의 스크린 같다. 지금까지는 그 저녁놀 속 공룡의 추억이 스크린을 비추고 있다고 생각했다. 하지만 그건 거짓말일지도 모른다. 머릿속 스크린은 아무것도 비추고 있지 않았다. 앞으로는 어떨까? 앞으로도 스크린은 하얗고 텅 빌지 모른다. 영원히 아무것도 비추지 않을 수 있다.

"아유미, 넌 원래 냉정하니까 내가 이런 얘기해도 아무 느낌 없겠지만. 나, 사실은 엄청 불쌍한 애라고."

히토미는 우는 목소리로 말했다.

"나도 그래. 나도 불쌍한 애야."

아유미는 조용히 대답했다.

3

자신이 불쌍하다고 했던 아유미는 그 이유를 설명할 생각이 없어보였고, 히토미가 어째서 불쌍한지 물어보지도 않았다. 그러면서도 묘하게 이해가 된다.

"……."

잠시 두 사람은 아무 말도 하지 않고 걸었다. 이상하게 아유미와 있으면 말을 안 해도 아무렇지 않았다. 언제까지나 말없이 있을 수 있다고 생각한다. 사야카와 조금 다른 점이었다. 그렇지만 계속 말을 하지 않을 수는 없었다.

"다리에 붕대는 왜 감았어?" 적당히 생각나는 대로 이야기를 꺼냈다. "다쳤어?"

"전에 다쳤던 거야. 지금은 다 나았어. 나았는데 비가 오면 약간 쑤셔. 그래서 만약을 위해 붕대를 감아두는 거야."

"'비가 오면' 이라니." 히토미는 잠깐 하늘을 올려다봤다. "전혀 비 올 날씨가 아닌데."

"올 거야. 곧 비가 올 거야. 나는 알아. 아니지, 내 다리가 그걸 알아."

아유미가 단정했다.

"와, 그렇구나. 고양이가 세수하는 거랑 같네."

“뭐야, 그게?”

“엇, 몰라? 고양이가 세수를 하면 그날은 비가 온다고 하잖아.”

“그렇구나.”

“몰랐구나?”

“몰랐어.”

“들은 적도 없어?”

“없어.”

“정말?”

“‘정말?’ 이라니 그럴 수도 있지.” 아유미가 입을 삐죽거렸다. “모든 사람들이 그걸 아는 건 아니잖아?”

“어떻게 그걸 모를 수 있어. 일본의 상식이야.”


“아유미.”

밖에 서 있던 여자가 아유미를 불렀다. 아유미의 엄마 같았다. 블라우스에 청바지를 입은 가벼운 차림이었지만, 큰 키에 스타일이 좋아서 대충 입어도 아주 잘 어울린다. 아유미와 닮았다. 처음 봤는데도 아유미의 엄마라는 걸 한눈에 알 수 있었다. 그만큼 많이 닮았다. 단지, 엄마에게는 아유미 같은 강인함이 결여되어 보인다. 나약함이 느껴졌다. 사람과 잘 어울리지 못하는지도 모른

다. 게다가 히토미를 보았지만 고개 한번 끄덕거리지 않
았다. 그러기는커녕, 눈조차 맞추려고 하지 않았다. 오
로지 딸만 보고 있다.

아유미는 히토미를 향해 눈으로 사과하더니 엄마를
향해 말했다.

"왜 그래요, 엄마? 또 운동장에 마중 나왔어요? 이러
지 않아도 돼요. 금방 집에 갈 텐데."

"아침 준비 다 해놓고 기다리는데, 네가 돌아오지를
않잖니. 그래서 무슨 일이 생겼나 해서…… 그래서 엄마
는……."

뭘까? 신경이 그대로 드러나서 바람에 날리고 있는
것 같다. 섬세하다기보다 무르고 깨지기 쉬워보였다.

"아직 8시도 안 됐잖아요. 아침 식사시간까지는 돌아
갈 거예요. 일부러 마중 나오지 않아도 괜찮아요."

"하지만 국도 식고 밥도 막 지었을 때가 맛있고……."

"국이야 다시 데우면 되는 거고, 엄마가 한 밥은 언제
나 맛있어요. 제가 늦으면 먼저 드시면 되잖아요."

"아유미랑 같이 먹는 게 맛있는데. 혼자서 먹으면 맛
도 없고."

"응. 그건 엄마 말이 맞아요. 예, 지금 같이 가요. 친
구한테 얘기할 테니까 잠깐만요."

두 사람의 대화를 듣고 있으면 엄마와 딸이 바뀐 것 같다. 딸은 엄마처럼 엄마를 대하고 있었고, 엄마는 딸처럼 딸에게 매달리고 있었다. 아유미의 엄마는 어딘지 모르게 손가락 하나에 의지해 간신히 균형을 유지하고 있는 모습이었다. 흔들흔들, 끊임없이 흔들렸다. 금방이라도 미끄러지려는 엄마를 딸인 아유미가 열심히 받치고 있었다. 정신을 차려보니, 어느새 히토미는 두 모녀의 대화가 들리지 않는 곳까지 멀어져 있었다. 아유미가 히토미에게 다가왔다.

"미안. 지금은 엄마랑 같이 있어야 할 것 같아. '공룡 공원' 이야기를 조금 더 해주고 싶었는데."

"그런 건 괜찮아." 히토미를 고개를 저었다. "그런데 엄마는 괜찮으셔? 몸이 안 좋으신 것 같은데."

"몸이 안 좋다기보다는 가끔 정신적으로 불안정해지거든. 별 것 아냐. 약 드시면 괜찮으니까. 잠깐만 같이 있어드리면 돼."

"아빠는 안 계셔? 일요일인데."

"없어. 낚시 가셨어."

"낚시……."

'이런 엄마를 내버려두고' 라는 말을 간신히 참았다. 어느 집이나 나름대로 사정이 있다. 히토미는 아직 어리지만 그 정도는 충분히 알고 있다.

"우리 집 가장은 있으나 마나라고."

아무렇지도 않게 아유미가 말했다. 목소리는 밝았다. 지나칠 정도로 밝았다. 히토미는 화제를 바꿔야겠다고 생각했다. 더 이상 아유미의 가정사에 끼어들면 안 된다.

"그런데 말이야. 10시에 역 앞 맥도날드에서 약속이 있어. 자세한 사정은 나중에 얘기하겠지만, 상대는 전혀 모르는 사람이야. 가능하면 혼자서는 만나고 싶지 않아. 무서워."

"아, 깜빡했네. 사야카가 전해 달래. 같이 간다고."

"다행이다." 히토미는 아유미를 쳐다봤다. "그런데 사야카 혼자면 좀 불안한데, 가능하면."

"알았어. 나도 갈게. 10시면 충분히 여유 있으니까."

역시 멋지다. 결단을 내리는데 아무런 망설임이 없다. 그런데  웬일인지 뭔가 머뭇거리며 주저했다. 시선이 잠깐 허공을 떠돌았다.

"왜 그래?"

히토미가 물어보자, 아유미가 뱉어내듯이 말했다.

"거짓말이야."

"거짓말이라니, 뭐가?"

"그러니까, 아까 한 말. 머릿속에 나만의 결승점이 보인다는 거."

"안 보여?"

"드라마나 영화가 아니잖아. 어떻게 보이겠어. 아무 것도 안 보여. 아니, 보이고 안 보이고는 상관없어. 그런 게 아니라."

아유미는 엄마를 쳐다봤다. 엄마는 안절부절못하며 딸을 보고 있었다. 하지만 두 사람의 대화는 들리지 않는 것 같다. 그 사실을 확인하고 아유미는 말을 계속했다.

"나는 다섯 살 많은 오빠가 있었어. 급성백혈병이라고 들어봤어? 그것 때문에 4년 전에 죽었어. 오빠도 역시 육상선수였는데 아주 잘 했지. 도쿄에서 유명한 코치가 연습하는 걸 보러오기도 했어. 살아 있었으면 올림픽 유망주가 됐을지도 몰라. 그런데 죽었어. 아빠가 낚시만 다니게 된 것도, 엄마가 저렇게 된 것도 모두 오빠의 죽음 때문이야."

"……."

"그래서 나도 육상을 하기로 마음먹었어. 그게 다야. 머릿속에 결승점이 보이는 거랑은 상관없어."

"……."

적당한 말을 찾을 수 없었다. 위로를 해야 할까? 하지만 모르는 사람이 4년 전에 죽었다고 해서 갑자기 동정심이 생길 리가 없었다. 그 정도로 히토미는 요령이 없었다. 아르마딜로가 동정하는 얼굴은 어떤 얼굴일까. 동물원에서 관찰할 수 있을까. 그리고 아유미도 히토미의 위로를 기대하지 않을 것이다. 아유미 같은 소녀가 남의 동정을 바랄 리가 없다.

─아유미는 왜 갑자기 그런 얘기를 꺼낸 걸까.

히토미는 궁금했다. 하지만 이미 아유미는 맥도날드에서 보자는 말을 남긴 채 엄마에게 걸어갔다. 마음으로 손을 내밀려고 했던 히토미를 피해서 뒤로 물러난 것 같았다. 손끝이 닿지 않았다. 남에게 거리를 두는 평소의 아유미다.

"안녕."

아유미는 엄마의 손을 잡고 걸어갔다. 기다란 뒷모습이 모녀라기보다는 일란성 쌍둥이 같다.

─둘인데 혼자 같아.

너무 쓸쓸해 보였다.


4

히토미는 아유미 모녀의 모습을 눈으로 배웅했다. 하지만 아유미 모녀보다 숨어 있는 이지마 선생님에게 자꾸 눈길이 갔다. 아까부터 시야의 가장자리에 이지마 선생님이 보였다. 이지마 선생님은 아유미가 사라지기를 기다리고 있었다. 두 사람이 멀어지고 나서야 운동장에 들어왔다. 히토미는 이지마 선생님의 뒤를 쫓았다. 이지마 선생님은 스탠드 자리로 올라갔다. 그 뒷모습을 보면서 히토미는 살짝 실망했다. 아사이 선생님이 돌아가시기 전에 함께 걸어가던 여자가 어쩌면 이지마 선생님이 아닐까, 하고 속으로 의심했었다.

이지마 선생님은 아사이 선생님과 어떠한 관련이 있다. 그래서 자신이 조사받게 될까 두려워 히토미를 통해 경찰들의 움직임을 알아내려고 했던 것은 아닐까. 그런데 스탠드를 올라가는 이지마 선생님의 뒷모습을 보고 아니라고 확신했다. 아사이 선생님과 같이 걸어가던 여자는 뛰어나게 스타일이 좋았다고 했다. 이지마 선생님도 그다지 나쁜 건 아니지만, 체구도 작고 스타일이 뛰어나다고는 할 수 없었다.

—스타일이 뛰어나다고 하려면 역시 아유미 정도는 돼야지.

이제 아유미가 그 여자가 아니었을까 하는 의혹은 버렸다. 실제 아유미와 만나서 이야기를 나누면 그런 의혹이 얼마나 어리석었는지 분명히 알 수 있다. 그렇다면

왜 아유미는 아사이 선생님의 죽음에 흥미를 가지고 있
을까. 의문은 남지만 아유미가 절대 그 여자일리는 없
다. 언뜻 한 가지 생각이 떠올랐다. 발걸음이 저절로 멈
췄다.

　—아유미와 아유미 엄마의 뒷모습은 모녀지간이 아
닌 일란성 쌍둥이 같았다.

　어쩌면 아사이 선생님과 같이 걸어간 사람은 아유미
의 엄마가 아닐까. 목격자의 증언에 따르면 젊은 여자였
다지만 아유미의 엄마의 뒷모습은 충분히 젊은 여자로
보인다.

　"왜 그러니, 히토미? 어서 앉지 않고."

　스탠드 벤치에 앉은 이지마 선생님이 말을 걸었다.

　—지금은 이지마 선생님이 먼저야. 아유미의 엄마 일
은 나중에 생각하자.

　예,라고 대답하고 선생님 옆에 자리를 잡았다.

　"따뜻한 거 마실래?"

　이지마 선생님은 캔커피 두 개를 손수건에 싸서 내밀
었다.

　"아니면 차가운 거?"

　"음, 차가운 거요."

　"그래. 역시 젊구나. 선생님은 몸이 차서 여름에만 찬

것을 먹는데. 선생님은 말이지, 마음은 따뜻한데 손발이 차거든."

이지마 선생님은 뭐가 그리 재미있는지 깔깔거리며 웃었다.

"……."

히토미는 이지마 선생님이 불편했다. 뭐야, 왜 이렇게 기분이 좋은 거지? 조증인지 울증인지는 잘 모르겠지만, 정상이 아닌 것 같다.

"선생님은 말이야." 한바탕 웃고 난 뒤, 진지한 태도로 입을 열었다. "이번 가을에 결혼해. 퇴직하고 남편이랑 교토에서 살게 될 것 같아."

"예."

주부들이 흔히 사용하는 '남편'이라는 단어가 이지마 선생님 입에서 나오자, 약간 당돌하게 들렸다. 어딘지 모르게 저속한 느낌도 든다.

"그래." 이지마 선생님은 기계적으로 말했다. "그런 거야."

"……."

"교무실에 있던 아사이 선생님 노트북은 찾아봤어. 하드디스크에 우리 사진은 없더구나. 서랍 열쇠구멍도 부쉈어. 디스켓이 있었지만, 거기에도 사진은 없었고."

“…….”

히토미도 이미 찾아봤지만 언급하고 싶지 않았다. ‘우리’라고 동류취급을 받은 것에 혐오감만 느낄 뿐이었다.

“생각해보면, 그런 걸 교무실 컴퓨터에 넣어둘 리가 없더라. 개인컴퓨터이긴 하지만, 언제 다른 선생님들이 볼지 모르잖아. 남이 봐서 곤란한 데이터는 역시 자기 집 컴퓨터에 저장해두겠지. 너, 아사이 선생님 아파트에 간 적 있니?”

“없어요. 집이 어딘지도 모르는데요.”

하지만 이지마 선생님은 히토미의 대답은 상관없다는 식이다. 처음부터 자신이 하고 싶은 말만 해야겠다고 마음먹고 온 것 같았다. 무표정하게 아아, 그래,라고 말하고는 핸드백에서 봉투를 하나 꺼냈다.

“아사이 선생님 댁은 역에서 별로 멀지 않아. 봉투 안에 아사이 선생님 주소를 적은 쪽지랑 집 열쇠가 들어 있단다. 선생님이 아사이 선생님한테 받은 열쇠야. 이걸로 아파트에 가서 컴퓨터에 저장된 파일을 모두 삭제해주지 않겠니? 그리고 열쇠는 우체통에 넣어두면 되니까.”

“왜 직접 안 하세요?”

“따지지 마. 지금 선생님이 어떻게 그런 일을 하니? 경찰이 아사이 선생님 아파트를 감시하고 있을지도 몰

라. 꾸물거리다가 컴퓨터를 압수할지도 모르고. 왜 그러
니? 왜 웃어?”

“아니, 경찰은 그렇게 한가하지 않을 거라는 생각이
들어서요. 그리고 경찰은 애초부터 사건으로 보고 조사
할 생각이 없는 것 같던데요.”

“그러니까, 선생님은 곧 결혼한다고 했잖니. 어쨌든,
이상한 사진을 다른 남자 컴퓨터에 남겨둘 수는 없다고.”

“청춘의 추억, 아닐까요.”

“그럴지도.” 아사이 선생님의 억지웃음이 보기 흉했
다. 씩씩하게 일어서서 지나가는 말처럼 내뱉었다. “너
도 이상한 사진이 있으면 곤란한 건 마찬가지 아니니.
그렇게 잘난 척 하지 않는 게 좋을 텐데.”

“선생님은 왜 아사이 선생님이 공룡 때문에 돌아가셨
다고 말씀하신 거예요?” 히토미도 일어나면서 물어보았
다. “어디서 들으셨어요?”

“내가 그런 말을 했었니?” 놀랍게도 이지마 선생님은
기억하지 못했다.

“예, 말씀하셨어요. 기억 안 나세요?”

“기억 안 나. 아사이 선생님이 무슨 공룡이야기를 했었
으니까. 그리고.” 이지마 선생님은 먼 곳을 보는 시선으
로 말을 이었다. “선생님은 어릴 때, 아주 어릴 때……”

"어릴 때, 뭐요?"

히토미는 가슴이 욱신거렸다. 그럴 리가 없어. 설마.

"아무 것도 아니야. 바보 같은 이야기지." 이지마 선생님은 고개를 저었다.

"바보 같은 이야기요?"

"바보 같은 이야기야. 선생님은 마을을 떠날 거야. 이 마을이 싫거든."

말을 마친 이지마 선생님은 스탠드에서 떠나려고 했다. 그 등을 향해서 선생님, 하고 불렀다.

"왜? 아직도 할 말이 남았니?"

짜증이 섞인 목소리로 이지마 선생님이 대답했다.

"결혼 축하드려요. 저는요, 선생님이라면 분명히 좋은 가정 꾸리실 거라고 믿어요."

히토미는 미소 지었다.


5

이지마 선생님이 돌아간 뒤 갑자기 짝짝 하는 박수소리가 들렸다. 히토미는 뜻밖의 사람을 발견하고 깜짝 놀랐다.

"삼촌……."

"잘 잤냐?"

다도코로 삼촌은 스탠드 맨 위쪽에 계속 앉아 있던 것 같다. 히죽히죽 웃으면서 히토미를 향해 내려왔다. 스탠드 위쪽까지 히토미와 이지마 선생님의 대화가 들렸다고는 생각할 수 없다. 그런데 다도코로 삼촌은 왜 박수를 친 걸까?

"삼촌이 여기 웬일이세요?"

"방금 저 선생님이 아사이 선생님이랑 사귀었다고 하기에 좀 조사해볼까 하고. 그런데 아무 상관없겠구나. 저런 여자는 자기 자신밖에 아무런 흥미가 없거든."

"그런데 박수는 왜 쳤어요?"

"자세한 건 모르지만, 보니까, 네가 저 선생님을 한 방 먹인 거 같더구나. 저렇게 콧대가 센 여자는 좀 당해봐야 돼. 조심해라. 너도 콧대가 센 네 엄마를 닮았어."

"뭘 조심해야 하는데요?" 히토미는 단조롭게 말했다.

"여러 가지지. 살다 보면 조심해야 할 일들이 많단다."

장난삼아 물어본 질문에 심각한 대답이 돌아왔다. 무거운 말투가 신경 쓰인다.

다도코로는 히토미 옆에 앉아 운동장을 돌고 있는 젊은이들을 바라봤다. 청춘이란 참 좋구나. 믿기지 않을 정도로 '진부한 감상을 내뱉었다. 이지마 선생님이 놓고

간 캔커피를 가리키며 물었다.

"마셔도 될까?"

"드세요."

"고맙다. 목이 말라서."

다도코로는 뚜껑을 따더니 단숨에 마셨다. 그리고 손으로 캔을 찌그러뜨렸다.

"그러지 마세요. 아저씨 같잖아요."

"괜찮다. 어차피 아저씨인데." 다도코로는 툭 내뱉었다. "엄마가 삼촌에 대해서 뭐라 안 하시던?"

"별로."

"그렇구나."

"왜요?"

"아니, 어쩌면 또 네 엄마한테 폐를 끼치게 될지도 몰라서."

"무슨 말이에요?"

히토미는 다도코로를 쳐다봤다.

"공룡 말이다."

"예."

"후쿠치현에 '일본공룡센터'를 지으려는 움직임이 있단다. 뭐라고 할까. 일종의 테마파크 같은 거지. 사실 그런 건 필요 없는데 지으려고 하는 거야. 다시 말해, 부지

예정지의 이권이 개입된 거지. 수십억이라는 돈이 움직이고, 많은 사람들이 관련되어 있단다. 의원 중에 질 나쁜 사람이 있어서 말이야. 그 사람이 앞장서고 있어."

히토미는 산길에서 만난 현회의원을 떠올렸다. 시미즈 경찰서장과 같이 걸어가고 있었다.

"혹시 그 사람 '항상 현민 여러분의 행복을 바라는 사람' 아니에요?"

다도코로의 날카로운 눈이 히토미를 향했지만, 놀란 것 같지는 않았다. 담담하게 고개를 끄덕였다.

"그래, 이가라시 의원이다. 그 사람은 현에 힘을 써서 자신이 소유한 평범한 산림을 '일본공룡센터' 부지로 팔아치우려고 해. 물론 문제가 생기지 않도록 중개회사를 개입시키고 있긴 하지만……. 그런데 사실, 20년 전에도 비슷한 일이 있었단다. 그때는 마쓰야마룡이었나, 그 공룡이 사람을 죽였다는 묘한 소문이 돌아서 계획이 중지됐었다. 이번에 다시 그 계획이 부활되었는데, 이번에는 도다니룡인지 뭔지 하는 게 나타나서 또다시 계획이 중지될 상황이 되었구나. 삼촌이 양쪽 사건인지, 사고인지를 쫓아다니는 이유는, 이가라시 의원의 꼬랑지에 불을 붙이는 게 재미있어서야. 그래서 사에키 선생님한테도 이것저것 캐물은 거란다. 좀 이상하긴 하지만,

데나가층군의 공룡들은 일본공룡센터가 생기는 걸 싫어하는 게 아닐까. 계획이 세워질 때마다 어디선가 나타나서 방해를 하잖니. 그런 느낌이 드는구나."

"공룡은." 히토미가 말을 했다. "아무 죄가 없어요."

다도코로는 당황한 표정으로 히토미를 쳐다봤다. "갑자기 왜 그러니. 그냥 말이 그렇다는 거다. 농담이야." 하지만 절대로 농담처럼 들리지 않았다.

"근데 왜 엄마한테 폐를 끼치게 될지 모른다는 거죠?"

"삼촌은 말이지." 다도코로의 목소리가 목에 엉킨 것처럼 잘 나오지 않았다. 헛기침을 하고 마침내 말을 시작했다. "이가라시 의원의 앞잡이란다."

"……."

"그래, 삼촌은 악덕형사야. 지금까지 이가라시 의원의 하수인으로 하면 안 되는 짓을 해왔다. 지금까지 한 짓을 경찰에 들키면 아마 징계면직만으로는 끝나지 않을 거야. 하지만 말이다. 요즘 여자랑 좀 이런저런 일이 있어서 짜증이 나기 시작했단다. 조금만 더 사람답게 살고 싶어졌구나. 삼촌은 이가라시 의원 밑에서 떠나기로 했는데, 그 의원이 가만히 있지 않을 거다. 그는 인간적으로 얼빠진 면이 있거든. 그게 마음에 들어서 그쪽에 있었는데, 속은 무서운 인간이야. 근방 조폭들한테도 영향력을 발휘하거든."

"삼촌……."

히토미의 목소리가 잠겼다. 자기도 모르게 다도코로의 팔을 잡았다.

"그래, 공룡도 정면으로 부정에 맞서잖니. 사람이고, 더구나 형사인 삼촌이 이대로 부정한 짓에 가담할 수는 없지 않니. 어떠냐, 그럴듯하지? 하드보일처럼. 그래서 이것 때문에 누나한테 폐를 끼치게 되면, 삼촌이 이래저래 사과하더라고 전해주겠니?"

다도코로는 히토미의 손을 팔에서 떼더니 천천히 일어섰다.

"청춘은 좋구나……. 들은 적 있니? 삼촌은 중학시절 때 야구부였어. 그것도 투수를 했었지. 이 운동장에도 자주 왔었는데. 꽤 괜찮은 투수였단다."

손에 들고 있던 캔을 위로 번쩍 들더니, 스탠드 밑에 있는 쓰레기통을 향해 던졌다.

"앗." 히토미가 말했다. "빗나갔네."

"미안하지만, 저거 좀 쓰레기통에 넣어라."

"삼촌이 잘못 던진 걸, 왜 제가 처리해야 하는데요?"

"삼촌은 좀 바쁘거든."

다도코로는 총총히 가버렸다.

# 공룡은 명탐정

1

　역 앞까지 걸어가기로 했다. 강을 따라 천천히 걸으면 20분 정도 걸린다. 10시쯤 '맥도날드'에 도착할 것이다. 우거진 나무의 녹음이 선명하게 눈에 들어왔다. 어제부터 오늘까지 불과 하루가 지났지만, 늦봄에서 초여름으로 변하는 것이 느껴졌다. 피부를 스치며 지나가는 부드러운 강바람이 기적처럼 사랑스럽고 애틋하다. 산책하는 사람, 둑에 앉아서 강을 바라보는 사람, 그리고 자전거를 타는 아이들. 평상시와 똑같은 광경이 펼쳐지고 있었다. 똑같은 광경, 똑같은 하루. 그런데 어쩐 일인지 오늘이라는 날이 특별하게 느껴졌다. 아마 오늘을 살아있는 한 영원히 잊지 못할 예감이 들었다. 5월의 하루, 녹음, 바람 그리고 빛을.

역 앞 로터리에서 반대편에서 오는 사야카를 만났다. 서로 웅얼거리며 인사를 한 다음, 어깨를 나란히 하고 맥도날드로 향했다. 맥도날드 앞에서는 아유미가 기다리고 있었다. 평소와 달리 중간 길이의 치마를 입었다. 탄력 있게 쭉 뻗은 다리가 눈부실 정도로 아름답다. 그만큼 정강이에 감은 붕대가 애처로웠다.

그러고 보면, 전에 가게 앞에서 만나기로 약속을 했을 때도 아유미는 가게에 들어가지 않고 밖에서 기다리고 있었다. 그때는 신경 쓰지 않았지만, 지금 생각해보면 아마 아유미는 혼자서 손님들의 주의를 끄는 게 싫었던 것 같다. 히토미가 상상하는 것보다 아유미는 자신의 아름다움을 더 많이 부담스러워 했다. 아유미는 셋이서 움직이면 사람들의 눈에 띄지 않을 거라고 생각한 모양이다. 하지만 시선을 피할 수는 없었다.

"야아, 여기야, 여기."

세 명이 가게에 들어가는 순간, 큰 목소리로 누가 불렀다. 창가에 남학생이 앉아 있었다. 키가 크지도 않고 작지도 않다. 뚱뚱하지도 않았고 마르지도 않았다. 이렇다 할 특징이 없는 평범하기 그지없는 남학생이다. 하지만 그 남학생이 양손을 머리 위에서 흔들며 큰 소리로 세 명의 여학생을 부른다면 이야기가 달라진다.

"뭐야, 저 녀석은." 아유미는 노골적으로 싫은 내색을 했다. "저 녀석 왜 우리를 부르는 건데?"

"저 사람이 마키노 기미네가 아닐까?" 사야카가 안경을 올리면서 말했다. "혹시 남자 아니야?"

"그래? 히토미?"

"몰라."

"본 적이 있는 것 같아. 같은 학년, 다른 반 같은데. 히토미의 소꿉친구 아니야?"

"내 소꿉친구면 너희 소꿉친구도 되는 거잖아. 너희가 모르는데, 내가 어떻게 알겠어."

"첫사랑이거나."

"그건 아닐 걸. 히토미는 첫사랑을 할 타입이 아냐."

"첫사랑을 안 하는 타입이라니, 내가 어떤데?"

"여기서 아무리 떠들어봤자 무슨 소용이야." 사야카가 말했다. "일단 저 녀석한테 가보자."

각자 음료수와 프렌치프라이를 사서 남학생 자리로 갔다. 셋이 앞자리에 나란히 앉자, 남학생은 눈을 동그랗게 뜨더니 흥분한 어조로 말했다.

"우와, 모두 제각각이네. 붕대퀸카, 안경잡이, 그리고 평범해서 눈에 안 띄는 애."

붕대퀸카와 안경잡이는 어색하게 웃었지만, 평범해

서 눈에 띄지 않는 아이는 웃음이 나오지 않았다.

"너, 뭐야?" 히토미는 남학생을 노려보며 말했다. "마키노 기미네라는 헷갈리는 이름을 대고 말이야. 남자인지 여자인지도 알 수 없잖아. 진짜 이름 아니지?"

남학생은 꿈쩍하지 않았다. 오히려 즐거워 못 참겠다는 듯이 말을 했다.

"진짜 이름은 마키노 기미오라고 해. 너무 평범해서 마음에 안 들더라고. 그래서 기미네라고 바꿨어. 퀸이라고 불러주면 고맙겠어."

퀸은 기대하는 표정으로 세 사람을 바라봤다. 하지만 아무런 반응을 보이지 않자, 실망하는 표정이다.

"엘러리 퀸의 퀸인데. 모르나? 유명한 추리소설 작가이자 명탐정이지. 그런 사람인데……."

"뭐든 상관없어. 너, 누구야? 어째서 내가 교무실에 몰래 들어가고, 아사이 선생님의 책상 서랍을 열어보고, 컴퓨터를 만졌다고 트집 잡는 건데?"

"트집이 아니야." 퀸은 갑자기 소리를 높였다. "복도에서 뛰지 마."

히토미는 다시 퀸의 얼굴을 보았다.

"넌, 그때."

"맞아. 너하고 복도에서 부딪힐 뻔했던 애야. 네가 뛰어가는데, 얼굴빛이 완전 장난 아니더라. 뛰어가는 모습도 좀 이상했고. 무슨 일인가 싶어서 교무실에 들어가 봤지. 그랬더니 시클라멘이 꽂힌 책상이 있더라고. 그런데 그 책상 서랍이 좀 이상하더라. 열쇠구멍이 망가져 있었어. 컴퓨터는 따뜻했고. 이유는 모르겠지만, 네가 책상 서랍을 억지로 열고 컴퓨터를 켰다는 걸 알았지."

히토미는 퀸의 말에 서랍 열쇠구멍을 망가뜨린 건 내가 아니야,라고 머릿속으로 반론했다. 열쇠구멍은 이미 그 전에 부서져 있었다. 이지마 선생님이 한 짓이겠지만, 현재 그 사실을 증명할 방법은 없다.

"난 네 이름을 알고 있었어. 오해는 하지 마. 우연히 알고 있던 건 아냐. 난 엘러리 퀸의 팬으로 명탐정 지망생이니까. 같은 학년의 학생 이름과 얼굴쯤은 모두 머릿속에 들어 있다고. 물론 전교생은 무리지만. 너는 사이토 히토미였어. 그래서 너희 담임선생님 컴퓨터를 켜서 네 메일주소를 알아냈지."

"그래서." 히토미는 조용히 말했다. "이제 어떻게 할 건데? 하고 싶은 말이 뭐야?"

"오늘 신문에 아사이 선생님이 도다니계곡에서 돌아가셨다는 기사가 조그맣게 실렸더라고. 경찰은 사고와 사건, 양방향으로 가능성을 두고 조사를 하고 있다고 했

어. 그런데 너는 교무실에서 아사이 선생님의 책상이랑
컴퓨터에 손을 댔고. 내가 아니어도 ‘아아, 이거군’ 하고
생각하는 건 당연하잖아. 무슨 이유에선지 너는.” 퀸은
말을 하다가, 세 사람을 쳐다보더니 너희들은,이라고 고
쳐 말했다. “그 사고인지 사건인지를 조사하고 있어. 나
도 신문기사를 읽고 바로 도다니계곡에 가봤어. 현장을
둘러봤지. 그래서 알게 된 일도 있고 아직 모르는 일도
있어. 추리를 위해 좀더 정보가 필요해.”

“추리를 위한 정보라니.” 사야카가 기막히다는 듯이
말했다. “뭔가 착각하는 거 아냐? 이건 게임이 아니야.”

“게임이야. 나한테는 말이지.” 퀸은 조금도 동요하지
않았다. “나한테 전부 얘기해주지 않을래? 이렇게 보여
도 나는 남들보다 추리력이 좋거든. 너희들이 손해 볼
건 없을 거야.”

“너무 자신만만한 거 아냐?”

“재수 없어.”

“부모는 어떤 사람일까.”

사야카와 아유미, 히토미가 연이어 말했다.

“그래. 나는 자신만만에, 재수 없고, 부모가 어떤 사
람인지 궁금해지는 사람이야. 하지만 원래 명탐정은 그
런 거지.”

“그렇다는데.” 아유미는 히토미를 쳐다봤다. “어떻게 할래?”

“글쎄, 어떻게 할까.”

히토미는 망설였다. 퀸이라는 남학생을 어떻게 이해해야 할까. 만난 지 5분도 되지 않았는데, 너무 친한 척하며 들러붙는다. 방심한 사이에 성큼성큼 이쪽으로 들어온다. 뻔뻔하다. 그런데 이상하게 얄밉지가 않다. 남들과는 행동거지가 다르다. 이게 바로 탐정이라는 걸까.

“미스터리 같은 거 읽으면 말이야. 처음에 잠깐 얼굴을 내밀었던 탐정이 마지막에 다시 등장해서 사건을 모두 해결하는 줄거리가 꽤 많아. 모두 파헤치는 거야. 나도 그렇다고 생각하면 되잖아.”

어디까지가 진심일까. 퀸은 싱글벙글 웃었다. 잠시 침묵이 흐르고 사야카가 결심한 듯이 말했다.

“저기, 고생물학 전문가가 있다고 하자. 그 사람은 일본에서 공룡분야 제1인자로 알려져 있어. 데나가층군 공룡화석에 대해서도 아주 박식하지. 그런 사람이 계속 후쿠치룡이랑 도다니룡을 착각하는 거야. 왜 그런다고 생각해?”

“사야카!”

“가만 있어 봐.”

히토미가 놀라서 소리를 지르는 걸 사야카가 손을 들어 제지했다. 단호하다. 너무도 진지한 표정이 아주 예뻤다.

―와아, 사야카가 이런 얼굴도 하는구나.

"뭐가 뭔지 모르겠지만, 일단 지켜보자."

아유미가 옆에서 거들었다. 사야카는 히토미도 아유미도 쳐다보지 않았다. 오로지 퀸을 응시하며 대답을 기다렸다.

"후쿠치룡…… 도다니룡…….'

"응, 후쿠치룡은 말이야."

"알아. 후쿠치룡은 조각류 이구아노돈과, 초식공룡이고 도다니룡은 소형 수각류 드로마에오사우루스과, 육식공룡이잖아."

"와아, 제법인데." 사야카는 놀라워했다.

"탐정이란, 어떤 일에 대해서도 일단 지식을 가지고 있어야 하거든. 깊이 알 필요는 없지만, 폭넓고 얕게 알 필요가 있다고 엘러리 퀸이 소설에서 그러더라고."

"정말?" 아유미는 미덥지 않은 표정이다.

"정말이야. 하지만 그게 다는 아니야. 나도 이 마을에서 자란 중학생이잖아. 공룡에는 흥미가 많아서 당연히 공룡에 대해서도 잘 알아. 나는 현실 사회랑 맞지 않아.

머리가 너무 좋아서 학자가 되려고 하는데, 앞으로 고생
물학을 전공할지, 물리학을 전공할지는 결정 못했어. 그
래서 사에키 구니히코 선생님이 강연하러 오시면 자주
가서 듣곤 해. 편지도 써서 선생님하고 꽤 가깝지. 강연
회장에서 종종 너도 봤었어."

마지막 말은 사야카에게 한 말이었다. 친밀감이 들어
있다.

"……."

사야카는 눈을 깜빡거렸다. 얼굴이 약간 발그레하다.

"그건 그렇고." 퀸은 아무 일도 없었던 것처럼 말을
이었다. "고생물학의 일인자가 계속 착각한다. 이거 재
밌는 걸. 지금껏 사례가 별로 없는 수수께끼 같은데. 괜
찮으면 좀더 자세히 말해줄래?"


2

사야카가 지금까지 있었던 일을 이야기했고 부족한
부분은 히토미가 보충했다. 히토미는 저녁놀의 공룡까
지 이야기할 수밖에 없었다. 이야기를 전부 마쳤을 때는
벌써 11시가 넘어 있었다. 물론 아사이 선생님이 히토미
의 누드를 찍었다든가, 이지마 선생님하고 사귀었든가,

다도코로 삼촌이 이가라시 현회의원의 앞잡이였다는 껄끄러운 일까지는 말할 수 없었다. 살짝 요점을 피하면서 이야기했다.

하지만 퀸에게 얼마나 전달되었는지는 알 수 없었다. 가끔 의미심장한 웃음을 짓는 것이 상당히 신경이 쓰였다. 이미 퀸은 뭔가를 알아차린 것이 아닐까. 본인 말처럼, 퀸은 남들과 다른 추리력이 있을지도 모른다.

처음부터 아사이 선생님에게 누드를 찍혔다는 사실을 밝히지 않으면, 교무실에 몰래 들어간 이유도 설명할 수 없다. 퀸이 정말 명탐정이라면 그 모순을 반드시 알아차릴 텐데. 이야기가 끝나자, 퀸은 뭔가 생각하는 것처럼 가만히 있었다.

"아사이 선생님의 디스켓에 들어 있던 도형이 무엇이었는지, 여기에 그려줄래?"

종이냅킨과 볼펜을 히토미 앞에 내밀었다.

"좋아."

히토미는 단숨에 도형을 그리고 냅킨을 퀸에게 돌려주었다.

"역시 그렇구나."

퀸은 도형을 보더니 중얼거렸다. 쉴 새 없이 프렌치프라이를 먹으면서 다시 생각에 잠겼다. 가끔 손에 묻은 소금을 양손으로 털어내는 게 이상하게 거슬렸다.

"저기." 아유미가 말했다. "그거 내 감자야."

"아아, 그래. 미안." 퀸의 손이 다른 프렌치프라이를 향했다.

"그건 내 감자." 히토미가 말했다. "너는 처음부터 감자를 사오지도 않았잖아."

"감자 좀 먹으면 어때." 퀸은 입을 삐죽거렸다. "너희 대신에 추리를 해주는데."

"누가 부탁했다고 그래?"

"예를 들어, 이 감자를 도형이라고 해봐."

퀸은 종이봉투에서 프렌치프라이를 하나 꺼내서 테이블 위에 던지듯이 놓았다.

"이렇게 하면 뭐 같아?"

분명히 그 프렌치프라이는 아사이 선생님이 디스켓에 남긴 도형과 비슷했다. 내던져진 끝에 소금이 물보라처럼 튀었다.

"피?"

"며느리발톱……."

히토미와 사야카가 거의 동시에 말했다.

"며느리발톱?" 히토미는 놀라 사야카를 쳐다봤다.

"응. 너한테 처음 받았을 때 그렇게 생각했어."

사야카는 차분한 목소리로 말했다.

"그렇구나. 너도 그걸 눈치 채고 있었구나."

"에엣……."

세 소녀가 퀸을 쳐다봤다.

"어떻게." 사야카가 물었다. "포스터에 대해 알아?"

"명탐정이니까."

"피." 옆에서 들여다 본 아유미가 신기하다는 듯이 중얼거렸다. "며느리발톱."

퀸은 사야카의 질문에 대답하지 않았다. 테이블 위에서 프렌치프라이를 집더니, 손가락 사이로 빙글빙글 돌렸다.

"이 모양은 피처럼 보이기도 하고 며느리발톱처럼 보이기도 해. 잘 생각해 봐. 사에키 구니히코 선생님은 항상 낡은 포스터를 가지고 다니신다고 했어. 그렇지? 나는 선생님 강연을 들으러 자주 다녔는데, 이상하게 이번 강연에서 선생님은 후쿠치룡과 도다니룡을 착각하셨어. 왜 그럴까 생각했는데 선생님이 들고 다니시는 포스터를 보고 이유를 알겠더라고. 액자에 들어 있는 공룡포스터, 그 포스터 안의 공룡 다리에는 며느리발톱처럼 보이는 것이 묻어 있는 게 아닐까. 다시 말해, 피가 튄 자국이야. 그래서 육식공룡인 도다니룡처럼 보인 게 아닐까 싶어. 나는 오늘, 게시판에 붙은 공룡 포스터를 보고 왔어. 그 공룡 다리에 며느리발톱은 없었어. 그런데 왜 사에키 구니히코 선생님이 들고 다니는 포스터에는 며느리발톱이 있는 걸까?

여기서 생각해 볼 건, 이자와 기미오라는 사람의 죽음이야. 흉부가 강하게 압박되었다든지, 늑골이 부러졌다든지, 여러 가지 다른 손상이 있었겠지만, 아무래도 직접적인 사인은 경동맥이 끊어졌기 때문이야. 경동맥이 끊어지면 피가 어마어마하게 나와. 그 방울이 공룡 포스터에 묻은 거야. 그리고 도다니룡의 며느리발톱처럼 보였어. 말하자면 이런 게 아닐까. 며느리발톱처럼 보이는 그 혈흔이 이자와 기미오의 것이라는 근거는 아무데도 없지만, 당시의 전후 사정을 생각해볼 때, 그건 틀림없다고 생각해. 사에키 구니히코 선생님은 포스터에 그려진 공룡이 후쿠치룡이라는 사실을 알고 계셔. 하지만 아마 선생님 자신도 그 다리에 묻은 혈흔이 도다니룡의 며느리발톱처럼 보인다는 사실을 의식하고 계시는 것 같아. 그래서 자꾸만 후쿠치룡을 도다니룡이라고 착각하시는 거야. 그럴 것 같지 않아? 사에키 구니히코 선생님이 가지고 다니시는 포스터는 20년 전에 제1차 공룡화석 발굴 예비조사가 시행되었을 때의 물건이야. 지금은 주차장이 되었지만 당시에는 공원이었던 자리에 붙었던 거지. 그 포스터에 이자와 기미오의 혈흔이 묻어 있다는 건 살해현장이 화석 발굴현장이 아니라, 그 공원이었다는 거잖아. 지금은 확인할 수 없지만 파워셔블이나 트랙터 같은 중기도 거기에 있었다고 생각해. 이자와라는 사람의 가슴이 짓눌려 있었다면, 거기에 백호나 브레이커 같은 중기의 부속품으로 몸을 덮쳤을 수도 있어. 브레이커라면 정 같은 거니까, 사람의 경동맥을 끊을 수도 있었겠지. 부러진 늑골에 장기가 손상될 때까지 흉곽을 압박했을 수도 있고.”

퀸은 득의양양해서 계속 이야기를 했다. 뭐지, 이 불쾌감은. 퀸이 풀어내려고 하는 일은 하잘 것 없는, 어찌 됐든 상관없는 일뿐이었다. 명탐정의 추리는 모두 이런 식일까. 아무 상관없는 일은 산처럼 이야기하면서 정말 중요한 일은 눈곱만큼도 언급하지 않는다. 정말 중요한 일은……

“그런데 누가 그런 짓을 했을까? 그런 짓을 할 수 있는 사람은 아무도 없었어. 왜냐하면 시체는 비에 깨끗이 씻겨 있었거든. 비는 10시에 그쳤고. 그렇다면 범행은 9시부터 10시 사이에 이루어졌다는 거잖아. 하지만 그 시간에 발굴팀 사람들은 모두 절에서 술을 마시고 있었어.

이건 모두에게 알리바이가 있다는 거 아냐?"

아아, 이것도 역시 상관없는 일이야. 그러면서도 히토미는 묻지 않을 수 없었다.

"무슨 소리야. 범행인지 사고인지는 모르겠지만 그건 10시 이후에 이루어졌어. 이자와 씨가 없다고 해서 모두 분담해서 찾았잖아. 그때 이루어진 거야. 그러면 모두에게 알리바이가 있다고 할 수 없지. 반대로 모두가 용의자가 될 수 있어. 시체가 비에 씻겨 있었다고? 그런 건 아무 의미가 없어. 왜냐하면 펌프로 물을 퍼서 발굴면을 세정하며 작업을 했잖아. 사에키 구니히코 선생님이 그렇게 직접 말씀하셨어. 펌프로 물을 뿌리면 시체야 얼마든지 깨끗하게 할 수 있어. 비는 필요 없어. 물론 강물과 빗물은 다르니까. 감식반이 본격적으로 조사하면 바로 알 수 있는 일이었겠지. 하지만 당시의 관할서에서 그렇게까지 했을 거 같지는 않아. 그런데 범인은 굳이 알리바이를 위조하기 위해서 펌프로 물을 뿌렸을 것 같지는 않아. 문제는 그게 아니야. 시체 흉부가 짓눌려 있었고 시체 주변의 지반도 어떤 무거운 것에 짓밟힌 것처럼 엉망이 되어 있었어. 그런데 현장에는 중기 크롤러의 자국이 남겨져 있지 않았지. 그렇다고 공룡이 현장을 짓밟은 게 아닐까 하고 경찰이 생각하는 일은 절대로 없어. 공룡의 존재를 생각하는 일 자체가 난센스라는 사실을 별도로 해도 말이지. 시체 손상이 중기에 의한 거라면, 그건 중기에 의한 사고 또는 사건으로 다른 가능성 따위는 처음부터 고려할 필요가 없어. 현장에 크롤러의 자국이 없다면 첫 번째 현장은 다른 곳이고 시체는 운반되었다. 이렇게 단순하게 생각해. 그 이외의 경우는 아무 것도 고려되지 않아. 경찰은 그런 데야. 다시 말해서, 알리바이가 위장되었든지, 시체가 훼손된 상황이 위장되었든지, 그런 식으로 추리할 필요는 전혀 없어. 현장 상황이 아무리 복잡하게 보여도 그건 어쩌다가 우연히 겹친 것뿐이야. 실제로는 훨씬 단순하다고 생각하는 게 좋아. 펌프로 물을 뿌린 것은 단지 물의 힘으로 시체 주변의 지표면을 깎기 위해서라고 생각하는 거야. 실제로 발굴팀 누군가가 이자와 씨의 시체 주변에서 공룡의 커다란 발자국을 봤다고 증언하고 있잖아. 그 증언은 어떤 중요한 사실을 나타낸다고 봐. 내 생각에, 그건 치우고 남은 거야. 실제로는 위조된 공룡 발자국을 지우기 위해서 물을 뿌린거지.”

“지우고 남은 것……  위조된 공룡 발자국…….”

히토미 옆에서 사야카가 멍하니 중얼거리더니 무언가 깨달은 것처럼 퀸의 바라보며 말했다.

“그러면!”

“맞아, 뻔하잖아. 20년 전에 발견되었다는 용각류의 발자국은 모두 가짜였던 거야. 모두 위조된 거라고. 앞뒤 상황을 볼 때 그렇게밖에 생각할 수 없잖아!”


3

그때 옆에 있던 아유미가 뭐라고 중얼거렸다.

—말도 안 되다니, 뭐가?

히토미는 자신도 모르게 아유미를 쳐다봤다. 아유미는 히토미의 시선을 느꼈을 텐데도 모르는 척하고 있었다. 그리고 천천히 일어서더니 “물 좀 가져올게. 물 마실 사람?”이라고 물었다. 히토미가 손을 들었고 사야카도 손을 드는 것을 보더니, 퀸에게 물었다. “너는? 그렇게 혼자서 계속 떠드는데, 목 안 말라?” 어쩐지 비아냥거리는 말투다. 그런데 퀸은 자신의 추리에 너무 빠져 있어서 그 미묘한 뉘앙스를 느끼지 못했다. 마치 그게 당연하다는 듯이 응, 하고 고개를 끄덕이며 아유미의 비웃음을 부추겼다.

—아유미는 뭐가 말도 안 된다는 걸까.

카운터로 향하는 아유미의 뒷모습을 보면서 히토미는 생각했다. 구체적으로 아유미가 퀸의 추리 중에서 어느 부분을 말도 안 된다고 생각했는지 알 수 없었다. 하지만 뭐랄까, 그 느낌은 막연히 알 수 있었다.

명탐정을 자칭하는 만큼, 퀸의 추리는 적확하고 날카롭다. 현장을 한 번 둘러보고 사야카의 이야기를 듣기만 했는데도 그 정도의 추리를 해내는 것에는 감탄하지 않을 수 없었다. 하지만 감탄하면서도 어딘지 야유하는 마음이 들어 있는 것도 부정할 수 없는 사실이었다.

히토미는 수학과목이 약했다. 그래서 시험 준비를 할 때는 계산방법을 통째로 외워버린다. 왜 그렇게 풀어야 하는지, 왜 그 계산이 필요한지, 등을 이해하지 않고 단지 기계적으로 외운 것을 답안지에 적는다. 퀸의 추리는 히토미의 수학공부법과 비슷한 점이 있었다. 표면적으로는 논리가 그럴듯하지만, 중요한 사항은 전혀 언급하지 않았다. 따라서 퀸의 추리는 추리라고 해도 그저 골격뿐으로 다른 사람 마음에 전해지지 않았다. 어떤 상황속에서 누가 그렇게 행동을 했는가, 그때 그 사람은 어떤 마음이었는가 하는 내용들이 전혀 설명되지 않고 끝났다. 왠지 공허했다.

퀸의 추리에 따르면 20년 전, 사에키는 공원의 게시판에 붙어 있던 포스터를 가져갔다. 포스터에 혈흔이 묻었기 때문에 경찰 눈에 띄지 않도록 하려고 그랬다고 상상했다. 살해현장을 다른 곳으로 위장하기 위해서였는지, 아니면 어떤 것을 은폐할 필요가 있었기 때문인지, 지금 그 사실을 알아낼 방법은 없다. 사에키가 포스터를 가져가버렸다는 사실만이 남았다.

단지 퀸의 추리만으로는 사에키가 왜 포스터를 파기하지 않고 항상 가지고 다니는지 설명하지 못했다. 분명히 혈흔이 며느리발톱처럼 보이기 때문에 후쿠치룡을 도다니룡으로 잘못 말했다는 설명은 가능했다. 하지만 어째서 사에키가 포스터 다리에 묻은 것은 며느리발톱이 아니라 혈흔이라는 사실을 항상 잊어버리는지는 설명할 수 없었다. 게다가 20년 전의 이자와 기미오가 죽은 일, 현재 아사이 선생님이 죽은 일이 이론적으로 추리 되더라도 왜 사람들이 그 죽음의 배경에 공룡의 존재를 느끼고, 또 느끼려고 하는지, 알 수 없었다.

사람들은 항상 어딘가에서 공룡의 존재를 느낀다. 데나가층군을 덮고 있는 지상 어딘가, 눈에 보이지 않는 비밀의 장소를 공룡의 거대한 그림자가 조용히 가로질러가는 것을 느끼고 있었다. 그런데 개운하지가 않다.

—우리들에게 공룡이란 어떤 존재일까? 어째서 항상 공룡이 마음에 걸리는 걸까?

퀸의 추리가 훌륭하다는 것은 인정한다. 그 점만큼은

인정해줄 수 있다. 하지만 아이돌 스타가 주연하는 TV 드라마처럼 어딘가 거짓 같고 바보 같았다. 그래서 소중하고 중요한 것을 놓쳐버린다. 소중한 것, 중요한 것, 사람의 마음, 공허한 생각, 간절한 바람, 그런 것들이 완전히 빠져 있었다.

그래, 퀸의 추리에는 마음이 없었다. 추리하는 데 마음이 필요한지는 히토미도 말할 수 없지만, 퀸의 추리엔 정말로 마음이 없었다. 마음이 없기 때문에 듣는 사람들의 가슴에 와 닿지 않았다. 아유미와 '고양이 세수' 이야기를 했을 때를 떠올렸다. 고양이가 세수를 하면 비가 온다는 사실, 아마 퀸의 추리는 그 정도일 것이다. 그런 느낌이다.


4

퀸은 설마 히토미가 자신의 추리를 그런 식으로 생각할 거라고는 꿈에도 생각하지 않는 것 같았다. 그 증거로 퀸은 아유미가 자리에 돌아오자 다시 득의양양하게 추리를 피로했다.

"이제부터는 거의 상상이야. 예비조사 시점에서 공룡 화석 발굴이 중지되려고 했을 때, 이자와 씨는 초조하지 않았을까. 그래서 마쓰야마룡의 발자국을 위조한 게 아닐까?"

"마쓰야마룡의 발자국을 위조한다고 해도."

침묵으로 일관하던 사야카였지만, 역시 공룡이야기가 되자 잠자코 있을 수 없었나보다. 항의하듯이 말했다.

"참 쉽게 말하네. 공룡 발자국을 위조한다는 게 그렇게 쉽다고 생각해?"

"쉽게 말하다니. 나는 사실 쉽다고 생각해. 실리콘 고무를 사용하면 되잖아. 실리콘 고무는 시판되고 있고. 주성분 100에 강화제 5 정도면 될까. 그러면 돼. 양만 실수하지 않으면 실리콘 고무는 누구나 만들 수 있어."

"실리콘 고무가 뭔데?" 사야카의 목소리에서 힘이 빠졌다.

"그런 게 있어. 아크릴이든지, 나무든지, 아무거나 4장의 판자로 틀을 준비하는 거야. 그리고 공룡 발바닥을 점토나 뭐로 만들어서 원형을 준비해. 그 다음 원형을 틀에 집어넣고, 점토로 고정을 시켜. 그리고 실리콘 고무를 흘려 넣으면 돼. 그때 공기가 들어가지 않게 주의해야 하지. 실리콘 고무가 완전히 굳으면 틀을 떼어내는 거야. 기본적으로 실리콘 고무의 모양을 뜨는 건 이게 다야. 물론 형태를 뜨기 위해서는 A형과 B형, 두 종류의 형태를 만들어야 하지만. 어때, 간단하지? 아무나 할 수 있다고."

"그야, 뭐, 기술적으로는 간단할지 모르지만." 이번에는 히토미가 이의를 제기했다. "보통 사람들은 실리콘 고무로 공룡 발자국을 위조하지 못할 거 같은데. 아예 그런 생각은 하지도 않을 거야."

"그건 그 사람의 환경에 따라 다르지 않을까. 그렇게 일률적으로 단정 지을 수 없어." 퀸이 이야기했다. "얼마 전, TV특집에서 봤는데 영화의 소도구로, 실리콘 고무로 만든 틀을 꽤 사용하나 봐. 그 사람 얼굴에 맞게 특수 분장한 가면 같은 거 말이야. 그밖에도 모형을 좋아하는 사람이라든지, 그렇게 틀을 만드는 일을 하는 사람이 친척 중에 있다든지. 당시의 발굴팀 중에 영상관계자가 섞여 있었을 것 같지는 않지만, 너희들 생각처럼 실리콘 고무로 틀을 뜨는 건 특수한 일이 아니라고 생각해."

"영상관계자……."

히토미는 말문이 막혔다. 퀸이 일부러 한 말은 아니겠지만, 당시의 발굴팀 중에 영상관계자가 정말로 섞여 있었다. 아사이 선생님이 휴대전화에 남긴 메시지가 떠올랐다.

—히토미, 선생님이야. 아사이 선생님. 선생님 말이

지, 어제 방에서 이상한 것을 발견했단다. 20년 전의 비디오테이프야. 제1차 공룡화석 발굴 예비조사단들의 모습을 찍은 것 같았어. ……거기에 글쎄, 공룡이 찍혀 있는 거야. 믿을 수 있니? 공룡이 찍혀 있었단 말이야…….

그 '공룡이 찍혀 있다'는 말은 무슨 뜻이었을까. 설마 진짜 공룡이 찍혀 있을 리가 없다. 절대 없다고 생각한다. 어쩌면……. 그래, 어쩌면 아사이 선생님은 비디오에 실리콘 고무의 공룡 발자국 모양이 찍힌 것을 봤던 게 아닐까. 그것을 '공룡이 찍혀 있다'고 말한 건지도 모른다. 그렇다면 공룡의 발 모형을 만든 사람은 당시 영화부에 있던 하루나 미유키가 된다. 아사이 선생님은 스스로도 열심히 활동하지 않았다고 했으니까, 발자국 모형을 만드는 데는 관여하지 않았을 것이다. 그래서 비디오에 공룡 발자국이 찍힌 것을 보고 '공룡이 찍혀 있다'고 말한 건 아닐까.

—공룡을 찍은 비디오는 이 세상 어디에도 없을 거야. 이걸 소재로 다큐멘터리를 찍어보는 것도 괜찮지 않을까. 이제 바빠질 거야. 각오해. 누가 뭐래도 진짜 공룡이라고!

아사이 선생님의 말을 어떻게 이해해야 할까. 단지 공룡의 발자국을 발견한 것치고는 지나치게 흥분한 것이 아닐까. 겨우 그 정도의 일로 '누가 뭐래도 진짜 공룡이라고!' 라는 말을 할까. 이해할 수 없다. 그런데 아사이 선생님의 컴퓨터에 들어 있던 '며느리발톱'은 이제 설명할 수 있었다. 이자와가 죽은 뒤, 사에키가 포스터를 가지고 떠나기 전에 현장을 촬영했던 게 아닐까. 거기에 '며느리발톱'이 묻은 포스터가 찍혀 있었고 아사이 선생님은 그것을 그려서 컴퓨터에 저장해두었다.

"……."

생각에 잠긴 히토미를 내버려두고 퀸은 자신만만하게 추리를 계속했다. 이런 것까지 설명할 필요는 없다는 식의 말투가 기분 나쁘다.

"다시 말해서, 이런 거라고 생각해. 이자와 씨는 중기의 부속품에 맞아서 돌아가셨어. 그리고 관계자 중 누군가는 공원이 살해 현장이라는 사실을 알리고 싶어 하지 않았던 거야. 그 이유는 모르겠어. 운반한 당사자에게 물어봐야겠지. 그래서 시체를 발굴예정 현장으로 옮겼어. 그리고 강에서 펌프로 물을 퍼 올려 현장에 뿌린 거야. 아까도 말했지만, 그건 알리바이를 위장한다든지, 현장 상황을 혼란시킨다든지 하는 목적으로 하지는 않았을 거야. 그 누군가는 물을 뿌림으로써 이자와가 위조한 공룡 발자국을 지우고 싶었던 게 아닐까. 이유는 모

르겠지만, 이자와의 시체가 발견되면 공룡 발자국을 위
조한 게 문제가 된다고 생각했을 수도 있어. 그러면 발
굴이 다시 중지될 수도 있었겠지. 그래서 발자국 화석이
위조라는 사실이 밝혀지기 전에 지워버리는 게 낫다고
생각한 거야. 사실 일단 진행하기로 결정이 되면 관청사
람 아무도 공룡 발자국이 진짜인지는 신경 쓰지 않았던
것 같지만 말이야. 나도 친척 중에 공무원이 계시거든.
그래서 공무원이 어떤 건지 대충 알아.”

“그 누군가라는 게 누군데?” 사야카가 항의하듯이 소
리쳤다. 포스터 일을 생각하면 그 누군가는 사에키 말고
는 없었다. “그리고 실리콘 고무의 공룡 발자국이 이러쿵
저러쿵 그러는데 말이야. 결국 모두 네 상상에 불과해.
아무런 증거도 없고 실제로는 어땠는지 모르는 거잖아.”

“아무런 증거도 없지는 않아.” 퀸이 즉시 반론했다.
“공룡 발자국이 위조라는 건 이미 충분히 증명되었다고
보는데.”

“……”

소녀들 사이에 멍한 공기가 흘렀다. 히토미가 물었다.

“그게 무슨 말이야? 모르겠어. 공룡 발자국이 위조라
는 게 이미 증명되었다니, 무슨 말이야?”

억누른 말투 속에 생각 이상으로 자신이 짜증내고 있

다는 게 느껴졌다. 아무래도 분노와 짜증은 세 소녀 모두에게 공통된 감정 같았다. 퀸은 왜 이렇게 불쾌감을 줄까.

"오늘 아침, 구름다리에 가봤어. 당연한 일인데, 입구에 통행금지 테이프가 있었어. 하지만 특별히 경찰이 지키고 있지는 않더라고. 너무 소홀한 거 아니야? 위험하잖아. 나는 구름다리를 건널 생각이 없었으니까 상관없지만."

퀸도 소녀들의 짜증을 느꼈는지 말투가 약간 신경질적으로 변했다.

"입구에서 구름다리 모양을 살펴봤어. 분명히 구름다리 앞에서 5미터쯤 갔을 때 공룡의 오른발이, 2미터쯤 더 가자 공룡의 왼쪽 발자국이 보였어. 또 거기서 5미터쯤 되는 곳에 발판이 떨어져 있었고. 너희가 말한 그대로의 상황이야. 그런데 사실 나는 어느 정도 상황을 알고 있었어. 누가 대충 이야기를 해줬거든."

"그게 누군데?" 히토미는 지금 자신은 분명 아르마딜로처럼 기분이 안 좋은 얼굴이라는 생각을 하면서 물었다. "누구야?"

"그리고 구름다리 바로 앞에 있는 질척한 적토도 살펴봤어." 퀸은 히토미의 질문을 가볍게 무시했다. "거기서 한 가지 새로운 사실을 알게 되었는데……."

하지만 이야기는 갑자기 중단되었다. 휴대전화가 울렸기 때문이다.

"……."

퀸은 발신인을 확인했다. 별로 받고 싶지 않은 상대였던 걸까. 미간을 찌푸리고 액정화면을 바라보았다.

"……."

그 모습을 보고 사야카는 신경질적으로 안경을 빼고 눈을 깜빡거렸다.

—와아, 얘가 이렇게 예뻤나!

히토미는 사야카를 보고 놀랐다. 옆에 있던 아유미 역시 놀란 것 같았다. 사야카의 얼굴은 더 이상 어리지 않았다. 불과 하루 동안에 어른의 얼굴이 되어 있었다. 좋아하던 사람에게 배신을 당해 어른이 된 얼굴…….

"잠깐만 전화 좀 받을게."

퀸은 자리에서 일어나 밖으로 나갔다.

"나, 그럴 생각은 없었는데, 보였어. 지금 온 전화번호." 사야카가 천천히 일어나서 굳은 목소리로 말했다. "사에키 선생님이었어. 나, 사에키 선생님 전화번호 대충 알거든."

"……."

히토미도 아유미도 뭐라고 대답할 지 주저했다. 사야
카는 얼굴이 창백했고 눈초리는 올라가 있었다.

"저 탐정 녀석이, 누가 대충 이야기를 해줬다고 했잖
아. 그 누군가는 사에키 선생님 같아. 아까 실리콘 고무
발자국 얘기도 그렇고. 어쩐지 내가 아는 사에키 선생님
과 전혀 다른 사람 같아. 나, 그런 거 싫어. 참을 수 없어.
뭐가 어떻게 된 건지 사에키 선생님을 직접 만나서 확인
해 볼래."

마지막에는 거의 울음이 터질 것 같은 목소리였다. 두
사람을 쳐다보면서 슬금슬금 뒷걸음질 쳤다. 허리가 테
이블 모서리에 부딪쳐서 쾅 하고 소리를 냈다.

"사야카, 같이 가자."

"잠깐만, 사야카."

두 사람은 당황해서 사야카를 불러 세웠지만, 이미 늦
었다. 사야카는 몸을 뒤집듯이 맥도날드를 뛰쳐나갔다.

"감사합니다." 매뉴얼 그대로의 단조로운 점원 목소
리가 등에 울렸다.

"에휴, 못 말려, 정말! 사에키 선생님 일이 되면 이성
을 잃는다니까."

"저 멍청이, 어디로 가는 거야."

두 사람이 서둘러 사야카 뒤를 쫓으려고 허둥거리는

데, 퀸이 돌아와 친한 척 히토미를 부르며 물었다.

"저기, 히토미. 사야카, 왜 저래?"

"아무 것도 아냐."

불현듯 히토미는 표현할 수 없는 혐오감을 느꼈다. 명탐정인 체하는 불쾌한 녀석, 분명히 그렇게 느꼈다. 이 녀석은 자기는 뭐든지 알고 있다고 생각하지만, 사실은 아무 것도 모른다.

"그보다 너야말로 방금 전화 누구야?"

"누구면 어때서. 히토미, 잠깐 있어 봐. 아직 할 얘기가 남았어."

"이 자식이 왜 이렇게 친한 척 하는 거야. 내 친구 이름을 함부로 부르지 말란 말이야, 인마." 아유미가 간만에 폭발했다. "야, 방금 그 전화, 사에키 구니히코 선생님이잖아. 그 선생님이 너 같은 자식한테 무슨 용건이야?"

"너하고는 상관없는 일이야." 퀸은 딱 잘라 말했다. "그리고, 나는 히토미하고 사귀려고 해. 히토미가 좋아졌어. 그러니까 히토미를 어떻게 부르던 너하고는 아무 상관없어."

"기막혀, 정말." 아유미는 험악한 표정으로 퀸을 노려보았다. "그렇다는데. 어떡할래, 히토미?"

"난 그럴 생각 없어." 히토미는 차갑게 받았다. "애랑 사귄다면 아르마딜로랑 사귀는 게 낫겠어."

"아르마딜로가 뭔데?" 퀸은 큰 소리를 냈다. "그렇게 말하는 법이 어디 있어."

"어떻게 말을 하던 차인 거는 매한가지야. 포기해라." 아유미가 지겹다는 듯이 말했다.

하지만 퀸은 포기할 생각이 없어보였다. 갑자기 손을 뻗어 히토미의 어깨를 잡았다. 보통 힘이 아니다.

"아얏."

"가지 마 히토미. 가면 후회할 거야."

"왜, 내가 왜 후회하는데?"

"네가 왜 아사이 선생님의 책상과 컴퓨터를 뒤졌는지, 아사이 선생님이 너의 무엇을 가지고 있는지 대충 짐작이 가. 아사이 선생님은 소문이 많았어. 너, 아사이 선생님한테 쪽팔린 사진 찍혔지?"

"……."

"아사이 선생님이 하드에 너의 그것을 가지고 있다면 한 번 삭제했다고 해서 없어지지 않아. 경찰이 마음만 먹으면 금방 복구할 수 있다고. 나한테 맡겨. 나는 완벽하게 삭제할 수 있어."

"쓸 데 없는 참견 마. 내버려 둬."

"나한테 맡겨." 퀸은 손에 한층 힘을 주었다. 얼굴이 보기 흉했다. "절대 후회 안 할 거야."

"아유미, 도와줘."

아유미가 움직였다. 두 개의 주먹이 피스톤처럼 수차례 퀸의 복부를 강타했다. 근육을 치는 둔탁한 소리가 연속해서 들렸다. 으윽. 퀸이 신음소리를 내며 배를 움켜쥐고 엉덩이부터 떨어지듯이 의자에 주저앉았다.

"괜찮아?"

자신도 모르게 히토미는 퀸의 얼굴을 들여다보았다.

"난, 네가 좋아."

"고마워. 하지만 난, 네가 싫어."

"하나만 가르쳐줄래?"

"뭐?"

"아르마딜로가." 퀸이 식은땀을 흘리면서 물었다. "누구야?"

"가자."

아유미가 히토미를 재촉했다. 둘은 서둘러 맥도날드를 나왔다. 감사합니다. 점원의 밝은 목소리가 들렸다. 그때 히토미의 휴대전화가 울렸다. 발신인은 하루나 미유키였다.

"예, 히토미입니다."

"지금은 아무것도 묻지 말아줘. 그저 듣기만 해. 왜

이렇게 되었는지는 이따가 설명할게." 하루나 미유키는 담배 때문에 쉰 목소리로 말했다. "네 삼촌, 다도코로 씨가 습격당했어. 칼로 복부를 찔렸단다."

"……."

정신이 멍해졌다. 휴대전화를 끊었다.

"삼촌……."

뭐지? 뭔가가 걸렸다. 뭔가가 걸리는데, 그게 뭔지 알 수 없었다.

공룡아, 내가 구해줄게.


1

"병원은 금연입니다."

지나가던 간호사가 주의를 주었다.

"그래요? 알겠습니다."

복도 소파에 앉아 있던 하루나 미유키가 운동복 주머
니에서 휴대용 재떨이를 꺼냈다. 간호사가 지나가자 미
유키는 재떨이를 도로 집어넣고 태연하게 담배를 계속
피웠다.

"미유키 씨."

히토미가 말을 걸자 자리에서 일어났다. 히토미의 옆
에 서 있는 아유미를 발견하고는 표정이 바뀌었다.

"참 예쁘게 생겼구나." 아유미에게 말했다. "영화나
TV에 나간 적 있니?"

"없어요." 아유미는 딱딱하게 대답했다. "지금 그런 말씀 하실 때에요? 히토미 삼촌이 더 급하잖아요."

"그야 그렇지." 하루나 미유키는 산뜻하게 자신의 잘못을 인정하고 히토미를 쳐다봤다. "네 삼촌이 내가 묵는 호텔에 찾아오셨어. 20년 전 화석 발굴에 관해서 듣고 싶다고. 그때 우리 영화부가 발굴현장을 비디오로 찍은 걸 누구한테 들었나 봐. 그래서 로비에서 만나 이야기를 했지. 가지고 있는 사진도 보여드렸고. 그런데 갑자기 로비에 어떤 여자가 들어오더니, 과일용 칼로 다도코로 씨를 찌르는 거야."

"여자가……."

의외였다. 다도코로 삼촌은 이가라시 현회의원에게 거역할 생각이었다. 그의 잘못을 폭로할 거라고 단언했다. 그래서 히토미는 틀림없이 이가라시 부하나 누군가에게 찔렸다고 생각했다. 그런데…….

"자세한 건 다도코로 씨한테 직접 듣는 게 좋겠어. 걱정할 정도의 상태는 아닌가 봐. 면회도 가능한 것 같고. 삼촌 뵙고 오렴."

"예, 그럴게요."


병실에 들어가자 침대 옆에 앉아 있던 여자가 당황해

서 머리를 숙였다. 처음 보는 사람이었다. 하지만 그 여자가 다도코로 삼촌과 같이 사는 사람이라는 걸 바로 알 수 있었다. 엄마 이야기를 듣고 좀더 화려한 사람을 상상했는데 작은 체구에 평범한 얼굴이었다. 어딘지 모르게 생기가 없어보였다.

"오, 왔구나."

다도코로 삼촌은 히토미를 보고 웃었다. 배에 감은 붕대를 보니 불쌍했다. 어쩐지 몸이 한층 작아진 것 같았다.

"별 거 아니다. 일부러 오지 않아도 괜찮은데."

"천천히 있다 가요."

여자는 자연스럽게 자리를 피하며 병실을 나갔다. 히토미가 의자에 앉았다. 이른 아침부터 돌아다녀서 몸이 피곤했다. 돌려서 말할 기분이 아니었다.

"방금 저 사람한테 찔렸다면서요?" 단도직입적으로 물었다. "뭐가 이래요? 현회의원 부하나 누군가한테 찔린 줄 알았어요. 삼촌, 멋지다고 생각했는데."

"꼴사납니?"

"예, 너무요."

"그렇구나. 하긴 그럴 만도 하지. 헤어지지자는 얘기가 꼬여서 말이지. 전부터 좀 시끄러웠는데, 결국 이렇게 되었구나." 다도코로도 중학생 조카를 상대로 적당히 돌려 말할 생각은 없는 것 같았다. "말하자면, 치정이 얽혔다고나 할까."

"자업자득이에요."

"그래, 자업자득이다." 다도코로도 순순히 긍정했다.

"아팠어요?"

"별 건 아닌데, 아프긴 아팠지." 다도코로는 얼굴을 찡그렸다. "이가라시 현회의원을 상대하려면 혼자인 게 나을 거 같아서, 헤어지자고 했는데……. 결국 내 멋대로 생각했나 보다. 말하자면, 이가라시 현회의원의 일을 헤어지는 구실로 사용했던 거지."

"형편없네요."

"그래, 삼촌은 형편없는 사람이야."

"그 여자 분이 싫어진 거예요?"

"그렇진 않아. 좋아하지. 정말이지 너무 좋아한단다. 좋아하는 마음이 어떻게 할 수 없을 지경에까지 와버려서 괴로웠어. 삼촌은 겁쟁이라 그 괴로움을 견딜 수가 없었단다. 그래서 이렇게 되었지."

"여보세요, 삼촌. 이거 보여요?" 히토미는 다도코로의 얼굴 앞에 손을 흔들었다. "지금 삼촌이 이야기하는 상대는 귀여운 열네 살짜리 조카인데요."

"넌, 이제 어른이다. 우리들 그 누구보다도 어른이야.

삼촌은 그렇게 생각한다.”

“그래서 저 여자 분은 어떻게 되는 거예요?”

“어떻게든 불기소처분 되도록 힘써볼 생각이다. 그리고 무릎을 꿇어서라도 삼촌한테 돌아와 달라고 부탁할 거다.” 다도코로는 먼 곳을 바라봤다. “갑자기 묘한 생각이 들었는데 말이지. 결국 이번 일이 여러 사람들의 마음을 움직인 게 아닌가 싶구나. 하지만 아무도 그 마음의 움직임에 충실하지 못했어. 진짜 자신의 마음을 안다는 건 괴로운 일이니까.”

“……”

“그래서 모두 그 괴로운 마음을 저 멀리 어딘가에 있는 공룡한테 떠넘긴 게 아닐까. 그런 생각이 들더구나. 불쌍하게도. 공룡은 아무 죄가 없는데.”

“걱정 마세요. 공룡은 제가 구해줄 거예요. 어릴 때 약속했거든요.” 눈 속에서 저녁놀이 펼쳐졌다. 그 저녁놀을 향해서 중얼거렸다. “어려운 일이 생기면 내가 도와줄게. 언제든지 말해. 알았지, 공룡아? 약속이야.”

“……”

다도코로는 의아한 얼굴로 히토미를 쳐다봤다. 어릴 적 옛날이야기를 듣는 표정이다. 그때 병실 문이 커다란 소리를 내면서 열렸다. 화려한 원색을 두른 물체가 실내

278

에 뛰어들어 다도코로를 향해서 돌진했다.

"신지." 다도코로에게 안긴 것은 히토미의 엄마였다. "괜찮니?"

"누나." 다도코로도 누나를 안고 있었다. "와줬군요."

두 사람은 부둥켜안고 엉엉 울었다. 히토미는 그저 얼떨떨해서 그 모습을 바라보고 있었다.

"미안해, 신지. 이렇게 될 때까지 내버려 둬서."

"누나, 내가 더 미안해요. 괜한 오기 부려서."

히토미는 두 사람을 남겨놓고 병실을 나왔다. 이제 히토미가 관여할 일은 없다. 엄마와 삼촌, 둘이서 해결해야 한다. 하지만 이번 일을 계기로 엄마와 삼촌이 화해하지는 않을 것이다. 그런 일은 없을 거라는 걸 알만큼, 히토미는 성장했다. 인생은 생각처럼 단순하지 않다. 이 세상 그 어떤 일도 간단히 해결되지는 않는다. 그런데 이번 일은 최소한 엄마와 삼촌의 마음을 움직였다. 그 점이 중요하다.

—결국, 이번 일이 여러 사람들의 마음을 움직인 게 아닌가 싶구나. 하지만 아무도 그 마음의 움직임에 충실하지 못했어. 진짜 자신의 마음을 안다는 건 괴로운 일이니까.

삼촌의 말이 메아리처럼 울렸다. 내 진짜 마음은 어디

에 있을까? 어떻게 하면 마음의 변화에 충실해질 수 있을까? 히토미는 스스로에게 끊임없이 물었다.


2

하루나 미유키와 아유미가 복도에 서 있었다. 창문으로 들어온 햇빛이 두 사람 주위를 감싸 안았다. 담배연기가 스크린처럼 퍼졌다. 빛 속에 있는데도 두 사람의 모습은 그림자처럼 흐릿하다. 천천히 두 사람의 모습이 흔들렸다. 마치 여자들을 테마로 한 옛 영화를 보는 것 같았다.

아유미가 히토미를 바라보았다. 따사로운 햇살 안에서 아유미의 미모는 더욱 완벽해보였다. ‘처절’ 이라는 단어가 떠올랐다. 애처롭다는 뜻일까. 무시무시할 정도의 미모……. 아유미는 약간 창백했다. 생각의 바다에 완전히 빠져 있었다. 아유미 속에서 마음이 움직이는 것 같았다. 그 움직이는 마음을 열심히 지켜보려고 하고 있다.

“히토미.”

아유미가 손에 든 사진을 내밀었다.

“오늘 아침, 중학교 영화부 교실에 가봤거든.” 하루나 미유키가 말을 하자, 입에 문 담배가 입술 사이에서 상하로 움직였다. "그런데, 그 사진이 있더구나."

"……."

히토미는 사진을 응시했다. 디지털 사진이 아니었다. 오래 된 아날로그 사진이었다. 카비네판이라고 해야 할까. 사진은 희미하게 암갈색으로 변해 있었다.

'제1차 공룡화석 발굴'이라고 쓰인 현수막을 배경으로 젊은이들이 찍혀 있었다. 앞줄의 젊은이들은 앉아 있고 뒷줄은 서 있었다. 작업복에 청바지, 그리고 헬멧을 쓴 젊은이들이 많았다. 여자는 조금이었고 대부분이 남자였다. 몇 명은 쇠망치를 들었다. 아마 그 속에 사에키 구니히코와 이자와 기미오의 모습도 섞여 있겠지만, 모두 비슷해보여서 잘 구별이 가지 않았다.

그들 뒤에 파워셔블이 한 대 있었다. 운전석에는 아유미가 앉아 있었다. 밝게 웃는 모습이 아름다웠다.

"……."

히토미는 고개를 들어 아유미를 쳐다봤다. 두 사람은 서로의 얼굴을 가만히 응시했다. 이 사람이 아유미일 리가 없어. 히토미는 생각했다. 20년 전에는 아유미는 아직 태어나지도 않았다. 지금도 닮았지만, 젊은 시절 아유미의 엄마는 지금의 아유미와 똑같다.

"거기 나도 찍혔어. 기록영화를 촬영하기 위해 참가

했었거든. 지금으로 치면 자원봉사지. 그때는 젊었어. 아사이가 발견했다는 비디오는 그때 찍은 것일 텐데, 결국 찾지 못했어.” 하루나 미유키가 당시의 자신을 떼어내듯이 말했다. “물론, 아사이가 말한 것처럼 공룡이 찍혔다는 건 말도 안 돼. 근데 뭐가 찍혔는지, 기억이 안 나…….”

“공룡 발자국은 아닐까요?” 히토미가 물었다. “공룡 발 모형 같은 것도 만들었어요?”

“발굴팀원 중에 이자와라는 사람이 있었어.” 하루나 미유키는 입술을 달라붙은 담배 가루를 손톱으로 떼어 냈다. “똑똑하고 날카로운 사람이었어. 그러면서 여자한테는 어리광을 잘 부렸지. 나는 중학생이었지만 아아, 이 사람은 여자들한테 인기 있는 남자구나, 라는 생각을 했어. 재능 있고 나르시스트에다가 여자한테 어리광을 잘 부리는 사람. 최악의 상대지. 그런 남자를 만나면 여자는 무조건 도망치는 게 좋아. 당시의 발굴팀에는 그 지역 여자들이 자원봉사로 참여했었어. 여자들은 모두 이자와한테 반해버렸지.”

하루나 미유키는 고개를 들어 아유미를 쳐다봤다. 아유미는 그 시선에 기죽지 않았다. 똑바로 응시하는 시선이 아름답다.

"저는 공룡 발 모형에 관해서 여쭤봤는데요." 두 사람의 시선에 끼어들며 히토미가 말했다. "실리콘 고무, 그런 걸로 공룡 발 모형 같은 걸 만들었어요?"

"만든 것 같은데. 내가 만든 건 아니고, 이자와라는 사람이……. 당시 「스타워즈」나 「런던의 늑대인간」의 영향을 받아서 고무가면이나 특수 메이크업 정보가 일본에 대량으로 들어왔거든. 나는 할리우드를 동경했어. 그래서 실리콘 고무 등을 사서 방에 두었지. 이자와한테 그 이야기를 한 적이 있어. 어느 날, 이자와가 방에 와서 실리콘 고무를 가지고 가더라. 지금 생각하면, 그건 공룡화석 발굴이 중지될지도 모른다는 소문이 떠돌기 시작했을 때였어. 이자와는 그때 공룡 발 모형을 만들었던 게 아닐까. 그 사람이라면 충분히 가능성이 있거든. 그런 느낌이 들어."

하루나 미유키는 수차례나 고개를 끄덕거렸다. 주머니에서 휴대용 재떨이를 꺼내더니 담배를 비벼 껐다. 다시 아유미의 얼굴을 쳐다보고는 거칠게 말했다.

"갈까, 아가씨들." 그녀에게 아주 잘 어울리는 말투였다. "이제 슬슬 결말을 짓자고."

"감사합니다." 아유미가 히토미의 마음을 대변하는 것처럼 말했다. "하지만 저희는 저희들 힘으로 할 수 있는 데까지 해보고 싶어요. 걱정해주셔서 감사하지만요."

평소처럼 말을 거칠게 하는 아유미가 아니었다. 다른 사람처럼 공손한 일본어였다. 하루나 미유키는 아유미를 가만히 응시했다.

"그래. 벌써 열네 살인데. 하지만 아직 어른은 아니란다. 그건 잊지 마. 조심해. 너희는 아직 어른이 아니야."

"그래도 우리는." 히토미가 말했다. "어른이 될 때까지 기다릴 수가 없어요."

두 사람은 누가 먼저랄 것 없이 재촉하며 걸어갔다. 이제 사야카를 찾아야 한다. 그리고 셋이서 결말을 지어야 한다. 걸으면서 아유미가 말했다.

"오빠가 죽기 전에 수혈을 받기도 하고, 좀 힘든 일들이 많았어. 그러다가 아빠 아들이 아니라는 걸 알게 되었지. 아빠는 그 뒤로 가족에게 마음의 문을 닫아버리셨고. 아빠는 즐겁게 낚시를 하는 게 아니야. 어쩔 수 없어서 하는 거야. 아빠는 괴로워하셔. 엄마도 괴로워하시고……. 그러면 딸인 나도 괴로워해야 하는 걸까?"

뜻밖의 이야기였다. 놀라야 할까. 하지만 놀라지 않았다. 처음 듣는 이야기인데도, 오래 전에 들은 이야기 같다.

"그렇지 않아." 히토미는 고개를 저었다. "절대 그렇지 않아."

"나는 그 얘기를 아빠한테 들었어. 형편없는 아빠야. 정말 형편없어. 그런 일을 꼭 딸에게 말해야만 했던 걸까. 아빠도 엄마도 괴로운 건 알겠는데, 나는 부모님 때문에 괴로워하고 싶지 않아. 나는 오빠 대신에 뛰는 게 아니야. 자신을 위해서 뛰는 거야. 그렇잖아, 히토미. 죽은 오빠가 뛰는 것도 아니고, 부모님들이 뛰는 것도 아니야. 바로 내가 뛰는 거라고."

─아유미, 나도 최선을 다해서 같이 달릴게. 괜찮지? 우리는 친구니까…….

히토미가 가슴 속으로 중얼거린 말은, 결국 입 밖에 내지 못했다. 가슴 속에 조용히 울리며 어디론가 사라졌다.


3

"사야카, 전화 좀 받아!"

"도대체 애는 뭐하는 거야."

둘은 병원을 나와서 계속 사야카에게 전화를 했다. 휴대전화 전원이 꺼져 있었다. 결국 수차례 끝에 겨우 연결되었다.

"사에키 선생님을 뵈러, 지금 도다니계곡에 가려고. 거기서 만나자." 사야카는 서두르는 것 같았다. 재빨리

말하고는 잠시 망설인 후에 덧붙였다. "아유미 엄마도
오실 건가 봐."

"……."

히토미는 전화를 끊었다. 반사적으로 아유미를 쳐다
봤다. 아유미는 표정이 약간 굳었지만 아무 말도 하지
않았다. 빨리 가는 게 좋겠어. 그 말밖에 하지 않았다.

"택시, 탈까?"

"응, 그러자."

히토미는 전혀 머뭇거리지 않았다. 도로로 뛰어나가
오른팔을 번쩍 들었다. 택시가 갓길에 멈췄다.

"깜짝 놀랐어. 나 혼자서 택시 잡은 건 처음이야."

택시 뒷좌석에 앉아 흔들리며 히토미는 놀라운 목소
리로 말했다.

"아마 어제와 오늘 있었던 일은 평생 잊지 못할 거야."
아유미가 말했다. "이틀 동안 우리는 어른이 되었잖아."

"어른이 된다는 건." 히토미가 말했다. "어쩐지 조금
슬픈 것 같아."

"그런가." 아유미가 조금 딱딱한 표정으로 말했다.
"난 그렇지 않아. 빨리 어른이 되고 싶어."

도다니계곡 앞에서 택시를 내려 서둘러 구름다리로
향했다. 벌써 오후 4시가 다 되었다. 어둠이 다가오고 있

었다. 파르스름한 빛 속을 바람이 지나갔다. 도다니계곡은 항상 바람이 분다. 그 바람 속을 서둘러 뛰어갔다.

불과 하루가 지났는데도 벌써 계곡에 경찰들의 모습은 보이지 않았다. 구름다리의 양측에 파란 테이프를 둘렀다. 계곡에서 올라온 바람이 테이프의 가장자리를 흔들었다. 쓸쓸하다. 뭔가가 끝나버렸다.

—끝난 건 우리들의 소녀시절인지도 몰라.

바람의 저편으로 영원히 가버렸다는 느낌이다.

구름다리 앞에 사에키 구니히코와 아유미의 엄마가 바싹 붙은 것처럼 서 있었다. 바싹 붙은 것처럼. 불과 10센티 정도 떨어진 두 사람의 몸은 정신적인 거리감을 표현하는 것 같았다. 10센티의 간격에도 바람은 들어갔다. 두 사람으로부터 약간 떨어진 곳에 사야카가 서 있었는데 안경은 끼고 있지 않았다. 사에키는 사야카에게 무슨 말을 하고 있었다. 히토미와 아유미가 다가가자, 점차 그 목소리는 또렷하게 들렸다. 달리던 것을 멈췄다.

"…… 그 사진을 보고, 아사이 선생님은 이사나 레이코 씨에게 연락을 했다."

처음에 들려온 사에키의 말이다.

—이사나 레이코가 누구지?

히토미는 아유미를 바라보았다. 아유미의 표정으로 이

사나 레이코가 아유미의 엄마라는 사실을 알 수 있었다.

"레이코 씨하고 따님은 똑 닮았어. 그리고 딸인 아유미는 전교생이 알 정도로 유명하잖니. 20년 전의 사진에 그녀의 모습이 찍혀 있으면, 아사이 선생님이 아니더라도 그게 아유미의 엄마라는 걸 금방 알 수 있었을 거다. 아사이 선생님은 공룡 건으로 유난히 흥분 상태였고. 그외에 다른 뜻은 없었다고 생각한단다. 그냥 이야기를 듣고 싶었을 거야. 그래서 사진에 찍힌 레이코 씨에게 연락을 한 거겠지. 하지만 레이코 씨에게는 견딜 수 없는 일이었어. 본인의 비밀이 밝혀지는 건 아닐까 두려워했지⋯⋯."

"비밀이라고?" 아유미는 걸어가면서 멀리 떨어진 엄마에게 말을 걸었다. "엄마, 그게 무슨 말이에요?"

엄마는 대답하지 않고 딸을 쳐다보지도 않았다. 더더욱 사에키의 그늘 뒤로 숨었다. 마치 아버지의 보호를 바라는 어린 소녀처럼.

아버지가 소녀를 대신해서 대답했다. 아버지는 소녀보다 더 피곤해보였다. 바람에 날려 어찌할 바를 모르는 것 같았다.

"20년 전, 레이코 씨는 이자와를 사랑하고 있었다. 이자와는 여자들한테 인기가 있었지. 발굴팀원 중에서 이자와와 관련이 있던 여자들이 더 있을지도 모르겠구나. 하지만 정말 사귄 사람은 레이코 씨 한 사람이었을 거다. 하지만 사귄다고 해도 이자와는 여자보다 공룡이 훨씬 중요했겠지. 이자와는 여자한테 냉담한 남자였거든. 나가노 교수님은 이자와가 위조한 발자국 화석 처리에 고심하셨단다. 화석 발굴을 계속할 수 있게 된 건 다행이었지만, 위조한 일이 시의 교육위원회에 알려지면, 당연히 문제가 되니까. 하긴 나가노 교수님도 보통 분이 아니셨다. 일단 발굴이 시작되면 발자국 화석 일은 적당히 넘겨버릴 자신이 있었던 모양이야. 하지만 가까이에 이자와를 두는 건 곤란했지. 그래서 이자와를 미국에 유학 보내는 이야기가 나오게 된 거다. 지금도 그런 생각이 드는데, 어쩌면 이자와는 그런 것까지 예상하고 발자국 화석을 위조한 것은 아닐까 싶구나. 그 녀석은 섬뜩할 정도로 머리가 잘 돌아갔으니까. 사실 비가 오던 그날 밤, 무슨 일이 있었는지 나도 모른단다. 모두 흩어져서 이자와를 찾았어. 그러다가 레이코 씨를 만났다. 레이코 씨는 공원에서 이자와를 만났다고 하더군. 둘이서 많은 이야기를 나눈 것 같았어. 단지 내 상상이지만. 아, 따님 앞에서 이런 말 하는 건……."

"저는 신경 쓰지 말아주세요." 아유미가 다시 공손한

말투를 사용했다. "저한테는 5살 많은 오빠가 있었어요. 벌써 오래 전에 죽었지만, 입원했을 때 오빠가 친아들이 아니라는 걸 알았어요. 아빠는 그 일로 고민하시는 것 같았지만 저는 신경 쓰지 않아요. 아니, 신경 쓰지 않도록 하고 있어요. 엄마도 한 사람의 여자였구나라고 생각할 뿐이죠. 사랑을 하는 한 사람의 여자였구나 하고."

사에키는 찬찬히 아유미의 얼굴을 바라보았다.

"이자와는 무슨 일이 있어도 미국 유학을 가겠다고 한 것 같더구나. 레이코 씨는 자신과 아이를 위해서 남아달라고 했어. 그런 이야기였을 거다. 그래서…… 이제 좀 미묘한 이야기가 되는데, 레이코 씨는 장난삼아 곧잘 중기 위에 타곤 했어. 운전하며 움직이는 건 아니지만 중기의 팔 등을 조작하곤 했단다. 사진에도 레이코 씨가 파워셔블을 타고 있지 않니. 그때도 이야기를 하다가 파워셔블에 탄 것 같구나. 이야기는 복잡해졌고, 조금 머리를 식히려고 했나 봐. 이자와는 중기 앞에 서 있었고, 레이코 씨는 평상시처럼 장난삼아 중기 팔을 움직였어. 그리고 크롤러도 조금 앞으로 움직여보고. 하지만 그때는 운전석에 있는 상부선회 부분이 역방향을 향하고 있었던 거야. 크롤러를 조작하는 레버가 반대가 되지. 다른 때하고는 상황이 달랐던 거다. 레이코 씨가 생각했던 방황과는 정반대로 기계가 움직였단다. 중기 팔에 장착된 브레이커가 이자와를 내리쳤고, 이자와의 몸을 중기가 덮쳤어. 말하자면 사고였던 거지. 레이코 씨는 그렇게 말하는구나."

마지막 말이 기묘하게 울렸다. 레이코 씨는 사고였다고 말하고 있다. 사에키는 그 말을 믿는 걸까. 의혹을 품은 걸까. 아니면 어느 쪽이든 상관없다고 생각한 걸까.


4

사에키는 말을 계속했다.

"레이코 씨는 자신의 뱃속에 아기가 있다고 했어. 경찰조사는 견디지 못한다고, 도와달라고 했지. 나는 나가노 교수님께 의논을 드렸다. 나가노 교수님은 곧장 이자와의 시체를 공원에서 발굴현장으로 운반하자고 하셨어. 교수님과 둘이서 이자와가 위조한 발자국 화석을 정과 쇠망치로 없앴단다. 물론 흔적은 남지. 그래서 그 위에 시체를 놓고 강물을 뿌리기로 했다. 그러면 시체가 '사고'를 당한 상황을 여러모로 속일 수 있고 흔적도 완전히 없앨 수 있었으니까. 일석이조였지. 우리는 실행에 옮겼고 레이코 씨는 먼저 집에 돌려보냈지. 그리고 다시는 만나지 않았어. 그런데 나가노 교수님도 나도 직접 얘기하지는 않았지만, 암묵적으로 공룡의 짓처럼 보이게 하려는 마음이 있었던 것 같구나. 어째서 그런 당치도 않은 생각을 했는지…… 나 자신도 알 수 없지만, 분명 그런 마음이 있었어. 공룡에 대한 애증 비슷한 느낌 때문이었을까. 언젠가 나가노 교수님께 여쭤보려고 했었다. 하지만 나가노 교수님은 돌아가셨지. 교수님은 대체 무슨 생각으로 그러셨는지……. 나는 지금도 그 일이 마음에 걸리는구나."

히토미는 사에키의 이야기를 들으면서 왠지 짜증이 났다.

"아사이 선생님이 레이코 씨, 그러니까 아유미 엄마한테 전화하신 거죠? 아직 그 비디오는 찾지 못했지만 방에서 나온 비디오에 뭔가가 찍혀 있던 것 같은데요. 그래서 그걸 보고 함께 찍힌 아유미 엄마에게 연락을 했다. 그런 거죠?"

"그래, 그렇게 된 거다. 레이코 씨한테 그 일로 연락을 받았을 때 나는 마침 도쿄에 있었어. 레이코 씨는 전화기 너머로 울고 있었지. 나는 서둘러 K시에 가기로 했다. 아사이라는 사람이 방에 있다는 공룡 발자국 모형에 대해서도 얘기했다더구나. 이제 와서 20년 전 공룡 발자국이 가짜이든 뭐든 상관없지만, 그런 일로 '사고'를 다시 문제 삼으면 곤란했다. 그런데 내가 K시에 도착했을 때는 이미 아사이 씨는 죽었더구나. 레이코 씨는 아사이 씨가 불러서 발굴현장에 같이 갔다고 했어. 그때 아사이 씨는 고무 같은 걸로 만들어진 도다니룡의 왼쪽 발 모형을 들고 있었다더구나. 20년 전에 발굴현장에 위조한 발자국은 용각류였기 때문에 고무 발자국은 두 종류 있었다는 게 되는데……. 아사이 씨는 구름다리에 도착해서 공룡 발 모형으로 뭔가를 하고 있었다고 했어. 레이코 씨는 본능적으로 거부감이 들어서 좀 떨어져 있던 것 같고. 그래서 아사이 씨가 구름다리 위에서 무엇을 했는지는 잘 알 수 없구나. 아마 그때 아사이 씨는 구름다리에 공룡 발자국을 남겼을 거야. 그리고 아사이 씨는 레이코 씨를 불러 함께 구름다리를 건너려고 했다. 그런데 아사이 씨가 갑자기 키스를 하려고 한 거야. 레이코 씨는 반사적으로 아사이 씨를 밀치고는 도망쳤어. 설마 그런 일로 아사이 씨가 구름다리 위에서 떨어졌다고 생각하지는 않지만……. 그 뒤 무슨 일이 있었는지 레이코 씨도 몰라. 뒤도 안 돌아보고 도망쳤으니까. 레이코 씨는 전화를 받았을 때 설마 아사이 씨가 죽었다고는 생각하지 못했단다. 다음날 아침, 경찰 연락을 받고 나갔을 때는 잘

못 들은 줄 알았다. 아사이 씨가 구름다리에서 떨어져 죽었다니. 그것도 공룡의 범행처럼 되어서 말이지. 어떻게 이해해야 할지 모르겠더구나.”

“그래서 결국 사에키 선생님은 그 구름다리의 상황을 어떻게 보시는데요?”

히토미가 물었다.

“어떻게 보냐고 물어도, 뭐가 뭔지 모르겠더구나.” 사에키는 쓸쓸하게 웃었다. “그런데 오늘 점심 무렵쯤, 기미오라는 남학생이 전화를 했어. 내가 아주 잘 아는 남학생이란다. 머리가 좋고 세상살이에 능하지. 약간 이자와랑 비슷해, 이자와 같은 오싹함은 없지만. 그 학생이 자신의 추리를 얘기해주더군.”

“퀸은 왜 그랬을까요?”

“그러니까 그 애는 중학생이지만 처세에 능하다고 했잖니. 미래의 꿈 중에 미국 대학의 교수 눈에 띄어서 고생물학을 전공하는 것도 포함된 게 아닐까.”

“……”

세 소녀들은 서로를 쳐다봤다. 오늘 점심이라면 퀸과 만난 직후다. 아유미에게 얻어맞고 쓰러져 있을 무렵인데, 지치지도 않고 계속 활동을 하고 있었나보다. 분명 퀸은 명탐정일지도 모른다. 부르지도 않았는데 어디든지 끼어들고 무슨 일을 당해도 결코 주저앉지 않는다.

"그 전화를 받고 나서." 사에키는 턱으로 사야카를 가리키며 말했다. "사야카가 공룡 일에 대해 할 얘기가 있다며 호텔로 찾아왔어. 마침 레이코 씨하고 도다니계곡에서 만날 약속이 있었기 때문에 함께 오게 되었고⋯⋯."

"선생님 방에서 화장실을 빌렸어."

사야카가 묘한 웃음을 지었다. 어색한 말투가 부자연스럽다. 하지만 지금은 사야카의 일보다 사에키의 이야기를 듣는 것이 먼저다.

"그래서 퀸은 선생님께 뭐라고 했어요?"

히토미는 사에키를 재촉했다.

"기미오의 추리에 따르면, 구름다리 앞에서 5미터, 7미터에 찍힌 공룡 발자국은 아사이 씨가 만든 게 아니냐고 했다. 그런데 왜 아사이 씨가 그런 짓을 했을까. 그것들이 처음부터 구름다리에 찍힌 발자국과 같은 건지 시험해본 건 아닐까. 구름다리 어디에 본래의 발자국이 있었을까? 발판이 한 장 계곡에 떨어졌어. 거기에 공룡 발자국이 남아 있었잖니. 기미오는 그게 원래부터 있던 발자국이라고 하더구나. 원래라면 20년 전이지. 그 발자국은 발판 뒷면에 찍혀 있었어. 발판의 앞면과 뒷면은 변색 정도가 미묘하게 다르단다. 색이 차이가 나지. 공룡 발자국이 찍혀 있던 건 뒷면이었다. 그래서 지금까지 발자국이 남아 있다는 걸 아무도 몰랐던 거야. 어쩌면 영화부의 예전 비디오에 그게 찍혀 있던 게 아닐까 싶구나. 그래서 아사이 선생님은 비디오에 공룡이 찍혀 있다고 한 게 아닐까,라고 기미오는 말을 하던데."

"뒷면에……."

히토미는 멍하니 중얼거렸다. 떨어진 발판에 남아 있던 공룡 발자국은 판자 앞면에 찍혀 있던 걸까, 아니면 뒷면에 찍혀 있던 걸까? 사소한 일일지 모르지만, 어쩐지 중요한 일 같았다.

―공룡 발자국이 발판 뒷면에 찍혀 있었다는 것은…… 모든 게 반대가 된다는 거니까…… 거기에 찍힌 사람의 손가락 자국 네 개도 뒷면이었다는 게 된다. 그러면, 사람의 엄지손가락은 윗면에 찍혀 있던 게 되고…… 발판에 있는 밧줄의 절단면도 위에서 아래로 잘린 게 아니라, 밑에서 위로 잘린 게 되어서…….

자연히 손이 그 모양이 되었다. 엄지손가락이 위로, 네 손가락이 아래로…….

"앗."

머릿속에 한 가지 생각이 번뜩였다. 자신도 모르게 고개를 들었다. 사야카와 눈이 마주쳤다. 두 사람의 시선이 허공에서 얽히고 동시에 입을 열었다.

"도다니룡은 범인이 아니야!"


**5**

"그래, 맞다. 도다니룡은 범인이 아니야. 도다니룡이 아사이 씨를 습격하고, 며느리발톱으로 밧줄을 잘라 발판이 떨어진 것도 아니고, 아사이 씨가 발판에 매달리다가 손가락 자국을 남긴 것도 아니란다. 아마 아사이 씨는 발판 위에 무릎을 꿇었던 것 같아. 발판 뒷면에 찍힌 공룡의 발자국을 확인하려고 한 거야. 구름다리의 발판 뒷면을 확인하려면 그 가장자리에 붙은 밧줄의 아래쪽으로 칼을 넣어서 위로 자르겠지. 그리고 발판의 뒷면에 손가락 네 개를 집어넣고 앞면은 엄지손가락으로 잡아서 들어 올렸을 거다. 그리고 옆에서 발판 뒷면을 들여다보며 발자국이 남아 있는지 확인했을 거야. 도다니룡의 며느리발톱이 이러니저러니 하는 건 아무 상관이 없어. 그리고 역시 기미오가 한 이야기인데, 만약 도다니룡이 아사이 씨를 습격했다면, 그 중심이 된 왼쪽 발자국은 더 선명하게 발판에 남아 있어야 한다고 말했어. 뛰어오를 때, 당연히 중심이 된 다리에 힘이 들어 있을 테니까. 도다니룡은 범인이 아니다. 범인일 리가 없어."

사에키는 고개를 끄덕였다. "저 구름다리는 본래 제1차 발굴 프로젝트가 시행될 당시, 현장에 자재를 실어 나르 거나 발굴표본을 반출하기 위해서 다른 로프웨이와 함 께 만들어졌단다. 그래서 구름다리 판자들은 현장에 산 처럼 쌓여 있었어. 20년 전, 이자와는 시험 삼아서 그 판 자에 실리콘 고무의 발자국 모형을 찍어봤을 거다. 왜 이자와가 그런 짓을 했는지는 알 수 없지만. 그리고 또 기미오가, 아무런 확증은 없지만 이자와는 사람들을 속 이기에 더 좋은 발자국을 찾으려고 한 것 같다고 했어. 이자와는 도다니룡의 발자국을 위조하는 게 나은지 아 니면 마쓰야마룡의 발자국이 더 나은지 찍어보았고 그 결과, 마쓰야마룡이 더 그럴듯하다고 판단한 거야. 그리 고 발자국을 찍어봤던 판자는 구름다리의 발판으로 사 용되었다. 단순히 그런 거라고 말하더구나."

"모르겠어요." 아유미가 낮고 억눌린 목소리로 말했 다. "그럼 아사이 선생님은 왜 계곡으로 떨어졌을까요?"

"그건 뭐라 말할 수 없는데. 레이코 씨가 아사이 씨를 밀쳐버렸기 때문은 아니야. 아사이 씨는 실수로 구름다 리에서 떨어졌는지도 모르지."

아무 말이 없던 아유미의 엄마가 비로소 입을 열었다.

그 자리에 있으면서 다른 장소에 있는 것처럼 두둥실 떠다니는 말투였다. 묘하게 현실감이 적다.

"사에키 씨, 전 또 당신의 도움을 받았어요. 20년 전에도 도와주셨는데, 이번에도……. 저는 언제나 당신의 도움만 받고 있네요. 정말 뭐라고 감사의 말을 드려야 할지 모르겠어요."

"당신에게 고맙다는 말을 들을 생각은 없습니다. 그런 건 바라지 않아요." 사에키는 수줍게 웃었다. "레이코 씨, 저는 당신을 계속 좋아했으니까요. 20년 전부터 계속 당신을 좋아했어요."

"사에키 씨."

아유미의 엄마 표정이 변하더니 사에키 쪽으로 걸음을 내딛었다. 그때 웃음소리가 들리지 않았다면, 그녀는 정말로 사에키의 품에 뛰어들었을 것이다. 폭발하는 듯한 웃음소리. 아유미였다. 뭐가 그리 웃긴지 계속 깔깔거렸다. 언제나 쿨한 아유미로서는 상상할 수 없는 웃음이었다. 다른 사람들은 그런 아유미를 그저 멍하니 바라볼 뿐이었다.

"아유미, 그만 해." 참다 못한 아유미의 엄마가 나무랐다. "왜 웃는 거니? 사에키 씨한테 실례잖니."

"대체 뭐가 실례라고." 아유미는 계속 웃었다. "그러세요?”

“아유미.”

“엄마.”

아유미의 목소리가 바뀌었다. 이제 웃지 않았다. 절실한 음색은 오히려 울고 있는 것 같다.

“그만 좀 해요. 똑바로 현실을 보세요. 엄마랑 사에키 씨 사이에 사랑은 없어요. 그게 무슨 사랑이에요. 엄마는 항상 엄마 자신을 위해서 사에키 선생님을 이용했던 거고, 사에키 선생님도 엄마를 위해서가 아니라 선생님 자신을 지키기 위해서 움직였을 뿐이에요. 사랑이라고 쉽게 말하지 마세요. 제발 엄마 현실을 직시하세요.”

“사에키 씨한테 무슨 그런 실례되는 말을.” 아유미 엄마의 목소리가 히스테릭하게 높아졌다. “그리고 부모한테 그게 무슨 말버릇이니.”

“저는 더 이상 엄마를 부모라고 생각하지 않아요. 부모라고 생각할 수 없어요.”

아유미의 목소리에는 단호한 결의가 담겨 있었다.

“전, 엄마를 버릴 거예요.”

“아유미……”

“전, 엄마를 버린다고요. 안 그러면 저한테 미래는 없어요. 미안해요, 엄마. 저는 엄마를 버려요. 더 이상 엄</p>

마를 위해서 살지 않아요. 아빠도 버릴 거예요. 아빠를 위해서 살지도 않을 거고요. 저는 이제 스스로를 위해서 살 거예요.”

“아유미…… 아유미…….”

아유미 엄마의 목소리가 우는 소리로 바뀌었다. 양손을 앞으로 내밀며 매달리듯이 아유미에게 다가갔다. 하지만 아유미는 조용히 두세 걸음 뒤로 물러날 뿐이었다.

“자네는 엄마한테 무슨 말을 하는 건가.” 사에키가 격노했다. “아무리 자식이어도 해도 되는 말과 안 되는 말이 있는 거야. 그리고.”

“그만하세요.”

사야카가 사에키의 말을 가로막았다. 커다란 목소리는 아니었지만, 격한 감정이 들어 있었다.

“사에키 선생님은 그런 말씀 하실 자격이 없다고 생각해요.”

“뭐라고?” 사에키가 사야카를 쳐다봤다. 분노로 흉포해진 얼굴이었다. “너까지 무슨 말을 하는 거냐.”

사야카는 바로 대답하지 않았다. 안경을 벗고 렌즈를 닦았다. 끼익끼익거리는 소리가 사야카의 마음을 대변해주는 것 같다. 다시 안경을 끼고는 조용히 말했다.

“선생님은 정말 공룡을 좋아하세요? 고생물학이라는

학문에 열정을 가지고 계신가요? 지금까지 얘기를 들어보면, 정말 공룡을 좋아한 사람은 사에키 선생님도 아니고 나가노 교수님도 아니었어요. 이자와 기미오 씨 한 분이었던 것 같아요. 어쩌면 선생님은 젊을 때, 이자와 씨의 재능을 질투했기 때문에 공룡을 연구했던 게 아닐까요? 선생님은 공룡연구 자체보다 일본 공룡학의 일인자라는 평가를 더 중요하게 생각하지 않으셨어요? 형편없다는 생각 안 드세요?”

그야말로 가슴 깊숙한 곳에서 나오는 말이었다. 사야카의 얼굴은 딱딱하고 파랗게 질렸다. 지금까지 사에키 구니히코를 그 누구보다 존경하고 소중하게 여겼다. 그런데 어른이 되기 위해서 그 사람을 버리기로 결심했다. 아유미가 엄마를 버리기로 결심한 것처럼……

“이런 말, 해도 되는지 모르지만…….” 잠시 침묵이 흐르고 사에키가 감정을 억누른 목소리로 말했다. “일본에서 공룡을 연구하고 싶다면 나를 화나게 해서 이로울 게 없을 텐데. 나는 그만큼 힘이 있단다. 어떤 학교에도 들어가지 못할 수 있어. 학자로서의 싹이 짓밟히게 되는 거다.”

“그래요?” 사야카가 상대의 압력을 받아치듯이 말했다. “하지만 그럴 일은 없을 것 같은데요.”

"자네는 아직 어려. 일본 대학들이 어떤 곳인지 아직 잘 모르는 모양이군. 공룡을 전공하는 한, 나를 화나게 만들면 일본의 어느 대학, 어느 연구실에도 갈 수 없어."

"일본이 안 되면 미국 대학에 갈 거니까 상관없어요." 사야카는 겁먹지 않았다. "저는 선생님하고 달라서 공룡을 정말 좋아하거든요. 그 누구도 방해할 수 없어요."

사야카는 격하게 소리 질렀다. 그 목소리는 주위를 감싸고 있는 황량한 바람과 맞물렸다. 히토미는 어디선가 자신의 목소리가 들렸다.

—어려운 일이 생기면 내가 도와줄게. 언제든지 말해. 알았지, 공룡아? 약속이야.

무언가가 히토미의 가슴을 크게 흔들었다. "우리는 약속을 지켰어. 너희를 도와줬어." 자신도 확실히 의식하지 못한 채, 어딘가에 있을 공룡을 향해서 가슴 속으로 중얼거렸다. 그리고 사야카와 아유미에게 말했다.

"이제 가자. 우리 볼일도 끝났잖아."


세 명의 어린 소녀들이 공룡을 쫓아서 저녁놀 저편으로 달려간다. 소녀들의 모습이 언제까지나 잔상으로 남아 눈 속에서 흔들거렸다.

**6**

"사야카, 아까 화장실 이야기하면서 이상하게 웃던 데." 히토미가 말했다.

"그래, 맞아. 왜 그랬어?" 아유미도 물었다.

사야카는 잠시 말없이 걸어갔다.

"응, 그게 말이야. 화장실 좀 빌리겠다고 하고 선생님이 나가신 틈에 포스터를 훔쳤거든. 그 포스터는 선생님이 가지고 계시는 것보다 내가 가지고 있는 게 훨씬 나아. 복도 소파 뒤에 숨겨뒀어. 이따가 가지러 갈 거야. 그런데 너희한테 전화가 오잖아. 엄청 당황했어."

히토미와 아유미는 어이가 없었다.

"그래서 전화를 안 받았구나."

주차장으로 통하는 산길로 접어들었을 때, 세 사람 앞에 한 남자가 나타났다. 길을 가로막은 게 아니라 비틀거리며 세 사람 앞에 모습을 보였다. 웬일인지 미안하다는 표정이다.

"다도코로 형사의 조카 따님이지?" 그 남자, 바로 시미즈 서장이었다. "아저씨는 시미즈라고 하는데, K서에서 서장을 하고 있단다."

"경찰서장……."

사야카와 아유미는 어리둥절했다. 당연한 일이었다.

어째서 이런 곳에 경찰서장이 나타난 걸까.

"너희가 내려오기를 기다리고 있었단다. 이번에 다도코로 형사가 갑작스러운 일을 당해서……."

히토미는 앗, 하고는 시미즈의 얼굴을 빤히 쳐다봤다. 아, 생각났어. 드디어 누구였는지 생각났다.

"아저씨, 그때 그……."

하루나 미유키를 만난 이후라서 그런지, 전에 시미즈 서장을 어디서 만났는지 기억났다. 하루나 미유키의 강연을 들으러 갔을 때, 거리에서 히토미를 헌팅하려고 했던 남자였다. 시미즈는 고개를 숙이고 눈을 깜빡거리더니 낮은 목소리로 말했다.

"부끄럽구나. 학생이랑 도다니계곡에서 마주쳤을 때 아저씨는 완전히 혼란에 빠져버렸단다. 누군가 아저씨를 함정에 빠뜨리기 위해서 학생을 보냈다고만 생각했어. 물론 지금은 너무 오버했다는 걸 알고 있단다."

"뭐야. 이 아저씨?" 사야카가 이상하다는 듯 물었다.

"아저씨는 지금 K시의 침체된 시정을 개혁하려고 노력하고 있단다. 이 마을의 시정은 이권과 부정부패로 가득 찼어. 그것을 폭로하고 싶구나. 그래서 일부러 이가라시 의원에게 접근했어. 아저씨는 중앙에서 파견된 지 얼마 안 되었기 때문에 이 마을에 연고도 없거니와 의리도 없단다. 부패한 시정을 개혁할 수 있는 사람은 아저씨밖에 없다고 의욕에 불탔지. 그런데 변명에 불과하겠지만, 아저씨는 외롭고 조금 지쳐 있었거든. 그래서 그때 학생을 보고 귀여워 그만 말을 걸어버렸단다. 오해하지 말아주었으면 하는데. 뭔가 딴 생각이 있어서 그런 게 아니었어. 단지 조금 이야기가 하고 싶었을 뿐이란다. 믿어주려무나."

"알겠어요."

히토미는 말했다. 시미즈는 굳이 필요 없는 말을 하고 있다. 이제 와서 그게 무슨 상관이라고 이러는 걸까.

"알았으니까 좀 비켜주세요. 이제 됐거든요."

그런데 시미즈는 비키지 않고 양복 주머니에서 IC레코더를 꺼냈다.

"너희들한테 부탁이 있는데. 이가라시 의원이 너희들에게 접촉을 시도하고 있단다. 아마 이것저것 듣고 싶은 거겠지. 좀 소동이 있어서 공룡 테마파크가 백지화될까 초조할 거야. 그 사람은 폭력단하고도 연관이 있거든. 그런 의미에서는 위험한 사람이지만, 여중생에게 폭력을 휘두르지는 않을 거다. 그 점은 안심하려무나. 학생 삼촌은 이가라시의 상당히 깊은 곳까지 개입되어 있어. 아저씨는 일부러 '현장' 사진을 이가라시에게 건넸다. 그리고 다도코로 형사한테는 조사정보를 주지 않았어. 다도코로 형사는 현장에서 고립되어 있기 때문에 정보를 주지 않는 건 어려운 일이 아니었어. 그리고 다도코로 형사에게 '현장' 사진이 전해지는지 살폈지. 다도코로 형사는 칼에 찔렸을 때, 아저씨가 이가라시에게 건넨 사진을 가지고 있었다. 두 사람의 관계는 분명해졌어. 다도코로 형사로부터 증언만 확보된다면 이가라시를 기소할 수 있는 건데, 다도코로 형사는 증언 요청에 흔쾌히 응해주지 않는구나. 이가라시한테 의리를 내세울 필요는 없는데, 유감이다. 만약 너희가 이가라시와 만나서 이야기를 할 기회가 있다면 어떠한 이야기든지 이 녹음기에 녹음해주렴. 조만간 이가라시를 의회에서 좇아낼 때 도움이 되리라 생각하거든."

경찰서장이 여중생에게 조사협력을 부탁한다는 건 좀 아닌 것 같았다. 하지만 시미즈가 너무 진지한 얼굴로 부탁을 하기에 거절할 수도 없었다. 결국, 아무런 확약도 없이 '할 수 있으면'이라는 조건으로 받아들이기로 했다. 물론 시미즈의 의뢰에 진심으로 응할 생각은 처음부터 없었다.

시미즈를 남겨두고 산을 내려갔다. 산길을 내려가자 브라스밴드의 연주소리가 점차 크게 들렸다. 어제 아침,

학교에 몰래 들어갔을 때 히토미가 들었던 밴드와 같은 밴드였다. 도다니계곡의 야외무대에서 연습하는 것 같았다. 여전히 서툴다.

"정말 못 들어 주겠네." 아유미가 지겨워하며 말했다.

"우리 학교 브라스밴드는 정말 안 된다니까." 사야카가 질렸다는 듯이 말했다.

"전통적으로 못한대."

앞에 전투차량처럼 커다란 벤츠가 멈춰 있었다. 운전석이 열리고 남자가 한 명 내렸다. 점퍼를 입은 젊은 남자로 전에 다도코로에게 서류봉투를 전하러 온 그 남자였다. 세 사람 앞을 가로막듯이 서서는 히죽 웃었다.

"경찰서에서 왔습니다."

젊은 남자는 호텔에서 만났을 때도 이렇게 말했다. 그래서 히토미는 그 남자를 경찰관계자라고 멋대로 생각해버렸다. 생각해보면, 이런 경찰관계자가 있을 리 없는데.

"뭐예요?" 이럴 때는 아유미가 믿음직하다. "우리에게 무슨 볼일이에요?"

"그렇게 모나게 굴지 말라고." 젊은이가 히죽히죽 웃으며 말했다. "조금 할 얘기가 있는데."

"우리는 할 얘기 없어요." 아유미가 일축했다.

"나도 할 얘기 없어. 내가 할말이 있는 게 아니야."

"그럼, 누가 있다는 건데요?"

"나다."

차 안에서 목소리가 들렸다. 뒷좌석 창문이 열리고 남자가 얼굴을 내밀었다. 이가라시 현회의원이었다.

"내가 할 얘기가 있다. 얼마 안 걸릴 거야. 그 전에."

이가라시가 젊은 남자에게 눈짓을 했다. 젊은 남자는 고개를 끄덕인 후 히토미, 사야카, 아유미의 몸을 재빨리 위에서 아래로 더듬었다. 녹음장치 등을 장착하고 있지는 않은지 조사한 것이다. 평상시 같으면 가만히 있을 세 명이 아닌데, 그 젊은 남자에게는 어떤 무시할 수 없는 게 있었다. 거역한다는 건 생각조차 할 수 없다.

"괜찮습니다."

젊은 남자는 뒤로 물러나 충견처럼 얌전히 섰다. 브라스밴드의 연주곡이 바뀌었다. 「성자의 행진」이었다. 어이가 없을 정도로 연주는 제각각이었다. 이렇게 엉망으로 연주하는 것도 하나의 재주다. 저주라도 받은 걸까. 이가라시의 시선이 잠시 공중에 멈추었지만, 바로 인상을 쓰고 한 마디 내뱉었다.

"지독한 연주군. 내가 저 브라스밴드에 악기를 기증했는데. 저 연주는 대체 뭐야? 녀석들, 나한테 원한이라도 있는 건가."

그리고 소녀들의 얼굴을 바라보았다.

"다도코로의 조카가 누구냐?"

"전데요."

히토미가 한 발자국 앞으로 나갔다. 무릎이 약간 떨렸다. 그다지 무섭다는 생각은 하고 있지 않지만 속으로는 역시 이가라시를 무서워하는지도 모른다.

"학생, 다도코로의 상처는?" 이가라시가 물었다. "많이 안 좋나?"

"그렇지도 않아요." 최대한 떨지 않도록 신경을 썼지만, 제대로 목소리가 나오지 않았다. "2주쯤이면 퇴원하실 것 같아요."

"그래? 유감이군." 이가라시는 불쾌한 듯이 말했다. "너무 빨리 회복되면 귀찮아지는데. 우리도 그놈을 가만 둘 수 없고. 괜한 수고를 한 번 더 해야 하는 구만."

뭐라고 대답해야 할지 알 수 없었다. 어떠한 대답도 상황을 악화시킬 것 같았다. 이가라시는 젊은 남자를 험악한 눈초리로 쳐다봤다.

"도청기도, 녹음기도 없는 건 확실한가?"

"네, 없습니다."

"그래, 괜찮군. 그럼 말하겠네." 소녀들의 상태를 체크한 이가라시는 입을 열었다. "학생, 가서 다도코로한테 말해. '하루 이틀 내에 사무실에 한 번 들리게. 할 얘기가 있네. 내 기분이 좋기를 바라게. 그렇지 않으면 큰일이 날 테니'라고. '사무실에 들르지 않으면 더 무서운 일이 벌어진다. 죽고 싶지 않으면 빨리 나타나는 게 좋다.' 이 말도 다도코로에게 전해라."

이가라시의 으름장에 히토미는 움츠러들었다. 사야카는 물론, 담력이 큰 아유미도 떨고 있었다. 이가라시는 현회의원이지만, 야쿠자와 매한가지다. 열네 살의 여자아이가 그 말을 거역할 수 있을 리가 없었다. 그럴 리가 없는데…….

"그런 말 전할 수 없어요." 히토미는 놀랍게도 이가라시의 말을 거절했다. "지금 삼촌은 절대 안정이 필요해요. 그런데 하루 이틀 내로 병원을 빠져나오라니, 그런 말을 어떻게 전해요."

으악. 머릿속에서 비명을 질렀다. 내가 왜 이걸 거절하는 건데? 죽을 지도 몰라. 히토미의 뒤에서 사야카는 울음을 터뜨렸고, 아유미도 숨을 죽였다. 대담하다든가, 무모한 게 아니라, 그야말로 이 바보, 멍청이!

"뭐라고……."

이가라시가 눈을 쓱 가늘게 떴다. 그 시선은 마치 바늘처럼 날카롭고 가늘어 히토미를 깊숙이 찔렀다. 히토미의 몸 여기저기에서 피가 뿜어져 나오는 것 같았다.

그때 「성자의 행진」연주소리에 트롬본인지, 튜바의 엉뚱한 소리가 섞이지 않았다면, 실제로 무슨 일이 벌어졌을지 알 수 없다. 그야말로 너무나도 어울리지 않는 음이 모든 힘을 빼버렸다. 이가라시는 갑자기 어이없는 표정이 되더니 혼자 중얼거렸다.

"뭐 그렇다면 됐고⋯⋯. 나는 할 말을 다 했네. 나머지는 학생이 판단해."

냉담하게 잘라 말하더니, 벤츠 안으로 얼굴을 집어넣었다. 창문이 닫히고 젊은 남자가 히죽거리며 운전석으로 미끄러졌다. 자동차가 사라진 뒤, 세 소녀는 모든 기운이 풀려버렸다. 사야카는 기진맥진하여 길바닥에 털썩 주저앉을 정도였다.

잠시 시간이 흐르고 히토미가 어땠어?라고 아유미에게 물었다. 아유미는 응, 하고 대답하더니, 몸을 구부리고 다리에 감은 붕대 사이에서 IC레코더를 꺼내어 귀에 대었다.

"괜찮아. 아주 깨끗해."

아유미는 한층 더 아름다운 얼굴로 웃었다.

월요일

# 빗속의 공룡

　사흘 연휴의 마지막 날은 비가 왔다. 비가 너무 조용히 내려서 어느새 비가 온다는 사실을 잊어버렸고, 젖어도 차가운 느낌이 들지 않았다. 거의 느껴지지 않는 아주 희미한 온기가 부드럽게 포옹해주는 것 같았다. 그리운 이의 온기 같은 비다. 비는 계속 내렸지만 시야를 어둡게 가리지는 않았다.

　K시의 현도.

　밝은 회색빛 속에서 데나가충군이 간직한 2억 5천만 년 전의 기억을 감싸듯 산이 희미하게 솟아올랐다. 눈앞에는 평탄한 밭이 펼쳐져 있었다. 은색으로 반짝거리는 비는 마치 햇살이 내리쬐는 것처럼 보인다. 그 빛 속에서 소녀들의 알록달록한 비옷이 출렁거렸다.

　사이토 히토미, 가야자키 사야카, 이사나 아유미. 세

사람 모두 자전거를 끌고 있었다. 제일 앞서가던 히토미가 발걸음을 멈췄다. 나머지 두 사람도 자연스레 걸음을 멈췄다. 앞에 마키노 퀸이 서 있었다. 우산 색깔 때문에 그 모습도 희미한 푸른빛을 발하는 것 같다.

"무슨 일이야?"

히토미가 물었다.

"아니, 나, 뭔가 좀 잘못한 거 같아서, 사과해야겠다는 생각이 들었어."

퀸이 대답했다.

"사과할 거 아무 것도 없어. 다 잊었어."

히토미가 웃었다.

소녀들이 웃었다.

비옷이 빗물에 반짝거렸다.

"컴퓨터에 있는 파일, 삭제해줄게." 퀸이 말했다.

"괜찮아." 히토미가 말했다. "지금 아사이 선생님 집에서 컴퓨터를 통째로 가지고 나오려던 참이야. 그래서 자전거를 가지고 가는 걸. 컴퓨터, 산산조각으로 부숴버릴 거야."

다시 소녀들이 움직이기 시작했다.

"그 저녁놀의 공룡 말인데 공원의 미끄럼틀이나 시소 일리가 없어."

소녀들의 등을 향해 퀸이 말했다.

"왜?"

히토미가 돌아보며 물었다.

"생각해 봐. 공원이 철거되었을 때는 아직 제1차 공룡 화석 발굴현장의 서쪽 단층을 깎아내리기 전이었잖아. 저녁놀이 비칠 리가 없어. 저녁놀이 비치고 있었다는 네 기억이 맞는다면, 그건 공원의 광경이 아니야."

세 소녀는 그 말을 듣고 서로를 쳐다봤다.

"그렇구나."

"그래."

"그런 거구나."

"……."

히토미는 돌연 침실의 커튼이 생각났다. 공원에서 노는 아이들. 아침햇살이 내리쬐는 커튼. 하지만 덧문이 닫혀 있으면 커튼에 햇살은 비치지 않는다. 공룡의 저녁놀도 마찬가지 아닐까. 힌트는 바로 눈앞에 있었다. 세 사람은 흥분했지만, 떠들지는 않았다. 웃을 뿐이었다. 조용히 웃으면서 다시 빗속을 걷기 시작했다. 더 이상 퀸을 돌아보지 않았다.


등 뒤에서 들리는 자동차 경적소리에 히토미가 돌아

보았다. 렌터카 한 대가 갓길 쪽으로 다가와 세 소녀 옆에 조용히 멈췄다. 운전석에서 얼굴을 내민 사람은 하루나 미유키였다. 안녕. 그녀는 인사를 하고는 손을 흔들었다.

"안녕하세요."

세 소녀가 제각각 인사를 했다.

"벌써 도쿄로 돌아가시는 거예요?" 히토미가 물었다.

"그래, 아무리 찾아도 비디오는 없고. 포기했어."

"그렇군요." 히토미는 하루나 미유키에게 다시 물었다. "언제쯤 다시 오실 거예요?"

"이제 안 올 거 같아."

"엇."

"이제 안 올 거 같아. 안 오는 게 나을 거 같아."

하루나 미유키는 담배에 불을 붙였다. 빗속으로 연기가 피어올랐다.

"왜요? 왜 이제 안 오는 게 나을 거 같은데요?"

"왠지, 아사이가 말했던 비디오를 찾으면서 거기에는 정말로 공룡이 찍혀 있을 지도 모른다는 생각이 들었어. 또렷하게 기억나지는 않는데, 꿈같기도 하고 말이야. 나는 열네 살 때에 정말 공룡을 본 것 같아. 그런데 그 일을 언제부터인가 잊고 지냈어."

“…….”

“나는 열네 살 때 정말로 공룡을 봤고, 그걸 비디오로 찍었던 것 같아. 그런데 왠지 그걸 떠올려서는 안 된다는 생각이 들어. 난 이미 어른이잖아. 이제 열네 살로는 돌아갈 수 없으니까. 아사이가 사고로 죽었는지, 아니면 사건으로 죽었는지는 모르겠지만……. 어쩌면 이미 어른이 되었는데, 또 공룡을 보려고 한 게 잘못은 아니었나 하는 바보 같은 생각도 들어. 그래서 공룡한테 벌을 받은 게 아닌가 하고. 아사이를 죽인 건 역시 도다니룡이 아니었을까…….”

하루나 미유키의 얼굴에서 형용할 수 없는 쓸쓸한 표정이 스쳐지나갔다. 그녀는 그것을 떨쳐내듯이 거칠게 담배를 빗속에 던졌다.

“그런 거야. 그러니까 나를 만나고 싶으면 도쿄로 오렴. 작업장에는 소파도 있으니까 묵을 수도 있어.”

“미유키 씨.”

“왜?”

“왜 경찰에 전화하셨어요?” 히토미가 물었다.

“무슨 말이니?” 하루나 미유키는 어색하게 웃었다.

“경찰서에 공룡이 살아나서 사람을 습격했다는 전화가 있었나 봐요. 쉰 여자 목소리였대요.”

잠시 침묵이 흘렀다.

"열네 살 때 진짜 공룡을 봤던 게 아닌가 하는 생각이 자꾸 들었어. 그럴 리가 없는데. 그래서 그만 경찰에 전화를 해버렸어. 그게 다야."

하루나 미유키는 그렇게 말하고는 손을 흔들고 렌터카를 출발시켰다. 빗속을 떠나갔다. 그야말로 하루나 미유키다운 산뜻한 이별이었다.

―어쩌면 이제 두 번 다시 하루나 미유키 씨를 만나지 못할지도 몰라.

왜 그런 생각이 들었는지는 자신도 알 수 없지만, 히토미는 정말 하루나 미유키 씨와 이별을 하고 있다고 느꼈다.

멀어지는 하루나 미유키의 차를 바라보고는 사야카와 아유미를 돌아봤다. 사야카와 아유미는 도로 가장자리에 나란히 서 있었다. 멍하니 산 쪽을 보고 있었다. 히토미도 그녀들을 따라서 산을 바라보았다

비는 조용히 계속 내렸다.

밝은 회색빛 시야에

비가 은색으로 꼬리를 끌며

반짝반짝 빛났다.

저 멀리 보이는 풍경을,

끝없이 펼쳐지는 논밭을,

조용하고 부드러운 빛 속을

세 마리의 공룡이

커다란 몸을 느릿하게 움직이며 가로질렀다.

기다란 목, 기다란 꼬리,

크기는 12미터에서 15미터…….

아마 용각류 브라키오사우루스과의 마쓰야마룡이 아닐까. 집에 가서 도감을 확인해 봐야겠다. 사야카도 아유미도 아무 말도 하지 않았다. 단지 뭔가에 홀린 듯이 공룡을 응시할 뿐이었다. 아니, 정말로 그녀들이 공룡을 보는지는 알 수 없었다. 나중에 물어보면 아무것도 보지 못했다고 말할지도 모른다. 어쩐지 그럴 것 같았다.

—결국, 아무것도 변하지 않았어.

히토미는 공룡을 보면서 문득 그런 생각을 했다.

아무 것도 변하지 않았고, 무언가를 확실하게 안 것도 아니다. 아사이가 사고로 죽었는지, 사건으로 죽었는지도 모른다. 이자와가 죽은 것도, 아유미의 엄마가 고의로 중기의 팔을 움직였던 건지, 아니면 정말 사고였는지 모른다. 여러 사람들의 마음이 움직이고 교차했지만, 그렇다고 해서 뭔가가 변하지도 않았다. 그런데 변화의 느낌이 드는 건 왜일까. 어째서 무언가가 끝나버린 느낌이 드는 걸까?

　―무엇이 끝난 걸까?

히토미는 스스로에게 물었다.

　―우리들의 소녀시절.

끝나버렸다.

쓸쓸함인지 안도감인지 어떤 감정인지 스스로 알지 못한 채 유유히 멀어지는 공룡의 뒷모습을 바라보았다.

언제까지나…….

히토미, 사야카, 아유미. 세 사람.

그리고

빗속의 공룡.

# 열네 살, 소녀들의 공룡

『공룡 계곡의 소녀들』은 미스터리이면서 동시에 판타지인 소설을 쓸 수 없을까 하는 발상에서 시작되었습니다.

합리적으로 세상과 구분된 미스터리와 세상에 틈을 만드는 판타지는 물과 기름으로, 본래 서로 융합되지 않습니다. 그 양측 요소를 겸한 작품을 쓰겠다는 것은 발상 자체부터 잘못되었던 건지도 모릅니다.

그래도 존 딕슨 카의 『화형법정』이라는 소설이 머릿속 어딘가에 있었기 때문에 이 작품을 쓰려고 했던 것인지도 모릅니다. 미스터리와 괴기소설을 기적적으로 융합시킨 그 작품에 도전장을 내밀고 싶다는 분수를 모르는 바람이 있었습니다.

그런데 미스터리와 괴기소설의 융합이 아니라, 미스

터리와 판타지의 융합이 된 것은 미스터리 YA!라는 새
로운 레벨을 의식했기 때문입니다. 젊은 사람을 대상으
로 한 새로운 레벨이기에 새로운 시도를 해보고 싶었습
니다.

미스터리와 판타지를 융합하고, 더구나 그것을 싱싱
한 청춘소설로 완성하고 싶다. 어느새 『공룡 계곡의 소
녀들』은 어려운 작품이 되어 있었습니다.

그건 그렇고 저는 엄연히 아저씨이기 때문에 열네 살
의 소녀들을 주인공으로 한다는 것은 상당한 모험이었
습니다. 그저 나이만 먹고 피곤에 찌들어 비틀거리는 내
가 할 수 있을까. 열네 살의 소녀들을 사실적으로 묘사
할 수 있을까.

다행히 담당해주신 편집자가 젊은 여자 분이어서 "열
네 살 소녀에 대해서는 제가 가르쳐드릴게요"라며 격려
해주셨습니다. 이 때문에 그럭저럭 첫걸음을 내디딜 수

있었다고 생각합니다.

후쿠이현립 공룡박물관에 찾아가서 큐레이터이신 고시마 씨로부터 여러 가지 설명을 듣고, 대략적인 구상을 할 수 있었습니다. 감사합니다. 남은 것은 실제로 집필하는 것뿐이었습니다만……

소설을 쓰는 과정에서 스토리가 처음 시놉시스에서 벗어나거나, 내용이 달라져버리는 것은 결코 드문 일이 아닙니다. 오히려 그렇지 않은 사례를 찾는 게 어렵다고 할 수 있습니다.

그런데 글을 쓰는 동안에 점점 정서적으로 풍부해지는 경험을 한 것은 이번이 처음이었습니다.

이런 이야기를 '후기'에 적기에는 부끄럽습니다만, 아무래도 저의 마음 속에는 열네 살 소녀가 존재하는 것 같습니다. 모든 남자는 마음 깊숙한 곳에 '여성적인 면'을 숨기고 있다고 생각합니다만, 결국 남자로서, 아니한 사람의 인간으로서 성숙하지 못한 저는 '여성적인 면'도 역시 어렸던 모양입니다. 바로 열네 살의 소녀였던 겁니다.

저는 악기연주나 작곡하는 재주와는 인연이 없는 사람입니다만, 아마 음악을 한다는 것은 이런 경험이라고 생각하게 되었습니다. 이 소설을 쓰면서 점차 제 속에 감정이 풍부해지면서 힘차게 흐르는 것을 느끼게 되었습니다.

이야기가 마침내 결말에 들어섰을 때는 어떻게 제 안의 정서를 해방시킬 것인지에 대해서만 생각했습니다. 스스로도 어떻게 설명할지 좀 어렵습니다만, 충분히 정서가 해방되었을 때 『공룡 계곡의 소녀들』의 리얼리티도 보장된다는 확신을 갖게 되었습니다.

아무런 근거가 없다고 하면 그 또한 맞는 말이기에 반론할 수도 없습니다. 하지만 그럼에도 불구하고 저의 확신엔 흔들림이 없었습니다.

저는 이제 스스로가 싫증날 정도로 오랫동안 소설을 썼습니다만, 그런 저에게도 『공룡 계곡의 소녀들』은 아주 새로운 소설 체험이 되었습니다.

이 소설 체험이 『공룡 계곡의 소녀들』 속에서 충분히 이루어져 독자들 마음에 와 닿기를 바랍니다. 저자인 제가 그랬듯이 독자 여러분도 히토미와 사야카, 아유미와 함께하는 시간을 공유하시기 바랍니다.

언젠가 여러분의 가슴속으로 공룡들이 몰래, 그러나 유유히 가로질러 가는 날이 있기를 바라며.

야마다 마사키

공룡 계곡의 소녀들
ⓒ 들녘 2008

초판 1쇄 발행일    2008년 5월 26일

지은이    야마다 마사키
옮긴이    김윤수
펴낸이    이정원
책임편집    김인혜
펴낸 곳    도서출판 들녘
등록일자    1987년 12월 12일
등록번호    10-156
주소    경기도 파주시 교하읍 문발리 출판문화정보산업단지 513-9
전화    마케팅 031-955-7374  편집 031-955-7381
팩시밀리    031-955-7393
홈페이지    www.ddd21.co.kr

값은 뒤표지에 있습니다.
잘못된 책은 구입하신 곳에서 바꿔드립니다.

ISBN  978-89-7527-903-4 (04830)
      978-89-7527-900-3 (세트)

비플B+은 들녘의 디비전입니다.